AF273345

BESTSELLER

Jean-Luc Bannalec es el seudónimo con el que el autor Jörg Bong, que reparte su tiempo entre el sur del Finisterre y Alemania, ha querido firmar su serie del comisario Dupin. Las novelas se han convertido en un auténtico éxito en Alemania, donde lleva vendidos más de 5.500.000 ejemplares e incluso se han adaptado para la televisión. En 2016, Jean-Luc Bannalec recibió el título de «Mecenas de la Bretaña».

Biblioteca

JEAN-LUC BANNALEC

Un misterio en Aber Wrac'h

Traducción de
Marta Mabres Vicens

DEBOLS!LLO

Papel certificado por el Forest Stewardship Council®

MIXTO
Papel | Apoyando la
silvicultura responsable
FSC® C117695

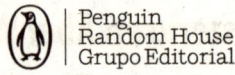

Penguin
Random House
Grupo Editorial

Título original: *Bretonische Nächte*

Primera edición en Debolsillo: julio de 2024

© 2022, Jean-Luc Bannalec
© 2022, Verlag Kiepenheuer & Witsch GMbH & Co. KG, Colonia / Alemania
© 2023, 2024, Penguin Random House Grupo Editorial, S. A. U.
Travessera de Gràcia, 47-49. 08021 Barcelona
© 2023, Marta Mabres Vicens, por la traducción
Diseño de la cubierta: Penguin Random House Grupo Editorial / Laura Jubert
Imagen de la cubierta: Composición fotográfica a partir de
las imágenes: © Hemis / Alamy y © Shutterstock

Penguin Random House Grupo Editorial apoya la protección de la propiedad intelectual. La propiedad intelectual estimula la creatividad, defiende la diversidad en el ámbito de las ideas y el conocimiento, promueve la libre expresión y favorece una cultura viva. Gracias por comprar una edición autorizada de este libro y por respetar las leyes de propiedad intelectual al no reproducir ni distribuir ninguna parte de esta obra por ningún medio sin permiso. Al hacerlo está respaldando a los autores y permitiendo que PRHGE continúe publicando libros para todos los lectores. De conformidad con lo dispuesto en el artículo 67.3 del Real Decreto Ley 24/2021, de 2 de noviembre, PRHGE se reserva expresamente los derechos de reproducción y de uso de esta obra y de todos sus elementos mediante medios de lectura mecánica y otros medios adecuados a tal fin. Diríjase a CEDRO (Centro Español de Derechos Reprográficos, http://www.cedro.org) si necesita reproducir algún fragmento de esta obra.

Printed in Spain – Impreso en España

ISBN: 978-84-663-7336-4
Depósito legal: B-9.127-2024

Compuesto en La Nueva Edimac, S.L.
Impreso en Black Print CPI Ibérica
Sant Andreu de la Barca (Barcelona)

P 373364

a L.

Gant amzer en em gav taouledet
Avaloù ha pennoù kalet.

El tiempo ablanda las manzanas
y a los testarudos.

Dicho bretón

El primer día

—Presagios de muerte, sin duda. *Intersignes de la mort*.

Labat, inspector de la comisaría de Concarneau, adoptó una expresión dramática. Tenía el ceño fruncido por la preocupación.

—Hace un tiempo que la urraca revolotea en torno a la casa. De vez en cuando se posa sobre el tejado. —A la expresión dramática le siguió una pausa también dramática—. Hace unas semanas, un gallo empezó a cantar antes de medianoche. Luego mi tía vio una comadreja en el jardín. Y la semana pasada la urraca se estampó contra el cristal de la ventana del dormitorio.

La voz inusualmente apagada de Labat vibraba.

—Presagios de muerte —repitió—, sin duda.

—Le Ber, por favor, páseme la baguete —pidió el comisario Georges Dupin volviéndose hacia su primer inspector.

El comisario había pedido un *assiette de la mer*, un plato magnífico para días calurosos; una docena de ostras, un cangrejo enorme, cigalas, una ración generosa de caracolillos de mar, tanto de los pequeños como de los grandes, *bigorneaux* y *bulot*. Y lo más importante de todo, mayonesa casera recién hecha. Lily, la propietaria del restaurante Amiral, el segundo hogar de Dupin junto al mar en la «ciudad azul», debía de haberles servido medio kilo de esa salsa. Según Lily, el secreto de su sabor sensacional era el vinagre de nueces. Sea como fuere, a Dupin esa mayonesa le volvía loco. Y el marisco, también. Otros pueblos, bárbaros, sin duda, menospreciaban la mayonesa al considerarla un ingrediente grasiento del *fast food;* en Francia, en cambio, se la tenía por lo que era: un arte. El mismísimo Paul Bocuse, igual que los grandes chefs, la había elogiado. Era una especialidad con historia, maltratada como pocas por la industria. Se inventó en 1756 durante la guerra de los Siete Años. El mariscal de Richelieu en persona tomó Menorca con sus tropas. Como agradecimiento no obtuvo medallas ni tierras, pero se le dedicó una salsa recién inventada, un manjar exquisito que recibió el nombre de la última ciudad tomada: Mahón. La salsa «mahon-esa». Los bretones estaban completamente convencidos de que aquel cocinero tenía que ser de los suyos. No podía ser de otro modo. En cualquier caso, lo mejor era rebañar al final el plato con un trozo de baguete para capturar los restos de la mayonesa que se mezclaban con los sabores del marisco. Un elixir marino.

—Debería usted tomarse en serio estos presagios, jefe. —Le Ber no hizo el menor ademán de pasarle la cesta del pan a Dupin.

Los cuatro colegas se habían sentado en la terraza del Amiral. Le Ber y Labat en una mesa; Dupin y Nevou, una de las dos agentes de la comisaría, en la mesa de al lado.

—La urraca está considerada un ave de la muerte. —Le Ber estaba claramente molesto—. No cabe duda de que se trata de presagios clásicos, conocidos desde hace miles de años. Sabiduría celta ancestral.

—Vale, pero ¿me pasan la baguete? —Dupin volvió a probar suerte.

—Comisario, esas cosas no hay que tomarlas a broma.

Nevou reprendió al comisario dirigiéndole una mirada sombría. Dupin resopló. Se había pasado la mañana esperando esos tres cuartos de hora de pausa para almorzar. Esperando el marisco, la mayonesa, la baguete; en fin, tener tiempo para él. Solo para él. Sin nadie. Excepto la prensa de rigor: el *Ouest-France, Le Télégramme* y *Le Monde*.

Contra todos los pronósticos meteorológicos, el tiempo seguía siendo fabuloso, así que cuando Dupin abandonó la comisaría, sus compañeros se le habían unido de manera espontánea. Ahora deseaba haber salido por la puerta trasera, tal y como hacía a menudo.

Aunque era el primer día de octubre, parecía que el verano hubiera decidido seguir como si nada. Como si el otoño no hubiese llegado. En los últimos años, septiembre y octubre venían ofreciendo temperaturas veraniegas, una situación que se prolongaba casi hasta principios de noviembre, cuando el tiempo empezaba a cambiar. Nadie se lamentaba por ello.

El comisario enderezó la espalda tanto como pudo en un ademán de seriedad y concentración.

—Está bien. ¿Y qué significa todo eso?

—Mi tía está segura de que va a morir muy pronto.

Dupin a duras penas reconocía a Labat. Su inspector era la encarnación de una pedantería insoportable, la resolución militar personificada y, sobre todo, el pragmatismo descarnado en persona, lo cual, por desgracia, no le impedía obsesionarse de vez en cuando con alguna que otra idea fija. Por regla general, fenómenos como los presagios de muerte solían ser intereses más propios de Le Ber, y el papel de Labat en esos casos era burlarse de ello.

Los sucesos extraños, las manifestaciones de lo sobrenatural en sus múltiples formas y todo cuanto se consideraría extraordinario en otros lugares eran de lo más normal en ambientes bretones. Incluso para Nolwenn, lo sobrenatural era algo palmario. Nolwenn era, sobre el papel, la secretaria de

Dupin pero, extraoficialmente, en comisaría era conocida como «la jefa».

Le Ber miró a Labat con compasión.

—No me gusta decir que así es —añadió—, pero desde luego, así es.

Labat no era un hombre dado a mostrar sus emociones, pero en ese momento su expresión era digna de lástima.

—¿Cuántos años tiene su tía? —quiso saber Nevou.

—Ochenta y nueve. Pero está como un roble. Completamente sana. Su madre llegó a los noventa y ocho.

—Para la muerte, la salud carece de importancia —sentenció Le Ber, asintiendo.

Dupin estuvo a punto de objetar con vehemencia. Si la mujer estaba «completamente sana», ¿qué le hacía pensar que la anciana fuera a morir de pronto? En la Bretaña había no pocas personas centenarias, y saltaba a la vista que ella tenía los genes.

Con todo, se abstuvo de discrepar. Era inútil. Conocía las historias sobre presagios de muerte. Había un sinfín. Y además, de lo más triviales, lo cual, en opinión de Dupin, les confería un matiz casi cómico. Cualquier cosa podía anunciar la muerte, el Ankou todopoderoso. Por ejemplo, los aullidos de los perros por la noche, si se apagaban velas en una iglesia, soñar con caballos —a menos que fueran blancos—, el lagrimeo repentino de los ojos o un escalofrío súbito. Resultaba especialmente alarmante que cayeran platos al suelo y se hicieran añicos. Al parecer, esos augurios solo eran considerados como tales en circunstancias concretas; de no ser así, los bretones verían a diario presagios de su muerte inminente y la Bretaña estaría desierta. El propio Dupin habría muerto ya cientos de veces.

Había un presagio más insidioso que todos los demás: cuando en una casa había tres luces encendidas a la vez. Se decía entonces que el advenimiento de una muerte especialmente dolorosa estaba a punto de suceder. En opinión de Dupin, solo unos pocos presagios tenían un carácter misterioso convincente. Por ejemplo, levantarse por la mañana con manchas céreas de color amarillo en las manos. O, más improbable, la aparición en sueños de alguien caminando cargado con un gran fardo de ropa sucia.

—Tal vez debería usted acompañar a su tía al médico, Labat. Por si acaso.

Dupin habló en tono suave, claramente dispuesto a mostrar su empatía. Nevou, Le Ber y Labat lo miraron estupefactos.

—Si le ha llegado su hora, es que le ha llegado. No se puede hacer nada al respecto —explicó Nevou—. Nadie puede. Ni siquiera un médico.

En sus labios sonó como si dijera «sobre todo un médico». Le Ber asintió pensativo.

—¿Ha visitado a su tía recientemente? —preguntó Dupin.

—El domingo. Ayer. —Labat vaciló—. Poco a poco se va despidiendo.

Lo cual le tomaría aún algún tiempo. Dupin no sabía mucho de la tía de su inspector, pero ella era la cabeza visible del nutrido clan familiar de Labat. El inspector había perdido a sus padres en un accidente de tráfico siendo muy joven, con dieciocho años recién cumplidos. De pronto, tuvo que apañárselas por sí mismo. Su tía, hermana de su madre, se había hecho cargo de él. Daba la impresión de que ella era quien mantenía a la familia unida. Si Dupin había interpretado correctamente las numerosas historias que le había oído en los últimos diez años, Labat sentía un profundo apego por ella. La anciana vivía en el extremo norte de la Bretaña, junto al Aber Wrac'h, uno de los tres grandes *abers* legendarios, que es como se llamaban en la costa noroeste de Finisterre a los ríos que se ensanchaban formando ensenadas. La tía poseía una antigua abadía medieval y un parque, que en su día fue el jardín de la abadía.

—Entiendo. —A Dupin eso le parecía un poco macabro—. Quiero decir que lo siento mucho —añadió al instante—. Eso de su tía.

Nevou, Le Ber y Labat lanzaron otra mirada de desaprobación al comisario. La frase de Dupin había sonado a pésame.

—Aún no se ha muerto —objetó Labat—. Ella…

—¿Alguien quiere café? —Lily acudió al rescate del comisario—. ¡Ah, por cierto! Ya han llegado las primeras manzanas. Tengo una tarta recién salida del horno hecha con unas deliciosas reinetas de Armórica.

Una de las decenas de variedades de manzanas bretonas.

—Por supuesto —dijo Dupin al instante—. Y un café solo.

—Perfecto —asintió Lily.

—Póngame un trozo a mí también, por favor.

A Le Ber le brillaban los ojos. La llegada de las primeras manzanas era uno de los eventos culinarios del año bretón. Además, el inspector conocía todas las variedades bretonas de esta fruta: las viejas, las nuevas, las de repostería, las de compota… A Dupin también le gustaban las manzanas, sobre todo caramelizadas sobre la tarta con su tono dorado, pero en especial la masa ultrafina que llevaban debajo.

—Y otro para mí —pidieron Labat y Nevou al unísono.

—Por cierto, Labat, ¿sabe cuándo vamos a recibir el cinemómetro láser? —Dupin aprovechó la ocasión para asegurarse de no volver a hablar de la tía de Labat—. Y otra cosa, los nuevos etilómetros. También estaba previsto que llegaran en octubre, ¿verdad? —Simuló un tono de voz interesado.

Nuevos dispositivos de alta tecnología para el control del exceso de velocidad y las pruebas de alcoholemia. Dos temas de los que Labat se ocupaba con pasión y en los que se centró al instante hasta volver a ser casi el de siempre.

—Espero recibirlos a más tardar a fin de mes. Estos aparatos nos catapultan directamente al futuro, comisario. La precisión de las nuevas tecnologías láser alcanza cotas inimaginables de…

—¿Y cómo tenemos el asunto de los bañistas en el pasaje, Nevou?

No era necesario recrearse en los elogios a las innovaciones técnicas, a Dupin solo le interesaba desviar el tema.

Desde hacía algunos días, un grupo de jóvenes se divertía bañándose de noche en el pasaje, esto es, en los cien metros de mar que separaban las dos mitades de Concarneau: la Ville Close y la parte oriental de la ciudad. Dos veces al día, unas gigantescas masas de agua procedentes del Atlántico penetraban a través del pasaje al gran puerto de la ciudad para luego volver a salir. Concarneau tenía varios kilómetros de costa y no pocas playas de ensueño, todo el mundo podía bañarse donde quisiera, pero justo ahí, por donde entraban y salían barcos, nadar estaba estrictamente prohibido. Por allí cruzaban muchas embarcaciones, tanto de día como de noche. La gracia de nadar en el pasaje consistía en enfrentarse a una corriente poderosa. Nevou había hecho suya esa causa y había hablado con varios residentes de la zona para identificar al grupo. En rigor, era una nimiedad. Pero, en todo caso, una nimiedad peligrosa.

—Ya lo he aclarado.

—¿Qué significa eso?

—Ya están identificados y he hablado con dos de los jóvenes. —Se frotó la barbilla y añadió—: Creo que ya lo han entendido.

A Dupin no le cupo ninguna duda.

—¿Y usted, Le Ber? ¿Qué tiene previsto para esta tarde?

—Ya lo sabe, jefe. Seguir hablando con la doctora.

Dupin lo sabía, por supuesto. Solo que lo había olvidado. Para ser sincero, lo había borrado de su mente. Era demasiado descabellado. Dos días atrás habían recibido una llamada de correos. Al parecer, tras pasar la noche en las oficinas, un paquetito ya listo para el reparto olía de forma extraña y penetrante. De hecho, el olor se había extendido por todas las dependencias. Un empleado había demostrado tener un olfato sospechosamente bueno y lo reconoció al momento: era cannabis. No se equivocaba. Treinta gramos de cannabis mal envasado. Finalmente, en lugar de correos había sido la policía, en concreto Le Menn y Le Ber, la que se había encargado de entregar el paquete en un lugar algo apartado, en dirección a Fouesnant. La destinataria era la archivera jubilada del ayuntamiento y doctora en Historia. Durante su visita, Le Menn y Le Ber habían intentado hacerle entender con educación que aquello era un producto ilegal y que estaban obligados a presentar cargos. La septuagenaria, una mujer risueña, no entendía por qué. Afirmaba que llevaba diez años encargando ese «medicamento», siempre al mismo productor bretón, *fait en Bretagne*. Nadie nunca le había puesto ninguna pega. Luego, como ella tenía que marcharse con urgencia porque tenía cita en la peluquería, habían acordado proseguir la conversación por la tarde. No había peligro de fuga.

Dupin, por su parte, tenía una cita no menos descabellada a las tres de la tarde.

Un profesor del Instituto de Biología Marina de Concarneau, una institución de renombre mundial, tenía la sensación de que alguien le seguía. Desde hacía tres semanas. El miércoles pasado, el científico, un parisino de unos cuarenta años, se presentó sin previo aviso en comisaría para denunciar que le acosaba un hombre vestido con un jersey azul de marinero. Como el que llevaban varias decenas de miles de bretones, Dupin incluido, y un sinfín de turistas. «De la altura de usted más o menos», afirmó el profesor en su declaración, para luego añadir: «De hecho, tengo que decir que se le parece mucho. Solo que él lleva unas zapatillas blancas de deporte». De todos modos, el profesor solo había visto de lejos al hombre en cuestión. Al parecer, al salir del Instituto el desconocido lo había seguido hasta su casa, que estaba a unos diez minutos a pie. Según el hombre, el día anterior —el profesor había llamado a Dupin a primera hora de la mañana— lo había vuelto a ver al salir de casa. Además, según afirmó el científico en su declaración, estaba trabajando en un asunto secreto del cual se negó a dar más detalles. Dupin sabía que el Instituto, el primero en el mundo dedicado a la biología marina, estudiaba los secretos del Atlántico, sus animales y plantas, y que estos brindaban unas enormes posibilidades. Incluso Claire señalaba de vez en cuando el mar con un gesto elocuente: «Allí se encuentra la solución a todos nuestros problemas. No es solo que venimos de allí, igual que toda la vida en la Tierra, es que además el mar puede salvarnos». Luego añadía con tristeza: «Aunque, en realidad, viendo cómo nos comportamos, no merecemos que nos salven».

—Después de hablar con la doctora, haré un turno —dijo Le Ber para terminar. Su rostro estaba exultante.

—Muy bien.

Dupin asintió. Con «un turno» Le Ber se refería a vigilar la construcción de una nave. Tenían que protegerla contra el espionaje industrial. El navegante François Gabart, uno de los grandes de la vela mundial y orgulloso hijo de Concarneau, llevaba cuatro años construyendo su nueva superembarcación: un trimarán de la clase Ultim. Treinta y dos metros de eslora. Una maravilla de la aerodinámica. Toda la ciudad seguía con entusiasmo los avances de la construcción. Estaba prácticamente terminado; el próximo año, Gabart competiría con él en la regata transatlántica. El color del barco era toda una declaración patriótica: una nave azul para la ciudad azul. Había dos agentes asignados para la vigilancia y eso era más que suficiente, pero a Le Ber le encantaba ese trabajo. Tanto como los barcos. Y François Gabart.

—*Et voilà!*

Lily estaba de vuelta con los cafés… y la tarta. Se hizo el silencio. Cada uno disfrutó de su postre sin decir una palabra.

En la dársena de la Ville Close —el casco antiguo de Concarneau ubicado en una isla—, el sol ofrecía un espectáculo vibrante de luz rutilante e intensa que inundaba el mundo entero envolviéndolo en un velo difuso. Ni rastro de la suavidad propia del otoño.

—¿Diga?

Posiblemente, nunca un «diga» había sonado tan desabrido. Eran las doce y media. De la noche.

Dupin ya se había acostado. Claire estaba a su lado. Llevaba un buen rato dormida. Desde las diez. Había llegado del hospital tarde y muerta de cansancio, y tras engullir la tortilla que Dupin le había preparado, se dio una ducha rápida, se acercó a la ventana para mirar el mar —su ritual vespertino—, y luego se metió en la cama.

Al poco rato Dupin se había tumbado a su lado y se había puesto a leer. Una historia disparatada, *Freya, la de las Siete Islas*. Un libro que Claire le había regalado. Aunque, de hecho, lo que estuvo haciendo fue contemplarla mientras dormía. Le gustaba hacerlo. Lo cierto era que el fin de semana anterior había planeado hacer una escapadita con ella. Una sorpresa. Tenía reservada una habitación en el Ty Mad de Tréboul, una joya situada en el fin del mundo propiedad de su amiga Armelle. Todo había salido a pedir de boca. Con la ayuda de Armelle había organizado un pícnic magnífico en una cala escondida. Sobre la arena cálida, entre poderosas rocas brillantes redondeadas por el mar. Ese, al menos, era el plan de Dupin. Pero entonces, un compañero de trabajo de Claire se puso enfermo y ella tuvo que trabajar el fin de semana. Para compensarla, le darían libre el día siguiente y el otro, pero no podrían hacer nada juntos. Nada en absoluto.

Dupin tenía la intención de preguntárselo a Claire ese fin de semana. Por fin. Habría sido perfecto.

—Es él… está fuera, frente a la puerta. Creo que ha intentado entrar.

Dupin reconoció la voz del biólogo marino. El profesor parecía aterrado.

—¿Qué quiere decir? —Dupin aguzó los oídos.

—He visto que el pomo de la puerta se movía. Quiere entrar en casa.

—¿Está seguro? Me refiero a si está seguro de que se ha movido el pomo de la puerta —susurró Dupin. No quería despertar a Claire.

—Estoy casi seguro. Bueno, está oscuro. Y, claro, no he encendido la luz.

Dupin se incorporó en la cama.

—Había alguien frente a la casa. Se lo aseguro. Iba deambulando de un lado a otro.

—¿Era el mismo hombre que usted cree que le ha estado acosando últimamente?

Una breve vacilación, y luego:

—No puedo afirmarlo con certeza.

Genial. Dupin lamentó haberle dado el número de móvil al profesor. Lo había hecho para tranquilizarlo.

—¿Está usted solo en casa, señor?

—Mi mujer está conmigo. Duerme.

—¿Puede ver a esa persona desde la ventana?

Era una noche estrellada y la luna era casi llena. En noches como aquella el mundo era de todo menos oscuro.

—Pero si me acerco a la ventana, él me verá.

—Seguramente esa persona sabe que usted está en casa. Eso, contando con que siguiera allí.

—Yo solo quiero…

Un chasquido.

—¿Oiga? ¿Profesor?

La llamada se cortó.

—¡Oiga! ¿Oiga? —Dupin ya no susurraba.

—¿Georges? ¿Qué ocurre?

Al final había despertado a Claire. Ella se volvió hacia él adormilada. Dupin se levantó.

—Tranquila, Claire, vuelve a dormir. Tengo que salir un momento por un asunto. Ahora mismo regreso.

—Vale.

Ella se giró. Dupin se sintió aliviado; al parecer, Claire volvió a dormirse de inmediato. Entró en el cuarto de baño, cerró con cuidado la puerta, encendió la luz y marcó el número del profesor.

Nada.

—¡Mierda!

Dupin salió del baño malhumorado, sacó sin hacer ruido un par de prendas del armario y se acercó a la escalera. Ya en la planta baja, encendió la luz y volvió a intentar contactar con el profesor.

De nuevo, en vano.

—Está bien —suspiró.

Se vistió de cualquier modo. Vaqueros, polo. Entretanto, marcó el número de Le Ber.

El inspector respondió al momento.

—¿Qué ocurre, jefe?

—Lo más probable es que nada. Es ese profesor del Instituto. Cree que el hombre que lo persigue está rondando por su casa. Acaba de llamarme. Y de pronto la conexión se ha interrumpido.

—¿Y no puede localizarlo?

—No. Voy a pasarme por allí con el coche.

—Bien pensado, jefe. Como sabe, el Instituto anda tras la pista de algunos hallazgos espectaculares…

—Está bien, Le Ber.

—Iré con usted, jefe. El profesor vive cerca de mi casa.

—De acuerdo. —Dupin ya tenía las llaves del coche en la mano—. Nos encontraremos allí.

—Por cierto, ¿ya lo sabe, jefe? —añadió Le Ber.

Dupin abrió la puerta principal.

—¿El qué?

Dupin salió al jardín. La noche era templada.

—Una lástima, jefe.

A esa hora, la temperatura debía de rondar los diecisiete grados.

—La tía de Labat. Ha fallecido. Ha sido muy rápido.

—¿Cómo? —exclamó Dupin con un tono demasiado alto.

—Su sobrina la ha encontrado a las siete y media de la tarde. En la terraza, en la tumbona. Al parecer, su sitio favorito. Murió tranquilamente ahí mismo. Labat acaba de llamar.

—¿Esta tarde?

—Sí, hoy por la tarde. El médico del pueblo ya ha certificado su defunción. Muerte súbita. Insuficiencia cardiaca. Una funeraria de Brest la ha recogido. Labat va de camino hacia allí.

Dupin llegó junto a su coche, se montó y arrancó el motor.

—Siento mucho oír esto. Mañana llamaré a Labat.

—Pero bueno, ella ya lo sabía. Los presagios eran evidentes. Y así ha sido.

—No creo que…

Dupin se interrumpió. Tenía que admitir que era una coincidencia extraña. Pensar que al mediodía habían estado hablando de la tía de Labat y de los presagios de su muerte y, apenas doce horas después, estaba realmente muerta… Pero, por supuesto, había personas así, que sentían la inminencia de su muerte. Eso no tenía nada que ver con lo sobrenatural.

—Nos vemos ahora, Le Ber.

El Citroën de Dupin partió a toda velocidad.

La segunda vez que Dupin se acostó aquella noche eran las tres y cuarto de la madrugada.

Estaba totalmente despierto.

Aquel servicio había sido grotesco de principio a fin. Debería haberlo imaginado.

No habían encontrado a nadie. Ni sospechosos. Ni inocentes. Ni rastro alguno de ningún acosador.

La interrupción brusca de la llamada y la imposibilidad de volver a contactar con el profesor tenían una explicación absolutamente banal: una batería descargada.

Cuando Dupin llegó, Le Ber ya estaba examinando el jardín del profesor con una de sus gigantescas linternas. No dio con nada remarcable. Luego, Dupin y Le Ber echaron un vistazo por la calle frente a la casa y sus alrededores. Finalmente, hablaron largo y tendido con el profesor, que insistió en que había visto a alguien delante de su domicilio. Exigió que tomaran huellas dactilares del pomo de la puerta principal y solo se calmó cuando le aseguraron que enviarían a alguien a la mañana siguiente.

Claire ni siquiera se había dado cuenta de que Dupin se había metido de nuevo en la cama. Una vez que se dormía, lo hacía profundamente. Dupin la envidiaba por eso.

Cogió su libro y de nuevo siguió a Freya por las Siete Islas.

El segundo día

Dupin adoraba la Corniche. «Su» Corniche. Donde Claire y él llevaban unos años viviendo. La parte occidental de la costa de Concarneau, cerca de la gran playa de Sables Blancs. Con pequeñas caletas arenosas en medio de mundos de granito; arena blanca, fina y brillante en un contraste descabellado con los innumerables tonos turquesa y azul del mar, y el celeste nítido del cielo de la mañana. El extenso paseo marítimo bordeado de grandes palmeras, el Quai Nul adentrándose en el mar.

Como todas las mañanas de verano había salido a nadar después de levantarse y de tomarse un café de un trago. Tras la ducha y un segundo café, ahora se encontraba junto a su coche. Haría una rápida parada en el Amiral de camino a la comisaría para tomarse un cruasán o una napolitana de chocolate, según su estado de ánimo, y un tercer café, esta vez elaborado en una máquina digna de consideración.

Eran casi las ocho.

Ese día, 2 de octubre, el verano seguía triunfando con descaro, aunque la mañana era maravillosamente fresca. Un mundo por estrenar.

A estas alturas, la escena nocturna con el profesor le parecía parte de un sueño.

Se había acomodado en el asiento del Citroën cuando sonó el tono penetrante de su teléfono móvil.

Nolwenn.

—¿Diga?

—¿Dónde está usted, señor comisario?

—¿Qué ocurre?

Dupin se dio cuenta al instante de que algo iba mal.

—Labat. Ha sido agredido. —Nolwenn hablaba con tono apagado—. En el jardín de su tía. Anoche. Él…

—¿Cómo?

Dupin estaba estupefacto.

—Alguien lo ha…

—¿Cómo se encuentra?

—No pinta bien. Pero su vida no corre peligro. Recibió un golpe en un lado de la cabeza. El derecho. Al parecer, la oreja no tiene buen aspecto. Él…

—¿Dónde está?

—En Brest, en el Pasteur-Lanroze.

—Voy para allá.

Dupin ya había arrancado el motor y pisó el acelerador.

—Nosotros también vamos. Le Ber ya está de camino. Llamaré a la esposa de Labat; ya ha sido informada. Pobrecita.

—¿Cómo ha ocurrido?

—Aún no sabemos nada, señor comisario, la llamada acaba de llegar. El jardinero de la tía de Labat lo encontró en el parque de la finca. Muy malherido, Labat estaba casi inconsciente.

—¿Qué hacía él allí?

—No lo sabemos. Antes estuvo en la funeraria. Suponemos que llegó al Aber Wrac'h sobre las 23.20. Salió de la funeraria hacia las 22.50. Está a unos treinta minutos en coche. El médico dice que podrá hablar con Labat más tarde. Todavía lo están examinando. Le están haciendo una resonancia en la cabeza.

—¿Quién está en el lugar? En el Aber Wrac'h, en la casa de la tía.

—Cuatro gendarmes de Lannilis.

—Quiero que se acordone todo. La casa, el jardín. Todo. Y quiero hablar con el jardinero.

—Por supuesto.

—Y también con esa sobrina que ayer encontró a la tía —añadió Dupin—. Supongo que es la prima de Labat.

—Así es.

—Bien. Nos vemos en Brest, Nolwenn.

—Hasta pronto.

Dupin ya había llegado a la rotonda situada al final de la Corniche; ahora el camino ascendía por la colina en dirección hacia la carretera, la Route Nationale, y pisó el acelerador a fondo.

—Menuda mierda —masculló.

Labat tenía un aspecto lamentable.

Llevaba la cabeza vendada, con un grueso abultamiento en la oreja derecha. Le habían colocado una vía intravenosa en el brazo izquierdo de la que salía un tubito. Le Ber se encontraba de pie junto a la cabecera de la cama. Estaba muy pálido.

Además de la notable herida en la parte superior de la oreja y el cuero cabelludo, el médico le había diagnosticado una conmoción cerebral grave. Era un diagnóstico preliminar, aunque el doctor repitió varias veces con expresión seria que Labat había tenido mucha suerte.

—Habría podido ser algo muy distinto, como un traumatismo craneoencefálico severo.

Además, había mencionado un shock. Labat, en efecto, parecía profundamente afectado.

—Él… Ya debía de estar allí. —Hablaba despacio, en voz baja, rota—. Apostado junto a los árboles, entre los arbustos. Estaba oscuro. Quiero decir, habiendo luna llena yo le habría visto. Pero…

Se interrumpió.

Labat ya había repetido aquello media docena de veces, aunque con frases diferentes. Era como si pudiera descubrir a su atacante a base de contarlo una y otra vez. Era lo que ocurría cuando se producía un trauma: el cerebro repetía sin cesar la situación traumática con la absurda esperanza de evitarla.

—Me atacó sin más. De pronto, como salido de la nada. Bueno, no lo sé, no lo recuerdo. Una rama, tal vez un tablero. Es como si lo hubiera borrado de la mente. Creo que a veces estaba despierto y a veces no, pero no lo recuerdo. Todo me daba vueltas.

—El médico dice que probablemente al principio estuvo inconsciente un buen rato y que luego quedó sumido en una especie de sopor —explicó Le Ber.

Labat estaba postrado en una de cama típica de hospital. Con todo, en el renombrado centro médico Pasteur-Lanroze, situado en la parte norte de Brest, se apreciaba, incluso en las camas, un diseño animado y no demasiado aséptico. La cabecera era de color verde alga, un tono que también se podía encontrar en la mesilla de noche. La pared de atrás era de un relajante rojo burdeos. Nolwenn le había conseguido a Labat una *chambre grand confort* —ese era el nombre—, es decir, una habitación con butaca, un televisor impresionante y, según decía su descripción, con «comida gourmet».

—¿De verdad no logró ver nada de su atacante? —le preguntó Dupin una vez más, sin poder evitarlo.

—No.

—¿Por qué fue anoche al Aber Wrac'h, Labat?

Dupin empezó a recorrer de un lado a otro el linóleo verde claro del suelo de la habitación.

—Yo… —Labat hizo una pausa—. Después de ver a mi tía en la funeraria… Bueno… No tenía nada pensado. Sentí una necesidad. Yo solo…

Se interrumpió.

Dupin entendía bien esa necesidad. El hogar de las personas, los apartamentos, las casas donde habían vivido durante mucho tiempo, eran algo más que paredes y techo. Al cabo de un tiempo adquirían algo de la propia persona. Como si su espíritu y su alma los impregnaran; en ningún otro lugar los difuntos estaban tan presentes.

—Como digo, oí algo. Creo. Unos ruidos. Yo estaba en la terraza. —Labat también había explicado esta parte de la historia varias veces—. Fue junto a los manzanos del jardín. Creo que los ruidos procedían de allí. Grité con fuerza que era de la policía.

Aquel dato era importante, porque convertía el incidente en algo aún más grave: el atacante sabía que Labat era policía, y aun así estaba dispuesto a herir, tal vez incluso a matar, a un agente de la autoridad. Muchas veces, las lesiones en la cabeza acaban en muerte.

—Entonces, yo…

—Bueno, por ahora es suficiente.

El médico, un hombre joven y alto que acababa de invitarles a poner fin a la conversación, apareció calzado con unas zapatillas de deporte discretas e interrumpió a Labat.

—El paciente necesita descansar. —Se acercó al gotero—. Ahora reduciremos un poco la dosis de corticoides, le excita demasiado. Así ya no tendrá tantas ganas de charlar. Prefiero que ahora duerma un poco.

El médico tenía razón. Además, de momento no iban a obtener gran cosa de Labat.

—Por cierto, están aquí tres compañeras suyas —añadió, mirando a Dupin—. Me han pedido que le dijera que le esperan en la entrada principal.

Nolwenn, Nevou y Le Menn.

—Gracias, doctor.

Dupin se acercó a la cama del inspector.

—Cuídese, Labat. Nos ocuparemos de todo, se lo aseguro.

La frase había sonado más dramática de lo que Dupin había pretendido.

—Y mi más sincero pésame por la muerte de su tía.

Labat solo logró murmurar un débil «gracias».

—Lo pillaremos, Thierry. —Le Ber no se había apartado del lado de Labat en todo el tiempo.

Con un gesto de cabeza, Dupin se despidió de Labat y luego del médico, y finalmente salió de la habitación.

—Nos vemos pronto —aseguró Le Ber a su colega, y siguió a Dupin.

Tres minutos más tarde se encontraron con Nolwenn, Nevou y Le Menn delante del hospital. Nolwenn exigió un informe detallado.

Le Ber dio cuenta de todo con precisión.

—¿No han encontrado nada en la resonancia magnética?

—No —dijo Le Ber—. Al parecer, solo es una conmoción cerebral. Va a tener que guardar cama durante una semana. Han tenido que darle algunos puntos en la oreja.

Dupin llevaba un rato deambulando de un lado a otro frente a la entrada del hospital. Notaba cómo la rabia iba creciendo en su interior hasta convertirse en una profunda ira.

Nadie atacaba a su gente.

—¿Por qué iba alguien a agredir sin más a un policía? —También Le Menn estaba furiosa—. ¿Qué podía estar haciendo esa persona en el parque de la finca a esas horas?

Nolwenn tenía una mirada sombría.

—Fuera lo que fuese, debía de estar tramando algo realmente malo. —Su voz temblaba de indignación—. El agresor estaba dispuesto a asumir un asesinato. El de Labat. Un policía.

Nolwenn tenía razón. En todo. Al agredir a un agente, el atacante sabía que habría una respuesta aún más contundente por parte de la policía. Era evidente que contaba con ello.

—Tal vez —murmuró Nevou— intentaba entrar en la casa de la tía y la llegada de Labat se lo impidió. Deberíamos ir allí.

Así era.

—Vayamos —ordenó Dupin.

—Yo me quedaré aquí con Labat. Su mujer está a punto de llegar; tenía que dejar a los gemelos en casa de la abuela —explicó Nolwenn—. Le Menn, será mejor que regrese a Concarneau y guarde allí el fuerte.

Dupin asintió.

—Señor comisario, le he enviado la dirección de la tía de Labat, Joëlle Contel. Lo más importante: desde hace apenas unos minutos, la investigación sobre la agresión contra el inspector Labat es oficialmente una cooperación conjunta entre las comisarías de Brest y Concarneau. No ha sido fácil, digamos que he tenido que actuar con cierto grado de vehemencia. Sin embargo, al final Guenneugues se ha mostrado comprensivo.

El prefecto. Con quien Dupin estaba siempre en pie de guerra. Una verdadera piedra en el zapato desde su primer día en la Bretaña.

Por un instante, el comisario pensó que, de hecho, el caso estaba fuera de su competencia, pero había descartado de inmediato esa idea. Como no podía ser de otro modo, no tenían más remedio que investigar. Después de todo, Labat había sido víctima de una agresión.

—Dentro del marco de esta investigación, está usted autorizado a capitanear la gendarmería de Lannilis, a la comandante Carman y a su equipo.

—Perfecto.

Como siempre, Nolwenn obraba milagros. Y además lo hacía como si fuera lo más natural.

—Solo faltaría que «nuestro» hombre fuera agredido y alguien desconocido se hiciera cargo de la investigación…

Nolwenn negó con la cabeza.

Dupin se apresuró a ir a su coche, que tenía aparcado justo delante de la entrada principal.

—Nos vemos allí.

Aunque ventoso, Aber Wrac'h era un paraíso.

Aquella aldea y su puerto diminuto estaban en la orilla del mar. Justo en la desembocadura del *aber*. A ambos lados se extendían unas penínsulas largas y escabrosas que se adentraban en el océano. Entre ellas, en la extensa bahía, había docenas de islotes y peñas agrestes.

También la Abadía de los Ángeles, residencia de la tía de Labat, era un paraíso. Un edén escondido tras unos elevados muros antiguos de piedra clara de granito, a unos cientos de metros del pueblo, a orillas del mar, en una hermosa playa de arena de forma alargada.

Detrás de la antigua abadía se alzaba una colina densamente arbolada que se elevaba de forma suave y armoniosa, protegiendo la abadía por ese lado como si de una muralla gigantesca se tratara. Todo el complejo, aquel reino amurallado, parecía embrujado. Como siempre, los monjes habían sabido exactamente dónde establecerse. En el lugar más hermoso. En el más resguardado.

Era un mundo sosegado, celestial. Idílico. Al menos bajo aquel sol espléndido que, junto con un viento impresionantemente fuerte, había imperado también ese día en el norte de la Bretaña. Un viento del noroeste, cargado de sal y de yodo procedentes del Atlántico. El lugar desprendía un aura muy intensa. Nada más alejado de Dupin que el misticismo, pero sin duda existían lugares en los que se intuía algo parecido. En este caso, un aura brillante y nítida, en absoluto siniestra. Sin embargo, había sido perturbada. Y de forma muy viva.

Dupin aparcó justo delante del muro, donde ya había dos coches patrulla Renault de la gendarmería del lugar.

Él nunca había estado allí; de hecho, solo había visitado en una ocasión esa parte de la costa. Tréompan.

El comisario se dirigió hacia la entrada, un arco abierto en la poderosa muralla frontal. Tras esta se elevaba la iglesia de la abadía, sencilla, pero justo por eso más impresionante. Medía unos veinte metros de altura y era del mismo granito de color claro que las murallas. Gótico bretón: una mezcla obstinada de románico y gótico. Tejado puntiagudo de pizarra que brillaba al sol. Vidriera alta y estrecha de un misterioso azul reluciente.

La iglesia tenía adosado un edificio de forma alargada, también de tejado puntiagudo. Junto a este, otro, algo más plano, y a continuación un tercero y último. La fachada completa de esos edificios debía de medir unos ciento cincuenta metros. La última casa apenas tenía espacio para un primer piso estrecho.

Dupin atravesó el arco de piedra y entró en un patio interior. No fue consciente de que se había detenido.

Apenas había dado un paso y, sin embargo, tenía la sensación de haber penetrado en otro mundo, en otro tiempo. Era como si todo el complejo se hallara bajo una cúpula invisible que alcanzara el cielo, dentro de una esfera propia. Al abrigo de los muros enormes, no había ni un soplo de viento. Exuberantes matas de lavanda de color púrpura brillante. En un rincón, una extravagante adelfa de flores naranjas.

Dupin había dormido muy poco, unas tres horas; en su situación, el mundo podía parecer extraño.

—¿Hola?

Se adentró un poco más en el patio. Todo estaba en un excelente estado. La casa contigua a la iglesia tenía una elegante puerta de madera enmarcada en un arco de piedra ricamente decorado con cristales incrustados en unos listones de filigrana. Igual que los marcos de las ventanas, estaba pintada de un color verde menta apagado. A derecha e izquierda de la puerta había unos salientes sobre los cuales se erguían unas macetas de terracota de bordes redondeados con bojes primorosamente podados. Un muro de piedra cubierto de líquenes blancos separaba el patio del parque; junto al muro crecían unos enormes arbustos de hortensias blancas y rosa palo. Detrás, unos árboles altos se elevaban hacia el cielo. Entre ellos, un pino magnífico sobresalía por encima de los demás.

—¿Hola? —volvió a llamar Dupin—. ¿Hay alguien aquí?

Los gendarmes tenían que estar en algún sitio. Por otra parte, a estas alturas el jardinero y la sobrina ya deberían haber llegado.

Sin embargo, Dupin únicamente había visto coches policiales.

Se encaminó hacia la elegante puerta de la casa. A la derecha, una campana colgaba de una estructura elaborada de latón. Para llamar, una cuerda marinera corta.

Dupin apretó el pomo de la puerta. Cerrado.

Luego hizo sonar la campana.

—¿Hola? Soy el comisario Dupin.

—Aquí nadie le oirá, jefe.

Le Ber asomó por el patio detrás de Dupin.

—Los compañeros están al otro lado de la abadía; allí es donde se encuentran la vivienda y la terraza. —El inspector avanzó con paso resuelto—. Estuve aquí en otra ocasión. Una visita guiada. De hecho, es todo propiedad privada, pero la señora Contel siempre concedió importancia a que este lugar extraordinario fuera accesible para todos. A fin de cuentas, la antigua abadía es un monumento importante.

Le Ber recorrió en silencio toda la fachada de casas y dobló la esquina al llegar al último edificio. Normalmente, el inspector habría descrito un lugar extraordinario como aquel con explicaciones prolijas y expertas. Seguro que había mucho que contar sobre él. Sin embargo, ese día no fue así.

Pasaron junto a un arriate de alcachofas en flor de color morado, con sus hojas plateadas y estriadas. A Dupin, las alcachofas le hacían perder la cabeza; le gustaban sobre todo aderezadas con una vinagreta de receta propia cuyo ingrediente secreto era el perifollo; una de las pocas recetas que dominaba.

Al parque se entraba directamente desde el lado que daba al mar. Entonces se podía apreciar la enorme extensión de la finca. El césped, muy bien cuidado, se extendía hacia lo alto, hasta el bosque.

—Me pregunto si no sería buena idea ordenar la autopsia de Joëlle Contel. —Le Ber rompió su silencio, aunque sin reducir la considerable velocidad de sus pasos.

—¿Cree usted que podría no ser una muerte natural?

—No deberíamos descartar nada.

—¿Tiene algún motivo en concreto, Le Ber?

—Por si acaso.

Pasaron junto a un edificio que parecía un establo antiguo. Un muro elevado con tres grandes arcos colindaba con él. Le Ber siguió andando en línea recta, imperturbable. Los arcos dejaban ver el gran patio interior, que estaba resguardado por los edificios circundantes. En aquel lugar el tiempo parecía haberse detenido, reinaba una eternidad celestial. Cipreses altos y elegantes, viña virgen cubriendo la fachada de hojas rojas y brillantes. Ahí uno tenía casi la impresión de encontrarse en la Toscana, o en la Provenza. Era casi inconcebible pensar que estaban junto al Atlántico, que ahí, en el norte de la Bretaña, era mucho más agreste que en el sur. Fucsias, iris de distintos tipos. Amarillos, morados, rojos oscuro. Agapantos de color azul intenso. Rosales. Saúcos, valeriana marchita. Grandes parterres de plantas aromáticas, sin duda con ejemplares de lo más exótico. Sendas discretamente trazadas conducían a través de aquel bendito reino interior y llevaban a una fuente bordeada de grandes bloques de granito. Había incluso una arcada.

Doblaron la siguiente esquina. Allí estaba. La terraza. El lugar favorito de Joëlle Contel, la tía de Labat. Donde ella había fallecido y en cuyas proximidades Labat había sido atacado. Una gran terraza de madera desgastada, justo delante de otro edificio de piedra.

Allí aguardaba un pequeño grupo de personas. Cuatro gendarmes, dos mujeres y dos hombres; una mujer a quien Dupin le echó unos cincuenta años —la sobrina, posiblemente—, una chica joven y otro hombre. Debía de ser el jardinero. Se encontraban de pie junto a una gran mesa de madera.

Una de las gendarmes se acercó a Dupin y a Le Ber con paso enérgico.

—Soy la comandante Anne Carman, jefa de la gendarmería de Lannilis. Me ocupo de la investigación del incidente de anoche.

Solo tras una breve pausa los saludó con un seco *bonjour*.

—*Bonjour*, comandante Carman.

Dupin la saludó con un ademán de cabeza. Le Ber se limitó a farfullar algo. El inspector solía ser una persona extremadamente cortés.

La comandante tenía el pelo oscuro y rizado y lo llevaba cortado a media melena; era de rasgos delicados y proporcionados y su figura menuda la hacía parecer un poco perdida dentro de la camisa azul claro con las obligadas insignias de los hombros y el pantalón azul marino.

—¿Sabe qué andaba haciendo su inspector aquí en mitad de la noche? —preguntó volviéndose hacia Dupin. Su finura compensaba la vehemencia de su tono de voz y su actitud desafiante.

—Una visita de carácter privado. Nada oficial —espetó con tono brusco Le Ber, que se había tomado la pregunta como un ataque—. Nuestro compañero es sobrino de la difunta señora Contel.

—Estoy al corriente de ello.

Dupin intentó mediar:

—Anoche el inspector Labat fue a Brest, a la funeraria, después de que su tía fuera trasladada allí. En cierto modo, para despedirse de ella. Luego sintió la necesidad de acercarse hasta aquí. Vino a visitarla la tarde del domingo. Aquí, en la abadía. Su tía significaba mucho para él.

La mujer que había permanecido junto a los gendarmes se les acercó.

—*Bonjour.* Soy Sophie Gautier, la sobrina de Joëlle Contel. —Detrás de ella había una chica joven, Dupin le calculó unos dieciséis años—. Y esta es mi hija Marie.

—*Bonjour, messieurs* —saludó cortésmente la muchacha.

—¿Saben algo de Thierry? —Sophie Gautier parecía muy preocupada—. Es mi primo —añadió a modo de explicación—. He hablado un momento con su esposa por teléfono. Me avisará en cuanto pueda recibir visitas.

Resultaba extraño. Dupin iba a tener que acostumbrarse a que todos se refirieran a Labat por su nombre de pila. Aquella era la familia de Labat.

—Su primo ha tenido suerte, señora.

—Está bien, dadas las circunstancias. Ha sufrido una conmoción cerebral y presenta además una herida grave en el oído. —Al parecer, a Le Ber no le había parecido suficiente la respuesta breve de Dupin—. Va a tener que someterse a una reconstrucción quirúrgica de una parte de la oreja.

—Le acompaño en el sentimiento por la pérdida de su tía, señora Gautier. —Dupin casi se había olvidado de darle el pésame.

—¿Fue usted quien encontró a Joëlle Contel aquí anoche? —Le Ber fue directo al grano. Una pregunta retórica.

—Así es.

Sophie Gautier se volvió y señaló una tumbona anticuada de teca maciza, con un grueso cojín verde oscuro. Era una mujer atractiva, de piel bronceada y ojos verdes brillantes que contrastaban con el color castaño de su larga cabellera. Llevaba pantalón azul con bolsillos en ambas perneras y camisa de manga larga; tenía un aspecto fuerte y femenino al mismo tiempo. Se aproximó a la tumbona y acarició el respaldo con cariño.

—Se sentaba aquí siempre que el tiempo lo permitía —dijo con tristeza.

—¿Notó algo extraño cuando encontró a su tía, señora Gautier? —preguntó Le Ber.

—¿Qué quiere decir, inspector? —Sophie Gautier se inquietó.

—Exactamente eso —respondió Le Ber, imperturbable—. Si notó alguna cosa inusual cuando anoche se encontró a su tía muerta aquí.

—Yo… —Miró a Le Ber—. No. Nada de nada. Fue un shock. Solo pasé un momento a ver cómo estaba. Yo… cuido de tía Joëlle. Bueno —se interrumpió—, cuidaba de ella. Vivo justo al lado, a no más de trescientos metros.

—Acabamos de examinarlo todo a fondo. La terraza, el jardín, la casa… —La comandante sacudió la mano de forma enérgica—. No hemos encontrado nada llamativo, inspector. Nada en absoluto. Además, ¿a qué viene esto?

En ese instante se hizo evidente que ella y Le Ber no iban a llevarse bien.

Dupin se volvió hacia Sophie Gautier.

—¿Esto es la residencia, la parte privada de la finca donde vivía Joëlle Contel?

—Sí. Era su casa. Su espacio personal.

—¿Y no utilizaba ninguno de los otros edificios para ella?

Dupin se acababa de plantear esa pregunta. ¿Cómo se vivía en un lugar así? Debía de haber siete u ocho edificios. Varios cientos de metros cuadrados.

—No. Esta terraza era lo que más le gustaba del mundo. Este era «su» sitio. —Sophie Gautier señaló una puerta de madera—. Y ese es el acceso directo a su cocina.

Dupin entendió perfectamente la predilección de Joëlle Contel por esa terraza. Estaban en medio de la versión bretona de un jardín botánico: una mezcla salvaje de árboles y plantas que iban del Mediterráneo más meridional hasta la Noruega más septentrional, del extremo más alejado de Asia hasta la costa occidental de Irlanda. Incluso plantas procedentes del norte y el sur de América habían arraigado en la Bretaña traídas de todas partes por los temerarios marineros bretones. Una magnífica magnolia en flor —existían también plantas de floración tardía, le había explicado Claire en algún momento, preocupada por su ignorancia en cuestiones de botánica—, rododendros, dos pequeños limoneros de los que pendían frutos de un intenso amarillo. Un enebro, alto como una casa, con bayas negras, base de muchos aguardientes y elixires monacales. Claire le había contado en una ocasión que esos arbustos vivían mil años. Tres árboles de seda, muy juntos, unas bellezas delicadas que extendían un paraguas de flores blancas y moradas. Por la noche, esa especie replegaba las flores, lo que en algunas zonas le había valido el nombre de árbol durmiente. Un alerce gigantesco se elevaba solitario y también se podía ver otro solitario, uno mediterráneo: un pino de Jerusalén.

En aquel lado de la finca, el terreno descendía en una cuesta. Así, desde la terraza, algo elevada por encima de los muros, se podía ver el mar, aunque solo una franja. Y, además, una parte de la península situada al este de la desembocadura del *aber* sobre la que dos faros se alzaban majestuosos hacia el cielo.

Uno de color gris granito y el otro, blanco, detrás. Desde allí casi parecían alineados. Joëlle Contel los contemplaría desde su tumbona. Por la derecha ascendía la colina, que formaba parte de la finca. Primero había un prado, y luego, a unos treinta metros, un grupo de manzanos. Dos de ellos repletos de brillantes manzanas rojas. Unos pasos más atrás se erguía el bosque.

Con todo, las mejores vistas para Joëlle Contel estaban al frente, hacia el parque: un pequeño arroyo tremendamente romántico descendía por la colina entre murmullos. A ambos lados, helechos, musgos, plantas acuáticas, lirios amarillos como el sol, unas extrañas cañas cortas. Siguiendo el arroyo con la vista en dirección hacia el borde del bosque, se veía una alberca junto a la que había una escultura de piedra clara de una mujer con un niño de tamaño natural.

—Un manantial. —Sophie Gautier había reparado en la mirada escrutadora de Dupin—. Un manantial generoso. Aquí los monjes eran completamente autosuficientes. Tenían ganado, cultivaban de todo en los jardines y tenían la mejor agua de manantial. Esto y la fruta abundante eran la base perfecta de unos aguardientes excepcionales. Solo vivían una veintena de monjes; sin duda, ellos no sufrieron ninguna penuria.

—Aquí estoy.

Nevou apareció casi sin aliento por el lado de la iglesia. Saludó con un ademán de cabeza a la comandante y a Sophie Gautier, y luego al grupo junto a la mesa.

—Dos tractores y al menos veinte coches delante de mí —explicó la agente—. Ni con la sirena podía avanzar.

El terror de las carreteras bretonas: los tractores. Conducidos, además, por campesinos especialmente obstinados.

—¿Dónde ocurrió? ¿Dónde fue atacado Labat?

Le Ber quería ir al grano.

—Por aquí. —La comandante se encaminó hacia los manzanos.

—Creo que el jardinero debería acompañarnos. —Las palabras de Le Ber sonaron como una orden.

La comandante llamó al hombre que hasta el momento no se había movido del sitio.

—Señor Hilaire, ¿nos podría acompañar?

—Desde luego.

Dupin, Le Ber y Nevou también se pusieron en marcha.

—Venga usted también con nosotros, señora— pidió Dupin a Sophie Gautier—. Seguro que nos será de ayuda.

Su hija permaneció en la terraza con los demás policías y sacó su móvil.

Entonces Dupin vio la zona acordonada. Era un cuadrado de unos tres metros por tres.

La comandante se detuvo poco antes de llegar al cordón.

—Aquí. Lo encontramos aquí tendido. —Señaló el centro de la superficie cuadrada—. No hay nada que ver. Los forenses ya han examinado el lugar. Césped inglés, cuidado con esmero. —La comandante Carman dirigió una mirada de reconocimiento al jardinero—. La hierba es espesa y firme, muy resistente. Y hace tiempo que no llueve. Esto significa que no hay huellas.

La hierba era de un color verde intenso y vivo; allí las aguas subterráneas no eran un problema.

La escena era un tanto ridícula: todo el mundo mirando fijamente el pequeño pedazo de césped, intentando encontrar en él algo, sin saber el qué.

—Hay un poco de sangre, pero cuesta verla. Por la lesión en la oreja de su inspector, sospechamos que es suya. Los forenses ya han tomado una muestra.

—¿Tienen alguna sospecha sobre lo que podría haber ocurrido? —Sophie Gautier parecía muy impresionada.

Dupin alzó la cinta amarilla que formaba el cordón, se agachó y entró en el cuadrado.

—En absoluto. ¿Y usted? ¿Se le ocurre alguna cosa? —preguntó él.

Se dirigió con cautela al centro de la zona acordonada. Todas las miradas estaban fijas en él.

—¿Yo? No. Me cuesta imaginarme que alguien penetrara anoche en el mundo de Joëlle. Y claramente con malas intenciones. —Hizo una pausa—. Yo también estuve aquí anoche, hasta las diez menos cuarto.

—¿Usted sola? —quiso saber Le Ber—. Cuéntenos exactamente cómo transcurrió todo ayer a última hora de la tarde, después de encontrar a su tía.

—Llamé de inmediato a un médico. De todos modos, en cuanto la vi supe que había fallecido. A continuación llamé a mi madre, a mi tío y a mi primo Maxime. Vinieron enseguida. Los tres viven cerca. Estuvimos aquí todos juntos. El médico llegó y confirmó la defunción. Llevamos a la tía Joëlle dentro de la casa y avisamos a algunas personas, entre ellas a Thierry, a la mejor amiga de Joëlle y a una serie de conocidos a quienes debíamos dar la noticia. Y luego, sobre las nueve y media de la noche, la funeraria recogió el cuerpo y se lo llevaron a Brest. Yo fui la última en salir, a eso de las diez menos cuarto. Quise quedarme sola aquí un rato. Pero no noté nada raro.

Dupin había sacado la libreta del bolsillo y lo iba anotando todo.

—Eso fue más o menos una hora y media antes de que Labat llegara aquí —concluyó Le Ber—. ¿No vio a nadie cerca de la finca, en la calle?

—No. A nadie.

Dupin encontró el sitio. Se agachó. En efecto, se veía un poco de sangre seca en algunas briznas de hierba. Aunque al parecer Labat había permanecido allí durante horas, ni de cerca se podía advertir huella alguna.

Le Ber también traspasó el cordón policial.

—Señor Hilaire, díganos exactamente cómo ha encontrado al inspector Labat esta mañana.

—¿Qué quiere decir con «exactamente»? —El jardinero, un hombre corpulento de cabello rapado, rostro amable y bronceado, parecía desbordado.

—¿Dónde lo ha encontrado? —preguntó Le Ber.

—Sí, bueno, aquí mismo. Eran las siete y cuarto.

—¿Estaba ahí tumbado, sin más?

El jardinero estaba abrumado.

—Lo he visto aquí, en el suelo, de lejos. He gritado un poco. Yo venía de allí —señaló hacia la terraza—. Entonces me he acercado. No sabía que se encontraba herido. Estaba tumbado en el suelo, un poco de lado.

—¿Le respondió?

Le Ber se comportaba como si estuviera haciendo un interrogatorio.

—Creo que mis gritos le hicieron recuperar la conciencia. Además, le sacudí un poquito.

—¿Le respondió? —insistió Le Ber, que se agachó junto a Dupin.

—Murmuró algo.

—¿Qué?

—No lo entendí, entonces le vi las heridas y llamé a una ambulancia. Mientras yo esperaba, él se recuperó un poco y fue más fácil entenderlo.

Le Ber se levantó de nuevo. Dupin también.

—¿Y qué dijo?

Le Ber se acercó al jardinero.

—Algo de un palo.

—¿Un palo? —intervino Dupin—. ¿Dijo «palo»?

43

—Palo, sí.

—Yo he hablado un momento con él y ha mencionado algo de una rama o un madero —intervino la comandante Carman.

Dupin se volvió hacia el jardinero.

—En cambio, a usted le habló de un palo.

—Sí.

—Las heridas concuerdan con una rama o un palo grueso —sostuvo la comandante.

Dupin miró a su alrededor.

—Lo hemos examinado todo. —La comandante estaba claramente molesta—. Y los de la científica también. Lo más probable es que el atacante agarrara una rama en el bosque. En el césped no pudo encontrar nada. O se la llevó consigo, o la arrojó entre los árboles.

La mirada de Dupin recorrió el lindero del bosque.

—Es un bosque silvestre, lleno de maleza. Ese fue siempre el deseo expreso de la señora, que dejara el bosque en paz, que creciera completamente a su aire; ni siquiera se me permitía limpiar la maleza.

Al parecer, el jardinero sentía la necesidad de justificarse.

—Por supuesto, señor —le tranquilizó Dupin.

—Mi tía adoraba su *bois sauvage*. Su bosque salvaje. Igual que el jardín. —La voz de Sophie Gautier se volvió grave. Se interrumpió un momento. Parecía abrumada por las emociones—. A pesar de su edad avanzada, se pasaba horas trabajando en el jardín.

—¿Qué hacía usted aquí esta mañana, señor? —Le Ber estaba extrañamente furioso—. ¿Y por qué estaba aquí, en esta parte del jardín? —añadió.

—En esta época hay mucho que hacer. Todo tipo de cosas. Entre otras, recolectar. —El jardinero parecía ganar confianza mientras hablaba, y Dupin se sintió aliviado—. Peras, manzanas, higos, nueces, ciruelas, mirabeles, moras. Este año la fruta es inusualmente temprana. Vengo por aquí dos veces por semana, los martes y los jueves. Siempre llego sobre las siete o siete y cuarto y me quedo hasta el mediodía.

—Pero cuando ha venido esta mañana ¿usted sabía que la señora Contel había muerto anoche? —El jardinero lo miraba sin saber qué decir—. ¿Y ha seguido trabajando sin más, como siempre? —le espetó Le Ber.

—¿Y por qué no? A la señora no le haría ninguna gracia que, de repente, descuidásemos nuestro trabajo. De hecho, era consciente de que iba a morir. Los presagios eran claros. Es más, la semana anterior estuvimos hablando de las plantaciones de noviembre. Me dijo que probablemente para entonces ella ya no estaría.

Así eran las cosas en la Bretaña. Esa era su relación con la muerte. Y con los muertos: seguían siendo una parte manifiesta del mundo. También para el jardinero los presagios parecían ser unas rotundas obviedades.

—El señor Hilaire tiene razón. —Sophie Gautier salió en ayuda del jardinero—. Sin duda, mi tía habría querido que hoy también se ocupara del jardín. Y, por supuesto, en el futuro —aseguró mirando al jardinero—. El señor Hilaire proseguirá con su trabajo en la finca.

—¿Por qué motivo ha acudido exactamente a esta parte del jardín, señor Hilaire? —insistió Le Ber, imperturbable—. ¿Qué hay que hacer aquí en esta época?

—Quería abonar. Cada vez que nacía un miembro de la familia, la señora me encargaba plantar un árbol especial. El último fue una actinidia que nos preocupaba desde hace un tiempo a la señora y a mí.

El jardinero señaló un punto de la pared de una casa, en el edificio contiguo a la residencia de Joëlle Contel, a unos veinte metros de distancia. Ahí se veía un kiwi alto, sostenido por un tutor.

—¿Dónde tiene el coche aparcado, señor Hilaire? —Le Ber no aflojaba.

—Junto a la iglesia. Allí hay otro acceso. Es donde aparco siempre.

—¿Y dónde estuvo usted anoche entre las once y la medianoche? —intervino entonces Nevou.

—¿Yo?

Resultaba curioso, no era fácil decir si de verdad esa pregunta le había sorprendido.

—Sí, usted —confirmó Nevou, impasible.

—El señor Hilaire estaba en su casa. —La comandante, que había permanecido en silencio durante un rato, se encargó de responder—. A esa hora dormía. Su esposa salió a cenar con dos amigas. Ella llegó a casa sobre las doce y veinte.

El aviso de Carman era evidente. Lo tenía todo controlado.

—Así pues —afirmó Le Ber con sequedad—, el señor Hilaire no tiene coartada para el momento del crimen. ¿Y usted, señora Gautier? ¿Dónde se encontraba a las once y media de la noche?

A Sophie Gautier, en cambio, esa misma pregunta pareció inquietarla. Seguramente la comandante la había interrogado también.

—Paseando, no podía dormir. Tal vez desde las once. Antes estuve en la terraza con mi hija. Ella también está muy triste, sentía mucho apego por su tía abuela. Regresé a casa en torno a la medianoche.

—¿Por dónde estuvo paseando? —prosiguió Le Ber—. ¿Hay alguien que pueda confirmarlo?

—Por el sendero de los aduaneros, junto al mar. Atraviesa la bahía y llega hasta la península de Sainte-Marguerite. Fui en esa dirección. —Señaló al noroeste—. Lo hago siempre. Lejos del pueblo.

—¿Y su hija?

—Se acostó.

—Usted ha dicho —Dupin hojeó su Clairefontaine roja, que a esas alturas ya tenía varias páginas llenas— que anoche su tío, su madre y su primo también acudieron aquí después de saber la noticia.

Sophie Gautier asintió.

—Mi madre Rozenn, mi tío Victor Contel y mi primo Maxime.

Que también es primo de Labat. Dupin anotó los nombres.

—Son las dos partes de la familia que viven en la Bretaña. Los otros dos hermanos de Joëlle se marcharon hace tiempo. Viven muy lejos, con sus respectivas familias. En cuanto a la madre de Thierry, es decir, sus padres, bueno, ya saben.

—¿Qué quiere decir con lejos? —quiso saber Nevou.

—Un hermano vive en la isla de La Reunión, donde tiene una escuela de buceo. La otra hermana está en París. Era miembro del consejo de administración de Citroën. De hecho, ellos solo vienen en verano, bueno, cuando lo hacen. Joëlle no los veía a menudo. Tras dejar la empresa, mi tío, Victor Contel, de vez en cuando le echaba una mano a Joëlle haciendo pequeñas reparaciones o tareas de mantenimiento. Le gusta el bricolaje.

Eso era bastante información.

—¿Sabe lo que hicieron su madre, su tío y su primo después de estar aquí? —preguntó Dupin.

—Creo que se marcharon a casa.

—Esa segunda entrada, la que hay junto a la iglesia —Le Ber seguía delante del jardinero—, supongo que está cerrada.

—Así es. Tiene un código: 7457. Igual que la entrada principal.

—¿Y quién conoce ese código?

—No mucha gente. La familia, la cocinera, el cartero y Rose, la mejor amiga de la señora Contel. No lo sé con exactitud.

El jardinero dirigió la mirada hacia Sophie Gautier.

—Yo tampoco. En cualquier caso, el proveedor de bebidas también.

Dupin anotó el nombre de esas personas. En realidad, era mucha gente.

—¿Labat también lo sabía? —preguntó Le Ber.

—Desde luego, Thierry también. Toda la familia.

—Entiendo.

A Dupin le vino de pronto una cuestión a la cabeza:

—¿Estos muros rodean toda la finca?

—Sí, toda ella —respondió Sophie Gautier—. Una parte del bosque que sube por la colina también forma parte de la finca. Detrás de los muros, sobre la colina, hay un camino que atraviesa el bosque.

—Y al suroeste hay otra puerta —añadió el jardinero—. Desde allí hay un sendero que conduce a la finca. Pero ya no se utiliza, se abrió para tareas forestales.

—Hemos examinado la puerta —apuntó la comandante Carman con un tono de voz punzante—. Ninguna señal de intrusión. No hay nada sospechoso.

—Si uno se lo propone, no hay muro que no pueda franquearse —rezongó Nevou—. En esos casos, no hay puerta que valga.

—¿Qué tamaño…?

El móvil de Dupin. Su tono estridente.

Un número de Concarneau.

Dupin dio unos pasos a un lado, en dirección hacia los manzanos.

Respondió con un rudo «¡Diga!».

—Le habla el profesor Gorard, del Instituto de Biología

Marina. —Increíble—. He intentado hablar con usted en comisaría y me han dicho…

—Señor —masculló Dupin—, tengo muy mala cobertura. No entiendo nada. Le ruego que se ponga en contacto con el personal de comisaría.

Dicho eso, colgó. No estaba dispuesto a ocuparse de nuevo de las fantasías del profesor. Regresó con paso firme y de malhumor.

Necesitaba desesperadamente un café.

—¿Dónde nos habíamos quedado? —espetó Dupin con brusquedad—. ¡Ah, sí! La finca. ¿Qué tamaño tiene?

—Unos quinientos cincuenta metros de largo y trescientos cincuenta de ancho —le informó Sophie Gautier.

Un terreno enorme.

—¿Cómo se llama la cocinera de la señora Contel? —preguntó Le Ber.

—Brével, Nadine Brével. Es mucho más que la cocinera de mi tía. También es su asistente doméstica. El alma bondadosa de la casa. Hace dos años fue abuela de gemelos. Su hija vive en Lannilis y desde entonces solo venía a casa de tía Joëlle a mediodía, durante dos o tres horas.

—¿Cuántos años tiene la señora Brével?

—Sesenta.

—Y…

—Ya he hablado con ella por teléfono —interrumpió Sophie Gautier a Le Ber—. Vendrá sobre las doce del mediodía. No se explica lo que pudo ocurrir anoche. La última vez que estuvo aquí fue ayer al mediodía. La llamé a última hora de la tarde para comunicarle la muerte de la tía Joëlle.

—¿Ayer al mediodía ella vio y habló con la señora Contel?

—Sí —respondió Sophie Gautier—. Llegó como de costumbre, a las doce y media, preparó el almuerzo de mi tía, arregló un poco la casa, y supongo que se marcharía a las dos y media, aunque esto no lo sé con exactitud.

—¿Quién fue la última persona que vio a la señora Contel con vida?

Le Ber aún parecía tremendamente tenso.

—Victor Contel y su hijo Maxime —aclaró de inmediato la comandante Carman—. Ayer estuvieron aquí sobre las cuatro y media de la tarde. No mucho rato, media hora más o menos.

—¿Y luego nadie más?

—No.

—Como la tía Joëlle estaba convencida de que pronto partiría, todo el mundo venía a verla más a menudo, aunque solo fuera para hacerle una breve visita. —Sophie Gautier hizo una pausa, la tristeza parecía abrumarla de nuevo—. Algo que a ella no le hacía ninguna gracia. —Sonrió un momento—. Mi primo le trajo unas botellas de una sidra muy especial. De producción propia. Joëlle adoraba la sidra. —Dibujó una expresión de ternura su rostro—. Siempre se tomaba dos o tres vasitos a última hora del día. Toda la vida. Le encantaba, decía que era un elixir.

—¿Y qué hay de usted, señora? —porfió Le Ber—, ¿cuándo vio por última vez a su tía?

—Me pasé un momentito por aquí ayer, sobre las tres. Antes de Victor y Maxime. Para traerle una revista. Y, bueno, luego otra vez a última hora de la tarde.

Dupin lo había anotado todo. Era un extenso repertorio de personajes.

—Así pues, a última hora de la tarde de ayer hubo bastante gente en la finca —resumió Le Ber, impasible—. Y, además, sin necesidad de trepar por los muros.

—En este momento, dos de nuestros compañeros están interrogando a los vecinos —informó la comandante—. Por si alguien notó algo raro anoche. Por aquí no pasa gran cosa; al menos, no en temporada baja.

—Bien —asintió Dupin.

—También hemos concertado una reunión con Victor y Maxime Contel.

—¿Cuándo fue la última vez que su madre vio a Joëlle Contel, señora Gautier? —intervino de nuevo Le Ber.

—Anteayer. El domingo a última hora. Estuvimos aquí las tres juntas. Después de Thierry. Cenamos con ella.

Dupin volvió a hojear su libreta.

—Pero la última persona que abandonó la finca anoche, antes de que el inspector Labat apareciera por aquí una hora y media después, fue usted —se dirigió a Sophie Gautier. Una afirmación extrañamente sugestiva—. ¿Dice que vive aquí cerca, señora?

—Así es. Si sale de la finca por la entrada principal, tome la calle a la izquierda y siga recto hacia unas casas. Vivimos allí —explicó Sophie Gautier—. Justo detrás de la playa. La calle dobla en la primera casa y sube por la colina.

Dupin acababa de pasar por ahí. Recordó una pequeña hilera de casas, varios adosados.

—Esas casas también son de la tía Joëlle. Cinco edificios. Todas diminutas, una habitación abajo y otra arriba. Mi hija y yo ocupamos dos de ellas. Las otras las utilizan los hermanos de Joëlle y sus familias cuando vienen de vacaciones. Y mi madre se aloja ahí cuando viene a visitarnos. A veces las ocupan también los investigadores de la Asociación. Por muy poco dinero.

Se encogió de hombros.

—¿Asociación? ¿Investigadores? —Dupin estaba intrigado.

—La Asociación Ornitológica de Finisterre. Una federación de institutos y asociaciones de investigación ornitológica que colabora con los tres observatorios de aves de la zona.

—Jefe —apuntó Le Ber—, se encuentra usted en uno de los santuarios de aves más importantes de Europa, un área de investigación ornitológica de primer orden.

Dupin se sintió aliviado. A esas alturas, su preocupación por la salud mental de su inspector era enorme. Aquella era la primera digresión auténtica de Le Ber durante el caso. De todos modos, su inspector aún no estaba en forma por completo; todo apuntaba a que se iba a contentar con hacer esa breve observación.

—Mi madre dirigía los observatorios de aves de aquí arriba, en la costa noroeste. Pertenecen a la Universidad de Bretaña Occidental de Brest. En total, son siete observatorios repartidos entre Tréompan e Île de Batz. —En la voz de Sophie Gautier se percibió un deje de orgullo—. Aunque ya estaba jubilada.

—Y ahora los dirige la señora Gautier. Es la sucesora de su madre, esto es, la directora actual —acabó de decir la comandante.

—Entiendo. —Dupin asintió.

El tema de la ornitología no le era del todo ajeno. Claire era aficionada, aunque solo desde hacía un par de años. En casa tenían más de una docena de libros sobre las aves de la Bretaña. En una ocasión, incluso, Claire lo había llevado a observar aves; fue un frío día de enero, en el golfo de Morbihan. Fue un tormento. No por los pájaros; comprendía esa fascinación. No, lo que lo había hecho insoportable fue algo completamente distinto: había que permanecer sentado durante horas, algo que a Dupin le resultaba imposible.

—¿Conoce el testamento de su tía? —Le Ber estaba centrado en Sophie Gautier—. ¿Quién heredará? ¿Es posible que alguien tuviera prisa por heredar y anoche quisiera imponer la política de hechos consumados?

La señora Gautier respondió muy tranquila.

—Hace años que Joëlle nos dio a conocer su testamento.

Cuando cumplió ochenta años. Todo se repartirá a partes iguales entre sus cuatro hermanos y Thierry, su inspector, en vez de su madre. Los bienes inmuebles y los activos financieros de los que vivía la tía Joëlle, que ascienden a unos trescientos mil euros, creo.

—¿Para Labat? —espetó Le Ber.

—Eso es.

Caramba. Menuda noticia: Labat iba a hacerse con una buena herencia. Ya solo el valor de los bienes inmuebles que Dupin conocía era considerable.

—Mi madre estuvo muy de acuerdo con que Thierry participara en el reparto equitativo. Mi tío de La Reunión y mi tía de París también estuvieron a favor. Tan solo Victor y Maxime no se mostraron, digamos, entusiasmados.

—¿Qué quiere decir eso? ¿Hubo una discusión? —quiso saber Le Ber.

—No exactamente. Pero creían que eso no estaba bien. Aunque, claro, no podían hacer nada al respecto.

—Entiendo. —Dupin lo había anotado todo. Se volvió hacia la comandante—. ¿No falta nada en la casa de la señora Contel? ¿Algún indicio de robo?

Aquella habría sido una situación ideal para perpetrar un robo. Seguramente, la noticia de la muerte de Joëlle Contel se había extendido por el pueblo esa misma noche. Alguien —y no solo de la familia— podría haber tenido la ocurrencia de robar algo del lugar antes de que se hiciera el inventario de la herencia. Sobre todo, alguien que conociera bien el «mundo» de Joëlle. Como policía, sabía lo habitual que era eso. Además, la mayoría de esas personas solían considerar aquello un acto de justicia: porque se habían ocupado de manera especial del difunto, o creían que habían tenido una relación estrecha con él…

—Ya he recorrido la casa una vez con el señor Hilaire y la

señora Gautier, y los demás edificios también. No ha habido nada que les haya llamado la atención. Ahora mismo, la policía científica lo está documentando todo.

La comandante se preocupaba de que su procedimiento fuera minucioso.

—Cuando terminen, la señora Gautier y yo íbamos a inspeccionarlo todo de nuevo con más detalle.

—¿Los edificios estaban cerrados con llave? —preguntó Le Ber.

—No. Nunca. Tampoco mi tía cerraba su casa con llave, nadie de por aquí lo hace. Solo la Maison Pinchon está siempre bien cerrada.

—¿Maison Pinchon? ¿La casa de Pinchon?

—Sí, el famoso dibujante que creó a Bécassine —comenzó a explicar a la señora Gautier—. Todo un símbolo en la Bretaña que…

—Sé quién es Bécassine.

Todos los bretones la conocían. Y también a Joseph Pinchon. Él fue uno de los dibujantes más importantes de la historia de los cómics en lengua francesa; incluso Hergé, el creador de Tintín y Milú, héroes de la infancia de Dupin, estuvo muy influido por él. La Bécassine de Pinchon, una pobre y sencilla muchacha bretona en París, era todo un icono patriótico en la Bretaña.

—Vivió y trabajó aquí durante mucho tiempo. Desde 1930 hasta su muerte en 1953.

Dupin no lo sabía. Saltaba a la vista que la antigua abadía albergaba muchos secretos.

—La última casa junto a la entrada principal era la suya —continuó diciendo Sophie Gautier—. Está previsto que con el tiempo se convierta en un museo, pero de momento es básicamente un archivo. Algunos de sus dibujos y manuscritos tienen un valor considerable. Pero están bien guardados en armarios metálicos ignífugos. Treinta y siete dibujos. La tía Joëlle y su marido coleccionaron de todo para poder exponerlo aquí algún día. Ese era su próximo proyecto...

—El archivo tiene una cerradura de seguridad moderna —informó la comandante Carman—. Las ventanas también están intactas. Hemos echado un vistazo al interior de las salas y de los armarios metálicos. Están cerrados. Las llaves están en el cajón de la mesilla de noche de Joëlle Contel. Y la señora Gautier afirma que su tía solo le confió a ella el lugar donde guardaba esas llaves.

—Así es —asintió Sophie Gautier.

Dupin lo había ido anotando todo.

—El archivo tiene un director experto —acabó de explicar la comandante—. Estamos intentando contactar con él. También tiene un juego de llaves.

—Bien. ¿Hay algún objeto de valor en las otras casas, señora Gautier?

Dupin tenía el bolígrafo dispuesto.

—Lo más valioso es la abadía en sí; el terreno, la ubicación junto al mar, los edificios históricos. Y todo está en excelente estado de conservación. Mi tía invirtió muchos millones en mantener este mundo que ve. Aparte de eso, tenía tres pequeños bocetos de Maxime Maufra, pero no son especialmente valiosos. Todos están en su sitio, ya lo he comprobado. Las joyas no eran lo que más le gustaba; algunas de las que heredó están en la caja fuerte de un banco de Brest. No se me ocurre nada más.

—En ese caso, muchas gracias, señora Gautier. Y a usted también, señor Hilaire. —Dupin saludó cordialmente a ambos con la cabeza—. Por ahora eso es todo.

Dupin miró el reloj. Las 11.14. La cocinera vendría a las doce. Había tiempo suficiente. Se volvió hacia la comandante Carman:

—¿Dónde se puede tomar un buen café por aquí?

—¿Cómo dice?

—Una cafetería, por favor. Si es posible, que esté cerca.

—Vaya al hotel Baie des Anges. Está a un tiro de piedra. Justo al lado de la abadía, en dirección al centro del pueblo —intervino Sophie Gautier—. Tiene una terraza magnífica. Y un café muy bueno. Además, allí podrá comer alguna cosa. Como ostras de Legris.

Eso sonaba muy tentador.

—Perfecto.

El humor de Dupin mejoró de repente. Se dispuso a marcharse.

—¿Cuándo nos vamos a encontrar con Victor Contel y su hijo?

—A la una del mediodía.

—Muy bien.

Rozenn, la madre de Sophie Gautier, también estaba en la lista de Dupin. Pero eso ya lo organizaría después.

La terraza del Baie des Anges era de ensueño. Las vistas, el ambiente. Y apenas estaba a doscientos metros de la abadía, un poco elevada sobre una plataforma. Desde la mesa de Dupin se divisaba muy bien el mundo de Joëlle Contel.

Dupin contempló los altos muros exteriores de la abadía, una parte del jardín delantero y la iglesia. El lugar favorito de Joëlle, la terraza que tenía frente a su casa, donde acababan de estar, quedaba oculto por los árboles. Desde ese lugar podía admirar cómo la antigua abadía, en toda su extensión, prácticamente acariciaba la playa de arena con forma de medialuna. Era patente que aquel era un lugar de abrigo, ya que se encontraba en el punto más interno de la bahía.

Lo que también se apreciaba a la perfección eran las casas

que Sophie Gautier había mencionado. Todas pertenecían, o más bien habían pertenecido, a su tía. Los jardines se extendían hasta el sendero de los aduaneros, junto a la playa. Eran todas del mismo estilo, solo que estaban pintadas de distintos colores: gris, beis, una de color rosa claro, y dos casas adosadas completamente blancas. Tal vez fuera ahí donde vivía Sophie Gautier con su hija. Dupin reparó en que no sabía nada del padre. En ningún momento había sido mencionado: parecía no estar allí, no tener ninguna importancia. Los tejados de pizarra puntiagudos relucían plateados bajo el sol deslumbrante. Detrás se alzaba la colina, de vegetación espesa, en todos los tonos del verde y salpicada por algunos pinos solitarios. Nada comparable, ciertamente, con el esplendor y el exotismo del parque de Joëlle Contel.

Además de los tejados, el sol había convertido todo el Atlántico en una superficie resplandeciente, como de plata. Solo ahí delante, en la playa, sobre la arena fina, el mar lograba imponerse con el azul, el turquesa, y un tono verde más oscuro. En aquel mar plateado los islotes diminutos frente a la costa destacaban como motas oscuras. Aquí y allá, unas boyas de color verde estridente o rojo marcaban el camino para las embarcaciones en medio de aquel caos lleno de riesgos. En uno de los islotes, una casa de piedra solitaria sobresalía entre peñascos escarpados, una imagen tremendamente romántica. A la derecha estaban los dos faros, que debían verse como indicadores de peligro no solo desde el mar, sino a lo largo de la costa.

La terraza del Baie des Anges era como un balcón creado únicamente para contemplar ese panorama sobrecogedor. Una vista despejada de ciento ochenta grados sobre el Atlántico y uno de sus paisajes más espectaculares. Como espectacular era también el viento en cuanto se abandonaban los muros protectores de la abadía. Detrás de los edificios, los pinos desgreñados, todos ellos algo inclinados hacia el sureste, daban testimonio de que el viento intenso era propio de la zona.

Dentro del establecimiento, Dupin había pedido dos cafés solos a un caballero muy cortés. En ese momento no había nadie más en la terraza. Tenía que hacer algo fundamental. Una llamada importante. Dupin dio con el contacto.

—¿Doctor Malrus?

El jefe de la policía científica de Brest.

—¿Diga?

—Le habla el comisario Dupin. Es por la señora Joëlle Contel, del Aber Wrac'h. Murió anoche, está en la funeraria…

—Sí, sí… Ya estamos en ello. —El forense interrumpió a Dupin—. Acabamos de ir a buscarla. Señora Joëlle Contel.

—¿Cómo dice?

—El inspector Le Ber me ha llamado y me ha pedido que examinemos atentamente el cadáver.

—¿En serio?

—Así es. Le he preguntado qué quería decir con «atentamente», si debíamos buscar algo en concreto. Me ha dicho que cualquier indicio que apunte a una muerte no natural. Supongo que él se refiere a un posible asesinato. ¿Tiene usted una idea más concreta de lo que deberíamos buscar?

—No. Por lo visto, a pesar de su edad, la señora Contel estaba muy bien de salud. Era como un roble. Y entonces, de repente, ha fallecido.

—Pues a mí me ha llegado algo completamente distinto. Que había tenido presagios de muerte. Que sabía que pronto moriría. Y que estaba preparada.

—Mire, usted como científico y como médico… —Dupin se ahorró el resto de la frase. Mejor así.

—Tengo ante mí el certificado de defunción firmado por el médico de la zona. Colapso circulatorio agudo. Una de las formas más agradables de abandonar este mundo. Todos deberíamos rezar para tener una muerte así, comisario.

—Todo el mundo dice que gozaba de muy buena salud.

—A su edad, una muerte súbita cardiaca no es nada raro. Es posible que ella tampoco quisiera seguir, tal vez ya tenía suficiente y quería marcharse. En paz y tranquila. Mientras la vida aún merecía ser vivida. Estaba en su derecho, eso usted no se lo puede reprochar.

Ni Dupin tenía intención de hacerlo.

—Sin embargo, un paro cardiaco también se puede inducir artificialmente.

Una breve pausa.

—Lleva usted toda la razón, comisario.

—Por ejemplo, con algunos medicamentos.

—Desde luego. Y de forma simple. Y más aún en personas de esa edad.

—¿En qué está pensando?

—En la posibilidad de causarle una fuerte impresión. Un susto repentino.

Aquello resultaba un poco inquietante.

—¿Qué quiere decir?

—Nada. Solo digo que cualquier cosa podría conducir al final definitivo. Incluso algo que parezca de lo más natural.

—¿Un simple sobresalto?

—De acuerdo. Lo examinaremos todo al detalle, puede contar con ello.

—Manténganos informados, especialmente sobre los detalles más ínfimos.

—Así lo haré.

—Gracias. *A revoir!*

—*Au revoir*, comisario.

Dupin se reclinó en su asiento y dejó el móvil ante él, sobre la mesita negra. Estaba sentado en una Fermob, un tipo de sillas que adoraba; eran como las de los jardines de Luxemburgo de París, y en la Bretaña estaban por todas partes. Aquí eran de color *coquelicot*, un tono rojo amapola. Al borde de la terraza había una hilera de jardineras grandes con matas altas de hierbas silvestres.

En el mar, dos veleros blancos relucientes se balanceaban atados a unas boyas rojas. Daban la impresión de congeniar bien entre ellos, de estar en contacto continuo. De pertenecer el uno al otro. Dupin pensó en Claire.

—*Voilà!* Dos cafés solos.

Aquel solícito caballero parecía haber aguardado discretamente a que terminara la llamada. Llevaba las dos tazas en una bonita bandeja azul.

—Y bienvenido a nuestro mundo, al Aber Wrac'h. —Miró sonriente al comisario. Una sonrisa amplia y agradable, ojos castaños de mirada cálida. Dupin le calculó unos cincuenta años. Listo y travieso, juvenil—. Este lugar es magnífico y, a la vez, de locos. Lleno de secretos e historias increíbles. —Sonrió de nuevo—. Aquí un investigador tiene mucho que hacer. Estamos algo retirados de todo. Incluso la electricidad no nos llegó hasta 1961. En esa época la gente de la zona fue por primera vez a la playa. Hasta entonces, tenían miedo al mar. Ni siquiera querían aprender a nadar; si alguien era presa del mar, mejor que fuera rápido. Lo mismo que entre los marineros.

Desde luego, parecía cosa de locos.

—Soy Jacques, Jacques Briand, propietario del Baie des Anges. —Le tendió la mano. Pelo gris, abundante y rizado. Gafas casi redondas con montura fina. Vestido con vaqueros y un polo rosa claro—. Si necesita ayuda, dígamelo. Mis amigos y yo conocemos a todo el mundo de por aquí.

—Yo… —Dupin dudó, pero, de hecho, era lo mejor que le podía pasar. La ayuda de un restaurador simpático. Nadie sabía tanto de la gente de un lugar como un restaurador con buenos contactos. Así que cambió de opinión—: Supongo que ya está al corriente del incidente de anoche. Lo de la agresión a un inspector de policía en el parque de la abadía. Es uno de mis inspectores. Me llamo Georges Dupin, soy el comisario de ...

—Lo sé. Y por supuesto que sé lo que le ha ocurrido a su inspector. Lo lamento mucho, señor. Pero me han dicho que ha tenido suerte.

El hombre estaba bien informado. Así es como debía ser; eso era casi un deber para el dueño de un restaurante. Igual que para un policía.

—¿Qué cree que pudo ocurrir allí? Dos horas después de que retiraran el cadáver de Joëlle Contel. ¿Qué podría llevar a un intruso a la finca?

Jacques Briand miró al comisario.

—Lo averiguaremos. Hemos quedado aquí hoy mismo. Mis amigos y yo.

—¿Amigos del Aber Wrac'h?

—Del Aber Wrac'h y alrededores. Una pareja de cultivadores de ostras; un periodista; un concejal del ayuntamiento; el chef de cocina de Le Vioben, que es un magnífico restaurante de la zona, y su esposa; y una pareja de panaderos. Por cierto, tienen una de las mejores panaderías de Francia. El maestro panadero acaba de ser distinguido con la Orden Nacional del Mérito.

Dupin se había bebido el primer café en tres sorbos, en el tiempo que Jacques había tardado en responder a su pregunta.

—¿Usted y sus amigos no sospechan de nadie?

—No. Pero no nos gusta nada Victor Contel, el hermano de Joëlle Contel.

Jacques no parecía ser de esas personas que se guardaban las opiniones para sí mismas. Tanto mejor.

—En cambio, ella nos caía muy bien. Y Sophie Gautier, si no fuera tan engreída.

—La ornitóloga.

—Ambas. Madre e hija. Y a Joëlle los pájaros le hacían perder la cabeza.

—¿Joëlle Contel también se dedicaba a la observación de las aves?

Sabía por Claire que *birding* era la palabra que se empleaba para referirse a la observación de aves por parte de aficionados.

—¡Y cómo! Tenía dos pasiones: los pájaros y su jardín. Y también las estrellas, el espacio. Tenía un telescopio impresionante. Joëlle era una persona de una curiosidad inagotable. Siempre quería saber más y más.

Una persona simpática.

—¿Y cómo llegó a tener la abadía y las casas?

—Fue la parte que le correspondió de su divorcio. Hace casi cuarenta años. Un gran industrial de París. Industria farmacéutica. Desde entonces ha vivido sola aquí. Y recuperó además su nombre de soltera. Algo muy inusual en la época.

—Entiendo. ¿Y a qué se dedica su hermano, el tal Victor Contel?

Dupin se bebió el segundo café.

—En teoría está jubilado y vive de sus rentas. Fundó hace cincuenta años la empresa Les Pommes et les Bretons. Se casó con una mujer de Plufur cuya familia poseía una sidrería y muchos campos de manzanos entre Morlaix y Guingamp, una región importante para la sidra bretona. Así empezó todo. Con el tiempo, aquello se ha convertido en un auténtico imperio de las bebidas; con suministro a toda Francia y a muchos países europeos, e incluso a Canadá. Producen bebidas de lo más variado, pero las manzanas, los zumos de manzana y la sidra siguen teniendo un papel destacado en la empresa.

Otra sorpresa. Labat nunca lo había mencionado, pero al

parecer estaba emparentado con la familia de Les Pommes et les Bretons. Hasta el momento nadie se había referido a ello. Los bretones no presumían de esas cosas. Sin embargo, todos los niños conocían Les Pommes et les Bretons y la historia de esa gran compañía bretona.

—Hace dos años que su hijo Maxime está al frente de la empresa. Es primo de Sophie. Y también de su inspector. Victor Contel sigue siendo propietario de la mitad de la empresa, pero Maxime es el director general. Antes, Maxime estuvo en Estados Unidos, trabajando en el sector de las bebidas. Hoy en día está intentando cambiar muchas cosas, con una apuesta fuerte por los productos bio. De hecho, hace medio año adquirió una sidrería ecológica situada cerca de Morlaix, donde tiene la intención de desarrollar productos nuevos.

Dupin dejó la taza vacía sobre la mesa. El café allí tenía un sabor suave e intenso a la vez. Con aroma a chocolate con leche y un poco de avellana; a Dupin le encantaba.

—¿Qué tienen ustedes contra Victor Contel?

—Es una persona fría como el hielo, despiadada, brutal. No se detiene ante nada. Dirigía la empresa como un dictador. Para él, los empleados eran súbditos. ¿Es suficiente?

En efecto. Dupin había conocido a personas así. Los «amos del mundo».

—¿Y ahora a qué dedica su tiempo?

—Le cuesta mucho dar un paso al lado. Tiene setenta y dos años, pero está en plena forma. Sigue interviniendo en la empresa. Y prueba suerte con otros proyectos. Lo que más le gustaría es crear en la zona una infraestructura turística en torno a la observación de las aves. Observatorios cómodos, alojamientos elegantes… Una especie de ruta ornitológica para aficionados de todo el mundo. Compró un hotel en la península de Lilia. —El rostro de Jacques Briand se ensombreció—. Eso es lo último que necesitan la naturaleza y los pájaros de por aquí arriba.

Dupin asintió.

—Si la persona que anoche regresó al jardín de la abadía fuera Victor Contel, ¿qué intenciones tendría?

Esa era la cuestión.

—Lo dicho, lo descubriremos. No se preocupe.

Dupin sonrió satisfecho para sí mismo.

—Por lo demás, ¿se le ocurre alguna otra cosa sobre este asunto?

—No. Aunque Joëlle era muy rica, con su finca y sus casas junto al mar, era una persona sencilla. Y, a la vez, un poco chiflada. Extravagante, llena de rarezas, pero me gusta la gente así. Era extraordinaria.

—¿Qué hay en los demás edificios de la antigua abadía?

Dupin ya lo quiso preguntar antes, en el jardín.

—De todo. Usted ya habrá visto la casa de Joëlle. En otros tiempos fue la biblioteca de la abadía. Las dos casas junto a la entrada principal acaban de ser renovadas por completo. Se pondrán a disposición del centro cultural Amigos de la Abadía de los Ángeles. La antigua iglesia se convertirá en el punto central de las actividades. Todo girará en torno a la música y la literatura: la palabra cantada y hablada. Todo eso empezará el próximo año. Van a…

El móvil de Dupin interrumpió a Jacques Briand.

Nolwenn.

—Le dejaré solo.

Briand se alejó.

—Noticias, señor comisario. —Nolwenn habló con un tono de voz grave—. Labat duerme a pierna suelta desde que usted y Le Ber se marcharon. Eso le sentará bien. Su esposa ya ha llegado. Está bastante serena. Por mi parte, he instalado una oficina provisional aquí, en la zona de administración del hospital, y estoy en contacto estrecho con Le Menn.

—¿El médico ha informado de alguna novedad sobre el estado de Labat?

—No. Pero me informará enseguida si surge algo. Y, antes de que se me olvide, Guenneugues quiere que le llame usted personalmente. De inmediato. Por desgracia, no he podido evitarlo.

—Entendido.

—Ya he hablado con Le Ber y estoy al corriente de todo, señor comisario. Ahora mismo Le Menn y yo investigaremos a las personas en cuestión.

—Empiecen por Victor Contel.

—Les Pommes et les Bretons. En un ratito su hijo y él se reunirán con usted en la abadía. Después de la cocinera. Así podrá sondearlo a fondo. La señora Rozenn Gautier, la madre de Sophie Gautier, hoy está en el observatorio de aves de las dunas de Corn ar Gazel, en la desembocadura del Aber Benoît. Vive cerca. ¿Quiere que concierte una cita con ella?

—¿No está jubilada?

—En teoría, sí. Pero ya sabe: hoy en día eso no significa gran cosa.

—Después del encuentro con los Contel me gustaría echar un vistazo a la abadía. Puede que más tarde, ¿a las cuatro, tal vez?

—De acuerdo. Si pasa por Lannilis, y, de hecho, desde el Aber Wrac'h siempre hay que pasar por allí, haga una parada en La Maison du Boulanger, la panadería de Michel Izard.

En Francia los buenos panaderos gozaban de mucho prestigio, como si fueran grandes artistas.

—*Oh, mon Dieu!* Las *tartines*. ¡Son formidables! ¡Pida las de anchoa fresca y queso feta! De todos modos —el tono de Nolwenn adquirió un toque teatral—, cómase solo la mitad. Si no, por la noche no tendrá hambre. Y no deje de probar algo de la pastelería. Y, sobre todo, el pan de algas y plancton. ¡Todo el Atlántico en un pan!

—Ya he oído hablar de esa panadería.

—¡Ah! Supongo que por Jacques Briand.

—Pero ¿cómo…?

Dupin se interrumpió. Por supuesto, Nolwenn sabía dónde estaba él. Algo que en esta ocasión, a diferencia de lo habitual, no tenía ningún misterio: Le Ber se lo había dicho.

—Un sitio magnífico, el Baie des Anges. Una o dos veces al año voy allí con mi marido para pasar un fin de semana. Ya se lo dije. Y más de una vez.

Nolwenn adoptó un tono severo.

Ella y Le Ber hablaban siempre de lugares de la Bretaña. De manera continua y desde hacía más de diez años. Eran lugares que Dupin tenía que ver «sí o sí». A veces él incluso se los apuntaba. La lista era interminable.

—Le recomendé que fuese a pasar un fin de semana con Claire. —La severidad en la voz empezó a parecer una reprimenda—. Es muy romántico, de verdad. Reserve el apartamento del primer piso. Justo encima de donde está usted sentado ahora mismo. —Hizo una breve pausa—. Levante la vista hacia arriba.

Dupin vaciló.

—¿Lo ve? El balcón pertenece al apartamento. Fabuloso, ¿verdad?

—Fabuloso.

Él, en efecto, había levantado la vista. Desde hacía un tiempo, Nolwenn se preocupaba por Claire y Dupin, por su relación. Ella le había tomado afecto a Claire. Con todo, Dupin se negaba en redondo a confiarle nada de su gran plan. En cualquier caso, Nolwenn tenía razón: algún día debería ir ahí con Claire. Sin duda.

—Bien, señor comisario, no tenemos tiempo que perder. Hasta luego.

Al momento colgó.

Dupin se levantó y entró en el bar. Era una sala alargada que daba a la terraza. Las grandes ventanas panorámicas creaban la impresión de estar en el exterior, con la diferencia de que ahí no hacía viento. Dupin pensó que sería muy agradable estar ahí sentado, junto a la ventana, en días de viento y lluvia, tomando, por ejemplo, un buen vaso de ron, sobre todo durante una tormenta. Sillones y butacas de aspecto acogedor y colores vivos. Detrás del mostrador destacaba la obligada estantería de bebidas con decenas de botellas a la vista. A Dupin le encantaba ponerse delante y contemplar todo lo que había.

Jacques Briand trasteaba junto a una resplandeciente máquina de café que había sobre el mostrador.

—¿Un café rápido, de pie?

El hombre había advertido la expresión de Dupin.

—Por desgracia, debería… Vale, sí, uno muy rápido.

A saber cuándo volvería a tomar cafeína. Durante un caso, Dupin debía procurarse reservas, por así decirlo. Almacenarla en el cuerpo, igual que los camellos hacen acopio de agua.

Jacques Briand resultó ser un barista capaz de alcanzar velocidades vertiginosas. Al momento, el café frente a Dupin en la barra empezó a soltar su aroma.

—¿Toda la gente de la zona sabía que Joëlle Contel tenía la certeza de que iba a morir en breve?

—Desde luego. Los presagios se iban acumulando. Y ella no lo escondía. Creo que se despidió de todas las personas que significaban algo para ella.

—¿También de usted?

—De mí y de Claudia, mi compañera. Joëlle estuvo aquí el viernes pasado.

—¿Cómo se despidió? O sea, ¿qué dijo?

—Semanas atrás nos había hablado de los presagios. Entonces, el viernes a última hora nos tomamos unas copas juntos, comimos ostras y un paté, hablamos, nos reímos… —El dueño del restaurante volvió la vista afuera, hacia el mar. No hablaba con tristeza, sino más bien con tono meditabundo—. Fue una velada muy agradable. A fin de cuentas, ella no sabía cuándo iba a ocurrir.

—¿Eran ustedes amigos?

—Eso sería decir demasiado. Pero nos caíamos bien. Ella llevaba una vida algo retirada, sobre todo en los últimos años. Por lo general, solo salía de sus dominios para observar pájaros. Y para visitar a su amiga. ¿Ha hablado ya con ella? ¿Con Rose Janin?

—No.

El jardinero ya la había mencionado antes.

Dupin se tomó el café.

—¿Tenía usted la impresión de que en los últimos tiempos Joëlle Contel ya no estaba en forma? ¿De que físicamente estaba más apagada?

—No, para nada.

Dupin debía expresarse con suma prudencia para lo que venía a continuación.

—¿Cree usted en eso de los presagios? —Había estado a punto de añadir «de verdad», pero se contuvo en el último momento. Esa era una cuestión delicada; en sentido estricto, aquella pregunta era una cuestión de fe—. Al fin y al cabo, según parece estaba sana y bien. Trabajaba en el jardín, observaba los pájaros y las estrellas. Le gustaba comer y beber.

Una leve sonrisa asomó en el rostro de Jacques Briand.

—Tal como lo dice, es usted quien no cree en esas cosas.

No es nada malo. Joëlle sí se las creía, de un modo total y rotundo. Y había aceptado su destino. Por otra parte, quién puede saber hasta qué punto la salud de alguien es buena. Cuando a uno le llega su hora…

—Gracias, señor Briand. Ahora sí debo marcharme. Si a usted o a sus amigos se les ocurre alguna cosa, por insignificante que parezca, pónganse en contacto conmigo.

—Lo haremos.

Dupin salió al mundo de la deslumbrante luz del sol. Y del viento intenso.

La cocinera estaba muy afligida.

—¡Qué lástima! Ahora ya no lo comerá nunca más. —La expresión de la señora Brével se ensombreció. Era una mujer fornida, de pelo negro y corto—. Y eso que la volvía loca. El lunes le traje tarta de manzana. Y ella siempre solía tomarse un trozo enseguida. Pero al mediodía se había tomado un poco de *Kig Ha Farz*. También le gustaba mucho. —La cocinera se interrumpió. Su rostro adquirió una expresión grave—. De todas formas, durante estas últimas semanas le he estado cocinando todos sus platos favoritos. Como debe ser. Cuando llega la hora…

Una sucesión, por así decirlo, de comidas de despedida.

La mujer, sobre todo, parecía hablar consigo misma. De hecho, aquello no era una conversación. Dupin dejó que continuara.

—Pero Ankou podría haber esperado un poco más. Por lo menos hasta después de la tarta de manzana. —Suspiró profundamente—. Es terrible.

Ankou. La representación bretona de la muerte que pasaba a recoger a quienes se les acababa el tiempo en un carro chirriante.

—Pero no ha podido ser. Cuando el reloj de arena se vacía, ya está.

Enfatizó esas palabras encogiéndose de hombros. A Ankou se le solía representar sosteniendo un reloj de arena en una mano y una guadaña en la otra.

—En todo caso, ¡una lástima!

Contempló con cariño la tarta que tenía delante, sobre la encimera. La había sacado de la nevera y había retirado el paño que la envolvía.

La cocina era un lugar acogedor, rústico, con dos ventanas pequeñitas y la puerta que daba a la terraza. Frente a las ventanas, la encimera de granito oscuro; a un lado, aceite, vinagre, hierbas, sal, pimienta. A la derecha, los fogones, grandes y modernos. En la pared opuesta, una mesa blanca cuadrada con tres sillas a juego, de acero inoxidable y madera blanca. Las paredes eran de piedra sin enlucido.

—Mientras caramelizan las manzanas hay que salarlas un poco. Ese es el secreto. No, desde luego la salsa de caramelo con la *crème fraîche*. Y para la masa, mucha mantequilla.

En las recetas bretonas, la grasa daba el aporte de sabor principal. Aquel minuto sin el paño había sido suficiente para impregnar la cocina de aromas a caramelo salado, manzanas asadas y masa quebrada al horno.

—Tal vez la señora ya no se sentía del todo bien. Tuve un poco esa impresión. Aunque ella no decía nada. De todos modos, tampoco lo habría hecho. Nunca se quejaba. —La cocinera siguió con su monólogo—: Me dijo que se tomaría un trozo de tarta a última hora del día, después de cenar. —La señora Brével, al parecer, era incapaz de superar aquello—. Nunca había hecho tal cosa: esperar para comer la tarta de manzana. Increíble. Tal vez sí estuviera enferma. Era la primera tarta del año, con las manzanas nuevas. Las de sus propios árboles. Unos manzanos maravillosos. Usted nunca ha comido manzanas como esas, señor. —Por primera vez se dirigió directamente a Dupin. Tenía los ojos muy abiertos—. Esas manzanas son divinas. Jugosas. Dulces, pero no mucho; firmes, pero no en exceso. He visto que Claude ya las ha recogido prácticamente todas. Las guardamos abajo, en el sótano, y se conservan durante casi un año entero. Eso también es algo asombroso. Debería usted probar una. La señora Contel estaría contenta. Las manzanas le gustaban mucho. Mejor aún... —Parecía haber tenido una ocurrencia—. Llévese la tarta. Yo ya tengo otra en casa, no podemos comer tanto.

—Es muy amable, pero, por desgracia, me es imposible.

Era difícil rechazarla. Su aspecto era delicioso, jugoso y crujiente a la vez.

—Hace un momento ha dicho que tenía la impresión de que Joëlle Contel no se encontraba bien. ¿Qué ha querido decir con eso?

—Ni yo misma se lo sé decir con exactitud.

La señora Brével volvió a meter el pastel en la nevera.

—¿Notó usted distinta a Joëlle Contel? ¿Asustada? ¿Confusa, tal vez?

—No, no. Me parece que fue por eso de la tarta. Le gustaba tanto...

—Señora Brével, me gustaría hablar con usted sobre el incidente de anoche. Sobre la agresión a mi inspector. ¿Quién podía tener un motivo para acercarse por aquí anoche después de que se llevaran el cadáver de Joëlle Contel?

Ella se quedó mirando a Dupin como si este hubiera hecho una pregunta absolutamente absurda. De pronto, dio la impresión de que algo le venía a la cabeza.

—Pero el *Kig Ha Farz* sí se lo va a llevar. —De nuevo fue a la nevera—. Para cenar hoy. Yo...

—Señora, ¿qué me puede decir sobre mi pregunta?

—¿Qué pregunta?

Parecía que hablaba en serio.

—¿Quién podría haber estado anoche en la finca? ¿Y por qué?

Ella sacudió la cabeza con vehemencia. Se dispuso a sacar de la nevera una gran cazuela de hierro fundido.

—¡Qué horror! Pero yo no tengo nada que ver con eso —protestó con tono enérgico—. Y la señora Contel tampoco. Ella ya estaba muerta.

Sin duda, tardaría en olvidar ese interrogatorio.

Dupin intentó adoptar un tono más severo.

—Señora Brével, ¿qué piensa usted de lo ocurrido?

Dupin estaba a su izquierda; por la ventana se veía el arroyo encantador. En ese lugar había algo místico. Cuando volvió a entrar en la finca, había sentido lo mismo que con anterioridad: tuvo la impresión de estar abandonando el mundo trivial.

—Nada de nada.

Al menos esa era una respuesta clara.

—¿La señora Contel tuvo algún problema de salud en los últimos meses?

—En absoluto, ¿como se le ocurre? —Ahora parecía indignada, como si Dupin hubiera ofendido a Joëlle Contel—. Estaba como una rosa.

—¿Algún mareo? ¿Alguna desgana?

—¡Pero qué dice! La semana pasada hizo dos salidas de medio día. Hasta las dunas. Con los prismáticos. Creo que allí había algo emocionante.

—¿Qué quiere usted decir con eso?

—Unos pájaros especialmente raros. También en las últimas semanas. Creo que su sobrina estaba igual de emocionada.

Dupin hizo una anotación.

—¿Sophie Gautier?

—Es la única sobrina que tiene.

Por su tono parecía querer decir: «Piense un poquito».

Había dejado la cazuela de hierro fundido sobre la encimera.

—Así pues, desde el punto de vista de la salud, la señora Contel no presentaba ningún síntoma de muerte inminente.

Dupin no debería haber retomado el tema. Era inútil.

—Una cosa no tiene nada que ver con la otra, señor. —No podía haber más indignación en su rostro.

Dupin quiso objetar algo, pero eso también habría sido inútil.

—Cuando…

El móvil de Dupin sonó. Él se apartó un poco. Un número desconocido.

—¿Diga?

—Aquí la comandante Carman. Hay unos periodistas por aquí, tres en total. Quieren una declaración sobre, cito, «el intento de asesinato a un inspector de policía».

—Hágala usted misma. —Vio la ocasión de no ser él quien lo tuviera que hacer—. Confirme que fue un intento de asesinato. Un ataque cobarde y brutal contra un agente de policía.

De eso se trataba exactamente. No había motivo para mantenerlo en secreto o restarle importancia. Al contrario. Tal vez así incluso pudieran ejercer algo de presión.

—Diga a esos tres que traten el asunto a lo grande. Solo que sin nombres. Para proteger a la familia de Labat.

—Así lo haré.

—Y dígales también que estamos haciendo progresos. Que estamos muy satisfechos con el inicio de la investigación. Algo por el estilo.

—De acuerdo.

—Y también —se le ocurrió de repente— que en este caso usted se encargará de la comunicación con la prensa.

—Yo… —Carman pareció reflexionar un poco—. Vale, bien.

—Hasta luego.

Dupin colgó. Tema resuelto. Al menos para él.

El comisario se volvió hacia la señora Brével, que se había servido un vaso de agua.

—¿Dónde nos habíamos quedado? Ah, sí. ¿Cuándo tuvo Joëlle Contel el primer presagio de muerte?

—¿El de la urraca volando siempre en torno a la casa? Luego se llegó a posar en el tejado. —La cocinera señaló hacia arriba con un ademán de cabeza—. La señora la veía desde la terraza. Blanca, gris, negra. El blanco del vientre era particularmente intenso.

Levantó la tapa pesada de la cazuela y examinó el contenido con una mirada cariñosa.

—Mi fabuloso *Kig Ha Farz*. Por lo menos de esto sí consiguió comer un poco en el almuerzo. Tenía para casi toda la semana. Cada vez que se calienta sabe mejor. Lo preparé en casa el sábado y lo traje aquí el domingo. Luego lo dejé reposar aún un día más. Le encantaba.

La cocinera movió la cabeza con gesto contrariado.

Dupin estaba lo bastante cerca como para mirar dentro de la cazuela. Tenía un aspecto increíblemente delicioso. En el pasado, Dupin creía que el nombre de ese plato, tan poético al oído, debía de tener un significado mágico y druídico. Algo así como «manjar de dioses». Sin embargo, luego supo que se trataba de algo mucho más prosaico: *Kig* significaba «carne»; *Ha* quería decir «y»; y *Farz*, simplemente «harina». «Carne y harina». Dupin había sucumbido a esa delicia. En el Amiral, Lily lo preparaba el primer fin de semana del mes. Lo ponía a cocer a primera hora del viernes por la mañana y dejaba que se hiciera a fuego lento durante todo un día: puerros, coles de Milán, nabos blancos, zanahorias, panceta, salchichas de Morteau, carne de ternera, codillo de cerdo y una especie de albóndigas de harina de dos tipos, de trigo sarraceno y de trigo candeal. El toque definitivo era la salsa a base de mantequilla, cebollas tiernas estofadas y mucho zumo de limón.

—Volvamos a la urraca, señora. ¿Me podría decir más o menos cuándo la vio Joëlle Contel por primera vez?

—Oh, eso se lo puedo decir con exactitud. Fue el 24 de agosto. Dos días después de cumplir ochenta y nueve años. Aunque al principio no quería, acabó haciendo una pequeña celebración. La convencieron. Fue aquí, en su casa. Con la familia y su mejor amiga.

—¿No es habitual ver urracas por aquí?

La señora Brével dirigió una mirada de perplejidad a Dupin.

—¿Qué quiere decir?

Sacó varios cuencos de un cajón y los fue colocando junto a la cazuela.

—Si tal vez…—Dupin se interrumpió.

—Las urracas no anidan en la Bretaña. En invierno vienen del norte y del este, pero solo algunos ejemplares sueltos. Entonces se pueden avistar en los montes de Arrée. Pero nunca a finales de agosto.

Negó con la cabeza.

La señora Brével comenzó a servir el guiso en los pequeños cuencos con un cucharón.

—¿Y ella sabía desde entonces que iba a morir?

—Creo que sí. Pero sobre todo fue cuando el gallo de los Coff empezó a cantar antes de medianoche.

Dupin advirtió cierta intranquilidad en la cocinera.

—Aunque ese presagio no lo veía del todo claro.

—¿Por qué no?

—La casa de los Coff está un poco más arriba de la colina, a las afueras del pueblo. Tienen una vecina, Yvonne, que no para de llamar a la gendarmería por culpa de ese gallo. Canta cuando quiere. Incluso una vez, Yvonne salió en el periódico por culpa del animal. Lleva ya noventa y siete llamadas a la policía.

Es lo que ocurría con los presagios, a Dupin no le extrañaba.

Un último trozo de zanahoria y la cazuela quedó vacía.

—Habría que retorcerle el cuello. Está volviendo loco a todo el Aber Wrac'h.

Aquella afirmación tenía un eco extraño. Y la señora Brével la había pronunciado con tanta naturalidad que la hacía aún más siniestra.

Dupin tenía más preguntas sobre lo que acababa de escuchar, pero no quiso hacer ninguna. De momento, había oído todo cuanto podía averiguar de la cocinera. Además, quería echar un vistazo a la finca antes de que llegaran Victor y Maxime Contel. Todavía no había tenido oportunidad de hacerlo.

—Entonces llegó la comadreja. Correteaba entre los manzanos sin disimulo, hará unos diez días; yo también la vi. Hacía mucho tiempo que no teníamos una comadreja por aquí. Un ejemplar grande. Pelaje marrón elegante, vientre blanco como la nieve. Una comadreja común. —Se encogió de hombros y adoptó una expresión teatral—. Pero a esas alturas, la comadreja ya no hacía falta. En fin —volvió a encogerse de hombros—, ahora todo esto se echará a perder. Pero así es como tiene que ser —suspiró.

Dupin tardó un momento en comprender.

—La nevera está llena. A la señora le gustaba comer. Aunque comía menos que antes.

Tapó con esmero uno de los cuencos pequeños, en el que rebosaba un *Kig Ha Farz* de aspecto delicioso con un trozo grueso de salchicha.

—Bien, pues esto es para usted.

A Dupin le costó horrores no exclamar «¡Sí!» con entusiasmo.

—Es muy amable, señora. Pero no, gracias.

—¿Está seguro? —Asomó en su la cara una expresión contrariada, pero se desvaneció al momento—. Bueno, Sophie Gautier seguro que estará encantada. En cambio, su madre, Rozenn, no puede con el *Kig Ha Farz*. En fin, para gustos, los colores… Ya encontraré quien lo quiera. De hecho, Claude Hilaire siempre se lleva para él y su esposa. —Sonrió con orgullo—. Se relame los dedos, ¿sabe?

—Señora Brével, ahora debo marcharme. Gracias. ¡Ah! Una cosa más: ¿dónde estuvo usted anoche entre las once y las doce?

—¿Me está usted preguntando dónde estuve anoche?

Ella estaba tapando los demás cuencos con film transparente y se detuvo un instante. Dupin se esperaba cualquier cosa.

—Pues en casa, ¿qué se ha creído? A esas horas estoy durmiendo. Los martes por la mañana voy a casa de mi hija a las siete. Hoy también, por supuesto. Cuido a los peques.

—¿Vive usted sola?

—Desde hace un par de años así es.

Un último encogimiento de hombros.

—Gracias, señora.

Dupin hizo aún otra anotación y cerró su libreta.

—Sin duda, nos volveremos a ver muy pronto. *Au revoir*.

—*Au revoir*, señor.

Dupin ya tenía el móvil en la mano.

El cuerpo de Joëlle Contel ya llevaba un rato en las instalaciones de la policía científica.

Pulsó el número. Tuvo que aguardar un poco antes de oír una voz malhumorada:

—¿Qué pasa, Dupin?

—¿Me puede decir ya algo de Joëlle Contel?

—Si hubiera encontrado el más mínimo detalle que contradijese la afirmación del médico del lugar, se lo habría comunicado. En todo caso, no hay ningún indicio de violencia física. Ni el menor hematoma. No hay lesiones, heridas ni pinchazos. Hasta ahora, todo apunta a lo dicho: colapso circulatorio agudo.

—¿Han finalizado ya todas las pruebas y exploraciones?

Una pregunta retórica.

—Le llamaré si surge alguna cosa, Dupin.

—¿Cuándo cree usted que murió la señora Contel?

—Eso resulta bastante fácil de determinar. En torno a las seis de la tarde.

Es decir, una hora y media antes de que Sophie Gautier la encontrara. Y aproximadamente una hora después de la visita de Victor y Maxime Contel. Las últimas personas que la vieron con vida.

—De acuerdo, hasta pronto.

Dupin colgó.

Tenían que concentrarse más en lo ocurrido la noche anterior. La muerte de Joëlle Contel tal vez podía guardar relación con el ataque a Labat, pero no debían seguir insistiendo en la cuestión de la «insuficiencia cardiaca».

La policía y los forenses estaban por todas partes, sobre todo en la casa de Joëlle Contel. Dupin no tenía ganas de unirse a ellos. Ya examinaría las estancias luego, a solas, con calma.

Desde la terraza había atravesado a pie el prado hasta llegar a la colina, que se elevaba suavemente hasta el lindero del bosque, en dirección a los manzanos.

Se quedó ahí parado.

Tras haber oído las alabanzas de la señora Brével, no pudo evitar contemplar las manzanas con admiración. En efecto, su aspecto era fabuloso. Grandes y suaves, de un color rojo muy apetecible.

Miró a su alrededor.

A mano derecha estaba la iglesia; junto a ella —justo detrás del muro elevado— había una amplia extensión de césped. El verde intenso refulgía bajo el sol. Dos porterías de fútbol venidas a menos, altas hasta la cintura, evocaban días pasados de felicidad familiar, tardes alegres de verano, infancias despreocupadas. Junto a los muros crecían unas hortensias espléndidas de color púrpura, rosa y azul. Su esplendor, sin embargo, lo superaban unas malvas de dos o tres metros de altura de color violeta. Dupin las conocía de la granja de sus abuelos en el Jura. Con los cinco sépalos de la flor, su abuela hacía un té «mágico» contra el dolor de estómago. Le gustaban sus pétalos delicados, las venas oscuras en el centro de la flor. En aquella parte del jardín flotaba un delicado olor a almizcle.

Dupin se encaminó hacia el manantial de aspecto encantado. Tal vez era una fuente monacal de juventud. Llegó al arroyo. El agua era cristalina. Un lecho de guijarros delicados, sin barro, sin enturbiamientos. Eso le recordó también el paisaje de su infancia. Sus «sitios secretos» estaban junto a los arroyos, a los que acudía una y otra vez con barquitos de madera que debían superar recorridos temerarios por aguas bravas. Por supuesto, había bebido de las aguas de esos arroyos. «No bebas nunca donde el agua esté quieta, siempre de donde corra», le había enseñado su padre.

De repente, Dupin se sobresaltó. ¿Acaso había alguien ahí, entre los helechos espesos?

Entonces reparó en que solo era otra escultura. La de una mujer de granito verdoso. Una sirena, una mujer pez; un ser medio animal, medio persona. Por la espalda, sus cabellos, infinitamente largos, hasta el zócalo, se convertían en lianas. O tal vez eran patas de calamar. Puede que tuviera algo de reptil. No estaba seguro; nada en esa figura era evidente. Lo más extraño era que a la altura de los tobillos asomaba la cabeza de un hombre cuyos rasgos se parecían a los de ella.

Dupin se alejó de ahí.

Decidió echar un vistazo al bosque. Era una auténtica jungla. Cuanto más se aproximaba uno a él, más silvestre e impenetrable se volvía. Dupin se adentró en la espesura.

Los árboles estaban muy juntos entre sí; parecía casi un milagro que todos tuvieran suficiente luz y tierra. Era imposible distinguir qué ramas y hojas pertenecían a qué árbol. Hayas, alisos, mostajos altos de color grisáceo, álamos, varios tipos de arces, pero sobre todo robles. Robles bretones cargados de matas enormes de muérdago. Dupin sabía que esta planta era muy venenosa. Sin embargo, también había oído que tenía efectos curativos. La hiedra estaba por doquier; había algunos árboles que, al cabo de varias décadas, habían pasado a ser verdaderos árboles de hiedra; era imposible averiguar qué especie de árbol se ocultaba debajo de ella.

No se veía más allá de dos metros. En ningún sentido. Aun así, curiosamente, había bastante luz. El verde se presentaba en infinidad de matices y tonos. Una y otra vez, grandes ramas entorpecían el paso. La comandante tenía razón: el atacante había podido agarrar lo primero que encontrara a mano. De hecho, lo propio sería examinar el bosque, pero tardarían días en hacerlo. Además, tal vez el agresor se había llevado consigo el arma del crimen.

Dupin se había propuesto atravesar el bosque describiendo un arco por la parte superior del prado, sin alejarse mucho del lindero. Quizá al principio, después de detectar la presencia de Labat, el agresor se hubiera escondido por ahí. En ese caso se podría encontrar alguna pista.

También era posible que hubiera venido atravesando la espesura. O que huyera por ahí tras el ataque. Aproximarse desde la calle que había ante la abadía y luego huir por allí habría supuesto un riesgo. Aunque esa zona no fuera muy concurrida. Con todo... Por un lado, estaba el hotel, del que incluso a altas horas de la noche entraban y salían huéspedes o gente del lugar tras tomar una copa en el bar. Por otro, estaban las casas donde vivía Sophie Gautier. Un agresor listo intentaría evitar cualquier riesgo innecesario.

Olía a tierra, a musgo, a corteza. A veces, el olor era intenso, acre. Dupin se sintió un poco mareado, tal vez a causa de la sobreproducción de oxígeno en ese lugar. En todo caso, también por el calor agobiante y húmedo que reinaba allí. El sudor le bañaba la frente. Avanzaba con una lentitud pasmosa. Era asombroso cómo proliferaban allí las plantas. Desde el suelo hasta las copas de los árboles. Era un bosque como en tiempos ancestrales. Abandonado a sí mismo y a todos sus habitantes: pájaros, millones de insectos, ratones, zorros, martas. Y comadrejas.

Dupin no se habría apartado más de quince o veinte metros del prado y, sin embargo, estaba desorientado. ¿Cómo era posible? ¿Realmente estaba recorriendo el arco que había previsto?

Aquí y allá asomaban las zarzas. Se hizo un rasguño en el brazo.

Dupin se detuvo y sacó el móvil del bolsillo. Marcó el número de Le Ber.

Miró el visor. Ni una sola barra, ni la más pequeña. Apenas unos instantes, en la antigua abadía, en el jardín y en la terraza del Baie des Anges, la cobertura era impecable.

Era ridículo. No podía haberse perdido. Esa zona no era tan grande.

Miró la hora. Las 12.58. Tampoco eso tenía sentido. Era

imposible que llevara ya veinticinco minutos dando vueltas entre los árboles. En breve, en concreto en dos minutos, se suponía que debía reunirse con Victor Contel y su hijo.

Lo mejor era regresar sobre sus pasos.

Justo cuando se disponía a darse la vuelta, vio algo por el rabillo del ojo. Una especie de sendero. Dupin avanzó en esa dirección.

Era claramente un sendero, aunque estrecho y lleno de maleza. Venía de la derecha, de donde estaba la abadía —eso siempre y cuando Dupin no hubiera perdido por completo su sentido de la orientación—, y discurría zigzagueante hacia la izquierda. En sentido estricto, llamar a eso sendero era una exageración; en realidad era un asomo o, mejor dicho, los restos de un sendero. De todos modos, lo más importante era que alguien había pasado por allí. Y no hacía mucho. Los indicios se veían claramente, no cabía duda. En algunos puntos, el musgo, los helechos y las hierbas estaban algo pisoteados, y también había plantas y ramitas rotas.

Dupin tomó el sendero. Se guardó mucho de no seguir la línea que la persona, o personas, había tomado con anterioridad. Por el tipo de suelo no lograrían obtener ninguna huella, pero eso nunca se sabía.

Avanzó a una velocidad considerable, a pesar de que el camino no dejaba de ascender. En algún momento había sido concebido como un verdadero camino, una vereda entre árboles de buen tamaño.

Al cabo de un rato vislumbró algo en la espesura que tenía delante.

Era un muro. Poco después se encontró ante él. Debía de haber alcanzado el confín de la finca.

Allí el sendero continuaba hacia la izquierda a lo largo del muro. Era claramente lo mismo que había hecho esa persona. Dupin siguió el rastro.

De pronto se detuvo. Vio una puerta estrecha en el muro, tan alta como la pared, que estaba sostenida por unas bisagras pesadas de hierro. Aquella no podía ser la puerta de acceso de la parte posterior de la abadía que antes se había mencionado; era demasiado pequeña para eso. La madera estaba desgastada, y la pintura de color verde oscuro se desconchaba. Con todo, lo más importante era que estaba entreabierta.

Dupin se acercó. Se podía pasar por ella con facilidad.

Al otro lado del muro todo era exactamente igual que en el bosque de Joëlle: maleza espesa. Y también ahí vio que algo brillaba. Asfalto. Dupin vislumbró una calle. A unos cuatro o cinco metros. El sendero llevaba directamente a ella. Era evidente que no hacía mucho que alguien había pasado por ahí.

Al cabo de un instante, Dupin se vio en una calle sobre la cual se cernían árboles a ambos lados formando un túnel verde. Al otro lado, el bosque seguía extendiéndose hasta el último tramo de la colina. Desde allí no se veía la puerta de madera. Eso significaba que para usarla se tenía que conocer su existencia.

La calle era demasiado estrecha para tener arcén. Así pues, no era posible encontrar marca alguna de neumáticos.

Con todo, Dupin estaba seguro de que alguien había tomado ese camino a través del bosque. Ya fuera para acercarse al jardín y a los edificios, o para abandonar la finca. O tal vez para ambas cosas.

Sacó el móvil.

Cuatro barras.

Dupin marcó el número de Le Ber.

—Jefe, le estamos esperando. ¿Dónde…?

—Ya sé cómo penetró el agresor en la finca, Le Ber. Fue por un sendero que cruza el bosque desde la abadía hasta el muro de la parte posterior. Da a una puerta medio podrida que no se puede ver desde la calle. He encontrado el sendero por casualidad. Hay indicios claros de que alguien lo ha utilizado hace poco.

—Avisaré a los colegas de la científica. Que lo examinen de inmediato.

Dupin cayó en la cuenta de que desconocía dónde empezaba el camino.

—El jardinero o Sophie Gautier deben de saber dónde empieza.

—Justo acaban de marcharse los dos, jefe. Y también la cocinera. Pero les llamaré enseguida. Si no, ya lo encontraremos. Ya hemos terminado con el interior de la casa. Parece que no falta nada. Es posible que Labat, sin saberlo, impidiera el robo.

Era la hipótesis más sencilla y también la más plausible. Y ambas cosas, la plausibilidad y la simplicidad de una teoría, eran criterios criminológicos de eficacia contrastada. Sin embargo, en ese caso, ¿qué pretendía el agresor?

—Será mejor que venga usted, Le Ber.

Nadie sabía encontrar pistas tan bien como su inspector.

—Así lo haré, jefe. Victor y Maxime Contel llevan quince minutos aquí. Han de marcharse en media hora. Los dos tienen una cita. Maxime Contel debe pasar por la sidrería que tiene cerca de Morlaix.

—Dígales que… —Dupin se lo pensó mejor—. Dígales que estaré ahí en diez minutos, Le Ber. Iré por fuera.

Eso sería mucho más rápido.

—Un momento, jefe.

—¿Sí?

—Buenas noticias. La resonancia magnética de Labat no ha revelado nada nuevo. Todo apunta a que realmente ha tenido una suerte increíble. Una pequeña intervención en la oreja, una semana de reposo absoluto y dos semanas más de tranquilidad en casa y volverá a ser el de antes.

Dupin percibió el profundo alivio de Le Ber.

—¡Eso es fantástico!

También Dupin notó cómo le abandonaba parte de la inquietud que le había estado carcomiendo.

—Ha estado durmiendo hasta la exploración. Dice Nolwenn que cuando se ha despertado tenía mejor aspecto que por la mañana.

—Bien, pues hasta ahora, Le Ber.

—Otra cosa, jefe. Lo siento. El prefecto. Dice que le ha intentado llamar un par de veces y que usted ha apagado el teléfono para no tener que hablar con él.

—En el bosque no había cobertura. Ni una sola barra. Es de locos, Le Ber. En el jardín todavía tenía…

—Lo entiendo, jefe. Yo solo le paso el mensaje. Será mejor que se ponga en contacto con él.

—De verdad, no había cobertura. Yo…

Dupin se interrumpió. No había tiempo para eso.

—Nos vemos en un momento, Le Ber.

Colgó.

—¿Y cuánto más se supone que va a durar este asedio tan ridículo, señor?

Los tres hombres estaban de pie bajo los manzanos. El comisario Dupin, Victor Contel y su hijo Maxime.

—Hasta que yo ordene levantarlo, señor. —Dupin ni se inmutó—. Cuando terminemos la investigación y sepamos quién agredió a nuestro inspector.

El hermano pequeño de Joëlle Contel era, sin duda, una persona elegante, y no solo por el traje de verano de color crema y de estilo desenfadado, claramente de calidad. Era una persona alta, delgada, de cuerpo bien formado. Rasgos finos y porte aristocrático. Pelo cano. Tenía un aire sofisticado, de hombre viajado, de mundo. Parecía ser conocedor de todo tipo de exquisiteces culinarias. Pero, por desgracia, resultaba absolutamente antipático. Era una persona con autoridad y la dejaba sentir de manera constante. Había creado un imperio, estaba acostumbrado a tener el mando y se servía de él de un modo frío y racional para sus propios fines.

—Me han dicho que mi sobrino Thierry se encuentra mejor. Al parecer, no ha sufrido ninguna herida grave. Le hemos hecho llegar unas flores. Quién sabe, tal vez lo ocurrido aquí ayer por la noche —siguió diciendo— solo fuera una gamberrada. Unos adolescentes a los que la situación se les fue de las manos.

Era increíble cómo estaba restando importancia al incidente. Pero Dupin no permitió que eso le hiciera perder el control.

—Una teoría interesante, señor. —Dupin se dirigió a Maxime Contel—: ¿Tiene hijos?

Maxime Contel lo miró desconcertado.

—Yo, bueno, sí. Tengo dos.

Hasta el momento, Maxime Contel no había dicho nada. Dupin se figuró que él nunca decía nada si su padre estaba presente. Lo más probable es que nadie dijera nada cuando Victor Contel estaba presente.

—¿De cuántos años?

—Doce y quince.

—Es decir, adolescentes —murmuró Dupin.

—Eso que está usted insinuando, señor, es una impertinencia —comentó Victor Contel—. Es…

—Hablando de anoche —le interrumpió Dupin, impasible—, ¿qué hicieron ustedes dos entre las once y las doce? ¿Dónde estuvieron después de haberse despedido de la señora Joëlle Contel?

Victor Contel sonrió. Una sonrisa arrogante. Maxime

Contel intentó imitarlo. En vano. La suya era, de hecho, más bien una mueca.

—Yo estuve sentado en la terraza con mi esposa. —Victor Contel adoptó entonces una actitud prácticamente jovial, Dupin también conocía esa estratagema—. Nos quedamos contemplando el cielo estrellado pensando en mi hermana hasta bien entrada la noche.

—¿Hay otros testigos aparte de su mujer?

Dupin sacó su Clairefontaine con gesto elocuente.

—Espero que no. De lo contrario, significaría que había un intruso en nuestra propiedad.

Dupin se empezó a mover y abandonó la agradable sombra de los manzanos.

Calculó que, a esa hora, la temperatura debía de rozar los treinta grados. Tampoco ahí dentro se percibía señal alguna del fuerte viento del noroeste que soplaba al otro lado de los muros. Allí era como si estuvieran bajo el foco de un espejo ustorio.

Dupin se encaminó hacia el lugar acordonado donde habían encontrado a Labat. Victor y Maxime Contel no tuvieron más remedio que seguirle. La policía forense y Le Ber habían dado con el principio del camino incluso sin la ayuda del jardinero; empezaba apenas a quince metros de ese sitio. También allí se había tendido un cordón entre dos árboles.

Victor Contel levantó la voz en un tono claramente cínico.

—Si fuera usted tan amable de decirnos por qué…

—¿Y qué hay de usted, señor? —Dupin se volvió hacia Maxime Contel—. ¿Dónde estuvo usted anoche entre las once y las doce?

Maxime Contel era un clon de su padre, solo que treinta años más joven. Tenía exactamente la misma altura, pero era más atlético y lucía una espalda más ancha. Cabello de un color medio rubio. En todo caso, con los mismos rasgos aristocráticos, aunque en él resultaban menos severos. Camisa ocre de manga corta con un logotipo llamativo, pantalones chinos azul marino y zapatos náuticos. Estilo informal. Mirada inquieta.

—¿Pues dónde iba a estar? —Intentó imitar al padre—. En casa, por supuesto. ¿Dónde más podría estar a medianoche en un día laborable?

—¿Y dónde está su casa? ¿Y a qué hora llegó? ¿Con quién estuvo?

Dupin se mantuvo impasible.

—Vivimos en la península de Sainte-Marguerite, en la orilla oeste de la desembocadura del Aber Wrac'h. Creo que llegué a casa sobre las nueve y media o las diez menos veinte. Luego fui a la isla.

—¿La isla?

—Se refiere a la isla de Cézon —espetó Victor Contel—. Es propiedad de mi hijo.

—Allí tengo mi oficina. Es una isla pequeñita, al lado mismo de tierra firme, a apenas ciento cincuenta metros de casa. Con la marea baja se puede llegar a pie. Es visible al contemplar el mar desde delante de la abadía. —Por un instante, Maxime Contel pareció incluso agradable—. Mi mujer fue a acostar a nuestro hijo pequeño, que estaba bastante afectado.

Resultaba difícil comprender aquel cambio brusco de humor.

—Entiendo. ¿Y cuándo regresó a casa?

—Creo que sobre las doce y cuarto.

—¿Estuvo solo en la isla?

—Sí. Pero cuando llegué mi esposa seguía despierta. Luego nos acostamos.

—Ocurre lo mismo que con su padre, señor: esta coartada no se sostiene. ¿No hay nadie que pueda corroborar que a las once y media de la noche usted estaba en la isla?

—No.

Eso, por supuesto, no era nada inusual.

—Usted tiene una sidrería cerca de Morlaix, ¿no?

Ni el propio Dupin sabía exactamente a dónde quería llegar.

—Tenemos varias sidrerías en la Bretaña —puntualizó Victor Contel—. Esa es solo una de ellas.

—Me han dicho que actualmente usted está muy ocupado con ella, ¿es cierto?

Dupin continuó hablando de forma sistemática con el hijo.

—En efecto. —Maxime Contel seguía mostrándose conciliador—. Precisamente ahora vengo de allí.

Dupin se volvió hacia Victor Contel:

—He oído que no le resulta fácil ceder la dirección de Les Pommes et les Bretons. Al parecer, le cuesta a usted dejar que su hijo dirija por sí solo la empresa.

Dupin sabía que muchos directores de empresa, sobre todo si eran sus fundadores, lo pasaban tan mal a veces que incluso preferían enterrar el negocio con ellos antes de cederlo a otro. Porque nadie, ni siquiera los propios hijos, era capaz de continuar una obra tan grandiosa.

—No esperará que responda a semejante disparate, ¿verdad?

Victor Contel se contuvo.

—También me han contado que actualmente está volcado en nuevos proyectos. La promoción de la observación de las aves como reclamo turístico aquí, en la costa noroeste.

—Mis asuntos no son de su incumbencia, comisario —objetó.

—Eso ya lo veremos, señor. También me han hablado de que otra de sus aficiones es el bricolaje, y que últimamente ha estado usted haciendo algunos trabajos de renovación en la finca.

—¿Acaso eso es un delito?

—Eso también lo veremos. —Dupin volvió a cambiar de tema—: Supongo que ustedes, los dos, se conocen al dedillo este parque, todo el recinto.

—Así es —asintió Maxime Contel.

—Entonces seguro que también conocen aquel sendero —señaló en dirección a la zona acordonada entre los árboles—, ese que lleva hasta la puerta de madera del otro lado. Hasta la calle que hay al sur.

—No sabría decirle cómo encontrarlo —Victor Contel levantó la barbilla—, pero por supuesto que sí, sé que existe.

—De pequeños a veces jugábamos por allí, pero yo tampoco sabría indicarle por dónde pasa ahora —añadió Maxime Contel.

—¿Hay otros accesos como ese?

—No —respondió—, pero hace tiempo que no se utiliza.

—Así pues, ustedes dos conocen el sendero —resumió Dupin—. Eso es todo cuanto quería saber.

—¿Acaso sospecha que la persona que atacó a mi primo vino por ahí? —preguntó Maxime Contel. Sacudió la cabeza—: Pobre Thierry. ¡Qué espanto!

—Sí, eso es lo que sospecho —confirmó Dupin.

De nuevo se puso en marcha, dirigiéndose esta vez hacia la parte occidental del parque, en la que aún no había estado. Era una amplia extensión de hierba en la que solo había un par de árboles aislados, dos cedros magníficos de color verde plateado, de cuyas ramas elegantes pendían unas piñas también plateadas. A su lado, un laburno impresionante repleto de semillas, que eran letales al instante. De nuevo, padre e hijo se vieron obligados a ir tras él.

—¿Tal vez alguien quisiera hacerse con los dibujos de Pinchon? —Victor Contel miró a Dupin—. ¿Lo ha considerado? Sería lógico.

Desde ese lugar se tenía muy buena vista de la fachada de

las casas situadas en la entrada principal. Si Dupin no andaba equivocado, la última era la Maison Pinchon.

—¿Ha ido alguna vez en París a una de esas grandes subastas de grabados de Christie's, Millon o Rossini? —Una pregunta retórica, la de un experto a un pobre bobo—. Allí vería los precios que se pagan por los originales de Pinchon. Por algo así, merece la pena un allanamiento.

Dupin se lo podía imaginar.

—¿Ha habido alguna vez un intento de robo en la Maison Pinchon?

—No hasta el momento —murmuró Victor Contel—. Pero tal vez esta haya sido la primera vez.

—¿Y usted piensa que el presunto ladrón que quisiera hacerse con esos dibujos esperaría a la muerte repentina de su hermana para actuar? ¿O acaso el momento escogido fue pura casualidad?

—No lo sé. En todo caso, así el riesgo de que lo atraparan habría sido menor.

Las dos últimas casas de esa hilera tenían cada una un anexo delantero de construcción posterior. Posiblemente para dotarlas de más luz. Ambas tenían tres ventanas contiguas en un marco de granito gris claro y sus marcos de madera estaban pintados de un color verde menta pálido.

Dupin se dirigió hacia las casas.

—Debemos marcharnos. —Victor Contel se había atrasado un poco—. Ambos tenemos cosas que hacer.

Dupin no respondió al anuncio de Contel. Se detuvo justo delante de los anexos.

—Supongo que ese sendero del bosque lo debe de conocer muy poca gente que no sea de la familia. —Dupin retomó ese tema.

—En cualquier caso, no serán muchas personas —respondió Maxime Contel.

—Pero la puerta que da a la calle, en cambio, sí la tienen que conocer varias personas —intervino su padre.

—No se ve desde la calle, señor —corrigió Dupin.

—Ahora no, pero en invierno sí.

Ahí Victor Contel se había anotado un tanto.

—¿Quién más podría conocer ese sendero? —Dupin dirigió la pregunta explícitamente a Maxime—. La cocinera, el jardinero, los miembros de la familia, ¿quién más?

—El personal del departamento de Protección de Monumentos de Brest, por ejemplo. —Victor Contel se adelantó a su hijo—. En los últimos años han supervisado de forma meticulosa todos los trabajos de restauración realizados aquí. Y también, posiblemente, algunos miembros de la Asociación Amigos de la Abadía. Y está ese joven que se encarga de las visitas guiadas durante la temporada. Y puede que Jacques Briand, el propietario del Baie des Anges, también. Es nuestro vecino.

Dupin ya lo conocía.

—¿Quién es ese joven que hace las visitas guiadas?

Nadie lo había mencionado hasta entonces.

—Marc Thomas. Permanece en el sur de Francia hasta finales de año. —Maxime Contel informó de buen grado—. Él conoce todos los detalles de la historia de la abadía.

—¿Y esas visitas recorren toda la finca?

—Sí, excepto la residencia de Joëlle.

Dupin intentó mirar por la ventana de la Maison Pinchon. Estaba a oscuras y casi no se veía nada. En breve, se dijo, la examinaría por dentro.

—¿Y toda esa gente conoce el sendero? —Dupin insistía en el tema.

—Su trabajo, señor, es averiguar esas cosas, no el nuestro. —Victor Contel volvió a levantar la barbilla con gesto arrogante.

Dupin se encontraba ahora frente a las ventanas de la casa contigua. Una lámpara iluminaba el interior. La habitación estaba casi vacía, apenas había unos pocos muebles. Una mesa alargada y antigua de patas enormes y de madera casi negra; un armario grande de pared y una cómoda de la misma madera. A la izquierda, un aparador de madera clara. Encima, tres cuadros antiguos con paisajes idílicos; había vasijas de cerámica, varias cajas de madera de diversos tamaños. Sobre la mesa, un tablero de ajedrez, un candelabro de latón, una pipa. Las paredes de piedra estaban encaladas. Lo que más llamaba la atención era el suelo: losas de granito de color rosa, rojo, beis, gris y gris claro. Dispuestas de forma irregular, pero meticulosamente pulidas.

—¿Qué es esto?

—Bien, señor comisario, nosotros nos vamos.

Victor Contel se volvió para marcharse mientras le dirigía a su hijo una mirada elocuente.

—¿Le molestó mucho, señor? —Dupin buscó la mirada de Victor Contel—. Eso de que Thierry Labat también fuese a heredar, y además una parte igual a la suya.

Victor Contel se detuvo en seco. Se metió las dos manos en los bolsillos del pantalón y sostuvo la mirada de Dupin sin pestañear.

—En efecto. Mucho. —Parecía tranquilo—. Creo que habría sido más apropiado que recibiera una parte considerablemente menor. Pero no hay nada que hacer. Encargué a un abogado que lo revisara.

—¿Lo hizo, de veras?

—Justo después de que Joëlle nos diera a conocer su testamento. No hay nada que hacer. Ya le dije a ella lo que pensaba.

Victor Contel volvió a ponerse en marcha.

—¿Qué planes tienen para la abadía? Quiero decir, usted,

sus otros tres hermanos y Thierry Labat. —Dupin miró a su alrededor—. A fin de cuentas, esto ahora es de todos ustedes.

—Esa es una cuestión estrictamente familiar, señor comisario. Y la abordaremos como tal. De momento, lo que queremos es recuperar nuestro dominio. Espero que lo abandone usted cuanto antes.

—Lo entiendo, señor Contel. Tiene mi palabra: en cuanto hayamos detenido a la persona o personas que agredieron a mi inspector, nos iremos.

Victor Contel se encaminó hacia el patio de grava, al que se accedía a través de la entrada principal. Maxime Contel siguió a su padre sin decir nada. Tampoco él miró hacia atrás.

—*Au revoir*, señores —exclamó Dupin a sus espaldas—. Y muchas gracias por su ayuda.

Eran poco más de las dos del mediodía.

Dupin por fin tenía tiempo para contemplar el interior de la antigua abadía.

Sacó su teléfono móvil y pulsó el número de Le Ber.

—¿Sí, jefe?

—¿Dónde está, Le Ber?

Pensó que estaría a pocos metros de distancia.

—Estoy en la casa, con Nevou. Joëlle Contel dedicó toda una sala a su pasión por las aves. Como suele hacerse, llevaba un registro de todas las salidas centradas en la observación ornitológica. En este momento estamos revisando sus apuntes más recientes.

—Necesito las llaves de la Maison Pinchon.

—Las tiene la comandante Carman. Se las pediré. Por cierto, el director del archivo de Pinchon también se ha pasado para ver si faltaba alguna cosa. Está todo bien, jefe. De todos modos, me figuro que usted querrá verlo.

—Por supuesto.

—El director del archivo estima el valor de los dibujos, los cuadros y los manuscritos en algo más de un millón.

—No está mal —dijo Dupin sin pensar—. ¿Sabe qué hay en la casa contigua?

—Es donde se suelen celebrar las profecías de los ángeles. —Le Ber hizo una breve pausa—. Son acertijos de tipo detectivesco, jefe. También los llaman «enigmas». Se presentan al grupo de participantes varios acertijos envueltos en historias de fantasía. Y entonces ellos tienen que resolverlos. Es casi un trabajo policial.

Todo indicaba que Le Ber había recuperado su sentido del humor.

—Al parecer, a Joëlle Contel esos juegos de ingenio le resultaban muy entretenidos y puso esa sala a disposición de un grupo de Brest. La última partida se celebró en mayo. Pero, jefe, ¿por dónde anda?

—Estoy en el parque del lado oeste. Delante de la ventana de la sala donde se celebran esas partidas de ingenio.

—Ya veo. El jefe de la científica acaba de venir. Dice que usted tenía razón: alguien recorrió ese sendero en las últimas veinticuatro horas. Se han centrado en el primer tramo, por donde usted no pasó.

Dupin captó el mensaje. Para la policía científica, el trecho que él había recorrido estaba contaminado.

—Además, han encontrado pruebas de que esa persona o personas lo recorrieron en ambos sentidos. Es decir, entraron en la propiedad por el sendero y la abandonaron del mismo modo.

Tal y como Dupin había sospechado.

—Afirma que no fueron más de dos personas. Ahora los compañeros están examinando la puerta de madera. Cree que lleva mucho tiempo abierta. No hay ninguna huella.

Dupin también lo había supuesto.

—Bien. Nos vemos en el patio, Le Ber.

—Informaré a la comandante.

—De acuerdo.

Dupin se encaminó al edificio situado más adelante. En teoría, bastaba con cruzar por allí para salir al patio. Alcanzó la grava de color claro y se dirigió hacia la puerta de color verde menta. En efecto, estaba abierta. Daba a una de las grandes salas que, según le dijeron, estaban destinadas a acoger actividades en el centro cultural. A la izquierda, una gran puerta abierta llevaba directamente a la iglesia. Dupin echó un vistazo al interior. Se quedó admirado. Lo que le sobrecogió no fue su esplendor, sino su belleza austera y sencilla. Dupin no recordaba haber visto nunca un blanco tan luminoso en las paredes. Un blanco brillante, como impregnado de una sustancia mágica, algo más que un color. Con todo, lo más asombroso era el techo de madera clara desnuda: parecía un casco de barco gigantesco vuelto del revés que alteraba el orden natural: arriba quedaba el mar celestial, mientras que la iglesia se convertía en un barco que navegaba hacia la beatitud.

—Pone los pelos de punta, ¿verdad, jefe?

Dupin dio un respingo. No se había dado cuenta de que Le Ber se había acercado.

—Joëlle Contel trajo artesanos de toda Francia, algunos de ellos únicos en su especialidad. Estos emplearon exactamente las técnicas y las herramientas de cuando se construyó la abadía. Y hay partes en las que utilizaron materiales antiguos.

Era impresionante.

—Nuestra Señora de los Ángeles, que es como se llamaba este monasterio en el pasado, tiene quinientos años de historia, jefe. Medio milenio. Fue construido por los franciscanos entre 1507 y 1509, un tiempo récord. Una época dorada para la Bretaña. Eran los tiempos de la joven Ana de Bretaña. Por supuesto, hay abadías e iglesias más antiguas, pero esta es una de las más hermosas. Y ninguna fue reconstruida de un modo tan magnífico. Fíjese en el techo. Durante cien años estuvo caído. Se necesitaron cinco años para reconstruirlo.

Más allá de todos esos impresionantes datos, Dupin se alegró de comprobar que Le Ber volvía a ser el de siempre.

—La abadía vivió su apogeo en el siglo XVIII. La biblioteca contenía un total de mil quinientos volúmenes. Los monjes incluso dirigían un albergue. —De pronto, las frases empezaron a volverse más enfáticas—. La revolución aquí puso fin a todo lo religioso. En el siglo XIX la finca era prácticamente un albergue y solo ofrecía a los viajeros cobijo mundano. El techo de la iglesia se fue deteriorando cada vez más, y en 1914 se desmoronó por completo. De niño, cuando vine aquí por primera vez con mis padres, la iglesia era una ruina, apenas unas paredes desnudas y castigadas por el clima. —Tomó aire—: Joëlle Contel salvó este mundo. No escatimó ni en gastos ni en esfuerzos. Solo el artista que pintó los motivos de las vigas de madera estudió antes doscientas iglesias y capillas bretonas para familiarizarse con el estilo.

Le Ber, llevado por el entusiasmo, se adentró aún más en la iglesia.

El afán enciclopédico bretón de su inspector no tenía límites. Dupin notaba que, a pesar del alivio de comprobar que Le Ber volvía a estar bien, se acercaba el momento de intervenir.

—Fíjese, ahí están las macetas acústicas. ¡Es magnífico! —Le Ber señaló una especie de vasija de barro del tamaño de una tetera situada dentro de un pequeño hueco de la pared de enfrente—. Helmholtz, un físico alemán, ideó en el siglo XIX estos recipientes de arcilla cocida que, colocados siguiendo unos complicados cálculos, servían de amplificadores acústicos de la voz humana.

Ciertamente, era algo sorprendente. La voz del inspector llenaba toda la sala. Dupin miró a su alrededor y descubrió varias de esas vasijas de barro.

—Imagínese eso con un coro, jefe.

Había llegado el momento. Dupin debía pararle los pies.

—La comandante nos espera.

—Es verdad, jefe.

Al instante, Le Ber volvió a centrarse en el trabajo. Por desgracia, en una cuestión muy desagradable:

—Por cierto, el prefecto ha intentado llamarle otra vez. Dice que usted ha apagado el móvil expresamente.

—¡Menuda tontería!

—Yo solo soy el mensajero, jefe.

Poco a poco, esa cuestión empezaba a parecer un chiste malo. Pero estaba seguro de que el teléfono no había sonado ni una sola vez. Dupin echó un vistazo rápido al visor. De nuevo, sin cobertura.

Apenas un minuto más tarde entraron en el maravilloso patio interior. A la derecha quedaba la Maison Pinchon. La puerta estaba abierta. Dupin pensó que la comandante Carman ya estaría dentro.

Junto a los muros había unos extensos bancales con varias hierbas comestibles y medicinales.

—En otros tiempos, aquí, en el patio, estaba el herbolario de los monjes, los arriates dedicados a las plantas aromáticas y medicinales. Unos verdaderos tesoros: los franciscanos eran famosos por sus ungüentos, tinturas y pociones. Al parecer, obraban milagros. —Le Ber se detuvo ante las flores de color escarlata de una planta imponente con un tallo largo y fino—. Por ejemplo, el aceite dulce de bergamota es muy adecuado para una infusión que fortalece la vejiga como ninguna otra cosa. —Una afirmación que no admitía réplica—. Las hierbas y las recetas eran tan secretas que estaba estrictamente prohibido anotar nada al respecto. El conocimiento se transmitía solo de forma oral, igual que con los druidas celtas, esos magos de la naturaleza. De todos modos, los monjes les debían a ellos casi todos sus saberes.

La eterna lucha de Le Ber contra la apropiación de lo celta por parte de los cristianos.

Dupin y Le Ber alcanzaron la puerta de la Maison Pinchon en el patio interior.

—Se dice que algunas hierbas de por aquí son de los tiempos en que se fundó el monasterio; son plantas maravillosas que hoy en día cuesta mucho encontrar y que han desaparecido de otros lugares. No solo se han perdido esas plantas, sino todo cuanto se sabía sobre ellas. Mire, jefe, alchemilla, ruda, pamplina, hiedra terrestre… Por cierto, esta última es excelente para las dolencias de la vesícula biliar, el hígado y los riñones. Ahí está —señaló una planta alta con hojas en forma de corazón—. Y la eufrasia; con ella se hacen unas compresas que son una maravilla después de largos trayectos en coche. Además, aquí hay también variedades secretas creadas por los propios monjes.

Los nombres de esas hierbas parecían sacados de un cuento de hadas.

—Pueden ir pasando. —La comandante asomó por detrás de la fuente de piedra. Llevaba el móvil pegado a la oreja—. Ya he abierto. Ahora mismo estoy con ustedes.

Al instante, desapareció de nuevo.

Le Ber aprovechó la oportunidad:

—Ahí, donde ahora está la terraza de la señora Contel, empezaba el *hortus* de los monjes, que se extendía por todo el largo de los edificios. Era famoso por sus verduras, jefe. Especies vegetales antiguas que ya no existen. Sin embargo, aún era más conocido el *viridarium*, el tercer jardín, donde estaban los árboles frutales. Empezaba donde ahora están los manzanos y seguía en dirección oeste. Se dice que estos manzanos proceden aún de los que cultivaban los monjes. Las manzanas son una delicia, jefe. He probado una. —A Le Ber le vibraba la voz—. Nunca he comido una manzana como esta. El jardinero dice que ya nadie sabe el nombre de esa variedad. En todo caso, a pesar de su antigüedad, resulta increíblemente moderna. Es una manzana de mesa perfecta para nuestro paladar. También la variedad de pera que hay aquí es muy antigua, jefe.

—Echaré un vistazo a la casa de Pinchon. —Dupin puso punto final a las explicaciones.

Un instante después penetró en un espacio de semipenumbra. Aire viciado, cargado de polvo. El mobiliario de la sala era aún más escaso que en la sala de los enigmas del edificio contiguo. A un lado, una sobria mesa de madera con una sola silla. Al otro, dos archivadores metálicos de color gris que casi llegaban al techo.

—Ahí es donde están los dibujos y las pinturas.

La comandante Carman entró en la habitación en el instante en que Dupin se detenía ante los archivadores. Le Ber estaba detrás de ella.

—Seguro que el inspector ya se lo ha dicho: el director del archivo ha examinado a fondo los archivadores. No falta nada y todo está intacto.

Dupin atravesó la sala despacio. En las paredes colgaban varios cuadros de Bécassine que mostraban a la heroína en todo tipo de escenas y paisajes: en la montaña, en el mar, en el bosque y, por supuesto, en París.

—Todo sin ningún valor. Son simples reproducciones —informó la comandante.

—¿Y arriba? ¿En el primer piso?

—Un dormitorio sencillo, un cuarto de baño y otra habitación diminuta. Aquí abajo es donde trabajaba. Las habitaciones de arriba están vacías.

Dupin se detuvo de golpe.

—¡Maldita sea!

En el mundo de Joëlle tenía que haber algo de interés para el autor de la agresión. Algo lo bastante valioso o importante —aunque solo fuera para él— como para atacar de forma brutal a un policía. La Maison Pinchon parecía el único lugar con objetos de un valor material considerable como para ser motivo de un robo. Sin embargo, ahí no faltaba nada.

Aunque ahora ya sabían cómo había podido acceder a la finca, seguían dando palos de ciego.

Dupin se dirigió a la escalera. Quería echar un vistazo rápido al primer piso.

Al cabo de un minuto regresaba abajo más contrariado que antes.

—Quiero ver la casa de Joëlle Contel.

Hasta entonces solo había estado en la cocina.

—Le acompaño, jefe.

La casa de Joëlle Contel era tan acogedora que Dupin se habría instalado allí sin pensárselo dos veces. A diferencia de lo que solía ocurrir en los edificios antiguos, la atmósfera estaba lejos de ser mohosa o cargada, ni tampoco era lúgubre u opresivamente estrecha.

Las paredes de piedra estaban pintadas con el blanco brillante de la iglesia, y las grandes ventanas bañaban de luz las estancias. En el suelo, parquet de roble. Una mezcla acertada de muebles clásicos, modernos y antiguos, combinados con un estilo y un buen gusto sensacionales. Viendo el interior de la vivienda, su exterior, catalogado como monumento, casi parecía un camuflaje.

Sin duda, a Joëlle Contel le encantaban las mantas. De lana, de algodón, de lino. Mantas de todos los tamaños y colores. Estaban por todas partes: sobre las sillas, en un gran sillón de cuero, en el sofá.

Dupin primero quiso formarse una visión general. El gran salón se encontraba en la planta baja, pegado a la cocina. En el primer piso, un dormitorio, un baño amplio y la enorme «sala de las aves». Una zona dedicada por completo a su gran pasión. Nevou había tomado asiento ante un tablero alargado y estrecho situado delante de una de las ventanas y estaba ocupada examinado anotaciones. Murmuró algo que Dupin no logró comprender.

De las paredes colgaban dibujos y fotografías de pájaros. Ilustraciones antiguas, increíblemente detalladas, tanto de carácter documental como artístico. Semejantes a las que podían verse en los libros de historia natural del siglo XIX.

En la planta inferior, más de lo mismo: por todas partes había dibujos y retratos de pájaros. Las fotografías mostraban perspectivas audaces, escenas inusuales, unos efectos logrados jugando con la profundidad de campo.

Dupin se detuvo ante un retrato de gran formato, sin marco, montado en aluminio Dibond. Mostraba una pareja de cormoranes posados sobre una roca en medio de un oleaje fabuloso.

—Esta la tomó Sophie Gautier, jefe. Igual que el resto de las fotos de aquí.

—Increíble. —La admiración de Dupin era auténtica. No cabía duda de que tenía un gran talento.

—Y este retrato de Joëlle Contel también es suyo —añadió Le Ber señalando un pequeño marco que había sobre un aparador.

Dupin se acercó.

Joëlle Contel sonreía. De forma contenida, pero justo por eso resultaba aún más encantadora. Miraba directamente a la cámara, y parecía sentirse muy bien al hacerlo. Dupin había visto pocas veces que una fotografía fuera capaz de reproducir hasta tal punto la calidez de una persona. Reconoció además el lugar donde se había tomado esa instantánea: en la tumbona de la terraza. Unos rasgos bondadosos. Ojos verdes claros, de mirada inteligente, cabello corto y gris.

Dupin contempló el retrato durante unos minutos. Luego le llamó la atención un dibujo que colgaba encima de una butaca de cuero con aspecto de ser muy cómoda. En este caso, era el dibujo de un pingüino. La debilidad que sentía Dupin por esas aves era bien conocida.

Se quedó parado observándolo. Era un ejemplar magnífico de porte erguido y orgulloso. Resultaba difícil adivinar qué tipo de pingüino era. Tenía el lomo y la cabeza negros, y el vientre blanco. No presentaba ningún otro color: ni naranja, ni rojo. Era una criatura en blanco y negro. Excepto por los ojos verdes y penetrantes. Un pico extraordinariamente largo y curvado de un negro intenso. Sobre los ojos destacaba una llamativa mancha blanca ovalada.

—Jefe, no es un pingüino. —Le Ber corrigió la suposición de Dupin—. Es un alca. Como usted bien sabe, la evolución hizo surgir unas aves parecidas a los pingüinos en el Antártico y en el Ártico independientes entre sí, las cuales...

—Lo sé, Le Ber.

Dupin conocía las alcas. En sus primeros tiempos en la Bretaña, su entusiasmo fue mayúsculo cuando un día atisbó un pequeño pingüino en el golfo de Morbihan. El sermón que recibió entonces fue categórico: aquel pájaro solo era un alca, un animal poco habitual. Lo único que tenía en común con los pingüinos era su parecido. La historia era desatinada: al principio fueron las alcas y no los pingüinos los que recibieron el nombre genérico de *Pinguinus*. Más adelante, ese mismo nombre se utilizó para designar a los pingüinos del hemisferio sur, con los cuales no guardaban relación alguna. Y lo más importante: la palabra «pingüino» era de origen celta. *Penn-gwynn. Penn,* como en *penn ar bed,* esto es, «cabeza», en ese caso refiriéndose al principio del mundo, el nombre en bretón de Finisterre, un lugar al que César había tenido la desfachatez de denominar el fin del mundo. *Gwynn* simplemente significaba «blanco». Así pues, pingüino, *penn-gwynn,* quería decir «cabeza blanca». Como siempre, todo era bretón. En cualquier caso, las alcas que Dupin había visto eran de un calibre muy inferior al que mostraba esa fotografía.

—Esto es un alca gigante, jefe. De casi un metro de altura. Los humanos la exterminaron en el siglo XIX. —En las palabras de Le Ber se percibía un resentimiento profundo, como si el inspector aún no hubiera perdonado ese ultraje a los humanos y no fuese a hacerlo nunca—. Estos animales formaban grandes colonias en las costas occidentales y orientales del Atlántico Norte; también entre nosotros, en la Bretaña, sobre todo aquí, en el norte. Un hábitat ideal para ellos, en particular los islotes pelados y planos. El pico largo les permitía pescar en los fondos marinos rocosos, y eran unos nadadores y buceadores fabulosos. Además, al igual que los pingüinos, no sabían volar.

—Un animal fantástico —murmuró Dupin, impresionado.

—El último avistamiento fue en 1852. Su plumón se consideraba el mejor del mundo y alcanzaba precios astronómicos. Por eso estos magníficos animales estaban muy cotizados. Su torpeza en tierra hacía que fuera fácil acorralarlos en masa y matarlos a golpes. ¡Una atrocidad! —Le Ber parecía conmovido por sus propias palabras—. No hay ningún depredador tan brutal como nosotros, los humanos. Y todo para hacer negocio. Es una ironía siniestra que los últimos ejemplares fueran capturados y asesinados por ornitólogos de la época, ansiosos por incluirlos en sus colecciones científicas. Incluso hoy en día aún quedan repartidos entre los museos setenta y ocho de los llamados especímenes de exhibición. Hace pocos años se inició un proceso de reparación autocrítica de este oscuro capítulo de la ornitología. Existe un proyecto internacional llamado The Lost Bird Project dedicado al alca gigante.

Dupin se apartó de ese dibujo. Le Ber entendió la señal y volvió a centrarse por completo en el asunto que les ocupaba.

—Aquí no hay nada que justifique un allanamiento, jefe —dijo resumiendo la situación—. Debe de haber...

—Aquí hay algo raro. —Nevou bajó la escalera que llevaba al primer piso—. Deberían echar un vistazo a esto.

La agente llevaba los obligados guantes de exploración y sostenía un cuaderno negro en la mano. Considerando el carácter estoico de Nevou, casi parecía fuera de sí.

—Este es el último cuaderno de avistamiento de aves de la señora Contel. Lo empezó a escribir en mayo.

Dupin no veía a dónde quería llegar.

Nevou continuó:

—Joëlle Contel poseía varias docenas de estos cuadernos, que los avistadores llevan consigo en sus salidas. Arriba están los de los últimos treinta años.

Dejó el cuaderno sobre la mesa. Era de un formato poco común. Alargado y estrecho, de unos quince centímetros por ocho. Cabía en cualquier bolsillo. No era muy grueso, ni tampoco era una simple libreta: tapas blandas, goma a modo de cierre. Aquel cuaderno —y Dupin era un experto en el tema— era muy resistente.

Dupin y Le Ber se aproximaron a la mesa junto a la que la agente se había detenido.

—¡Miren!

Nevou abrió el cuaderno presionando con cuidado las páginas contra la mesa.

Dupin seguía desconcertado.

—Esto se repite un par de veces. Y, por lo visto, solo en este cuaderno.

—¿A qué se refiere?

Dar explicaciones detalladas no era propio de Nevou.

Le Ber se inclinó hacia delante.

—Alguien ha arrancado algunas páginas —observó—. Y además, de forma limpia.

Entonces Dupin lo vio. En el pliegue de las hojas. Tal vez sobresalía un milímetro, no más. Alguien había recortado con precisión una o varias páginas. Aunque el corte no era recto por completo, pasaba desapercibido. En todo caso, estaba casi a ras del pliegue.

—Alguien no quería que se viera que faltaban unas páginas —constató Le Ber con el ceño fruncido.

—¿Qué cree usted que significa eso?

Dupin no tenía ni idea de qué podía tratarse.

—Faltan una página en junio, tres en julio, dos en agosto y dos en septiembre.

—¿Y?

No era más que un cuaderno de avistamiento de aves.

—Debe de haber un motivo por el que alguien las arrancó y, además, de manera que no se notara. Todo indica que esa persona prefirió eso a llevarse consigo el cuaderno —dijo Nevou—. Joëlle Contel no lo habría hecho. ¿Por qué iba a retirar páginas de su propio cuaderno con una precisión casi quirúrgica?

Dupin entendió lo que quería decir.

—Es cierto —reconoció Le Ber—, ¿para qué corregir o destruir sus propias observaciones? De hecho, de haber querido reformular alguna cosa, bastaba con tacharlo, sin más.

A Dupin se le ocurrían varios motivos por los que él arrancaría una página de su cuaderno.

—Tal vez las páginas se mojaron. Ella llevaba el cuaderno en sus salidas. O puede que se ensuciaran, o que necesitara una hoja.

Le Ber negó con la cabeza.

—No hay ninguna señal de ello en las páginas previas o posteriores.

Nevou se lo demostró pasando las páginas de un lado a otro. Tenía razón: estaba todo impecable.

—He examinado detenidamente los cuadernos anteriores y en ninguno hay páginas manchadas ni tampoco falta ninguna—comentó Nevou—. Solo he encontrado arena de vez en cuando. Y, en muy pocas ocasiones, manchas de agua. Como aquí.

Nevou abrió otra página. En un par de puntos el papel mostraba manchas de agua.

—Lluvia, tal vez —especuló Le Ber.

—Se trata de unos registros muy meticulosos. —Nevou hojeó lentamente unas cuantas páginas, como para comprobarlo—. La última entrada es del 27 de septiembre.

La caligrafía de Joëlle Contel era enérgica, muy característica y, al mismo tiempo, perfectamente legible. A pesar de su avanzada edad, parecía tener el pulso firme.

—Salía una media de dos veces por semana. Veamos ahora los últimos registros.

Nevou abrió la entrada del 25 de septiembre. Apenas había pasado una semana.

—Falta la página anterior a la del día 25.

25 de septiembre. Al oeste de Saint-Cava. 7.30 h.

Dos *Sterne caspienne* muy grandes. Pagazas piquirrojas.

Aprox. 50 cm; longitud de las alas, unos 140 cm. Pico de

color rojo intenso. Observadas durante más 40 min. También el 9 de septiembre, también en Pla. Lilia.

—¿Pla. es «península»? —preguntó Dupin.

—Eso creo —corroboró Le Ber—. La península de Lilia, la orilla este de la desembocadura del *aber*. Se adentra mucho en el mar y luego se disgrega. Hay cientos de bahías, islotes y rocas.

—¿Cómo llegó hasta allí?

—En su propio coche. Al parecer, aún le gustaba conducir. Además, tenía unos Leica Ultravid 12x50 HD-Plus —exclamó Le Ber, entusiasmado—; están arriba, en la sala dedicada a las aves. Doce aumentos ópticos y una nitidez de detalles y fidelidad de color inigualables. Unos prismáticos de profesional.

Dupin recordó haber visto unos prismáticos en la sala de los pájaros.

—Aquí está el último registro —continuó Nevou, que había pasado la página—. Es del jueves pasado. Luego falta otra hoja.

27 de septiembre. Con S. Al norte de Poulloc.
Penn Enez. 7.00 h. Otra vez, aunque de lejos, en el mismo islote. Cerca de las islas De la Croix. ¿Acaso solo son unas alcas tordas especialmente grandes? ¿Siempre las mismas? 80 cm seguro. De hecho, febr.-julio. Demasiado lejos.

—Supongo que la S es «Sophie Gautier», ¿no? —quiso saber Dupin.

—Seguramente. —Le Ber de nuevo detalló la ubicación mencionada—: Poulloc está en la península situada al oeste de aquí. A vuelo de pájaro, las dos penínsulas están separadas por unos dos o tres kilómetros. Eso cuando la marea está alta. Con la marea baja, es mucho menos.

—¿Qué es un alca torda?

Dupin recordaba haber oído antes ese nombre.

—¡Jefe! ¡Ese pájaro ya lo conoce! ¡Es el suyo!

¿El suyo?

—El alca torda es el pájaro pingüino. El que vio usted aquella vez en el golfo de Morbihan. Pertenece a la misma familia que la extinta alca gigante, aunque esta sí puede volar. Lo cierto es que se parece muchísimo a los pingüinos, también porque tiene una altura de hasta ochenta centímetros y...

A Dupin simplemente se le había olvidado el nombre. En general, los nombres no eran su punto fuerte.

—El pájaro pingüino es un ave poco frecuente; son muy pocos los que han visto uno por esta zona. —Le Ber estaba entusiasmado—. ¡Eso sería todo un acontecimiento! ¡Un pájaro pingüino aquí, en el Aber Wrac'h! ¡Y a finales de septiembre! De todos modos, claro, con el cambio climático que hemos provocado anda todo manga por hombro. Deberíamos preguntarle a Sophie Gautier. Saber si fue ella la que acompañó a Joëlle Contel ese día. Y también qué es eso del pájaro pingüino.

Dupin asintió.

—¿Ha oído usted hablar de ese espectacular artículo en el *Scientific American*, jefe? —siguió Le Ber—. ¿Ese sobre la inteligencia de los pájaros? El *Ouest-France* publicó un resumen al respecto.

Claire lo había leído. Y también el artículo original. Se lo había contado con todo lujo de detalles.

—¡Es fascinante! ¡Y luego hay quien insulta diciendo «cabeza de chorlito»! —Le Ber se estaba acalorando—. Es muy propio de los humanos subestimar continuamente la inteligencia de los demás seres vivos y sobreestimar la propia. Las aves son capaces de enormes proezas mentales: hay especies que se reconocen en los espejos, utilizan herramientas, comprenden las relaciones causales o planifican de manera sistemática su futuro. Puede que sus cerebros sean más pequeños, pero desde luego están mucho mejor organizados que los nuestros. Menos células cerebrales, sí, pero, en cambio, mucho más juntas. Interactúan entre sí de forma más directa y rápida.

Dupin se dijo que en ese momento eso mismo le vendría de maravilla. Como bien sabía el comisario, a fin de cuentas, una buena cantidad de café estimulaba los impulsos para salvar en menos tiempo las distancias, al parecer innecesarias, entre las neuronas.

—Es supereconómico —seguía Le Ber—. Así las aves sacan mucho más provecho de cada neurona que nosotros, los mamíferos. Por lo tanto, han podido elaborar estrategias mentales similares a las nuestras. Resulta especialmente asombrosa la historia de la urraca Gerti.

Dupin acababa de decidir que debía intervenir. Pero se trataba de una urraca. Un ave que aquí tenía una cierta importancia.

—Se le colocó una diminuta pegatina amarilla a la altura del cuello sobre su plumaje negro. En principio no pareció importarle en absoluto. Pero cuando se vio a sí misma en el espejo, aquello la incomodó y se quitó la pegatina con el pico y, además, en su propio cuerpo. Ni siquiera probó a hacerlo en su imagen reflejada. Luego se contempló de nuevo en el espejo y se quedó tranquila. Entre los simios, esta prueba se considera una demostración del reconocimiento de uno mismo y...

—Estupendo. Pero ¿por qué alguien ha retirado estas páginas de aquí? —Nevou devolvió a su compañero a la realidad—. Voy a encargar a la científica que examine este cuaderno.

—Es extraño que escribiera «acaso solo son» unas alcas

tordas. Avistar unos pájaros pingüinos en sí ya sería toda una sensación —comentó el inspector.

Dupin empezó a deambular de un lado a otro.

—¿Y qué tiene eso que ver con la agresión a Labat? La observación de las aves, el posible avistamiento excepcional de un pájaro en concreto, la eliminación de algunas páginas del cuaderno de Joëlle Contel…

—Sea como sea, resulta bastante sospechoso —afirmó Nevou con obstinación—. Es todo cuanto puedo decir ahora mismo.

—Así es. —Dupin se quedó parado un momento—. Pero ¿qué significa todo esto?

¿Qué se podía concluir de todo aquello?

—Debo irme.

Dupin acababa de darse cuenta de la hora. Tenía que reunirse con la madre de Sophie, Rozenn Gautier.

—Hablen con Sophie Gautier —ordenó Dupin a Nevou y Le Ber—. Pregúntenle por la excursión de avistamiento que hizo con su tía, por los pájaros, por las páginas que faltan, todo. Quizá haya una explicación sencilla.

—Ahora mismo, jefe.

—Dos cafés con leche. —Cafeína con leche, la variedad menos agresiva para el estómago—. Para llevar, por favor.

—Muy bien. ¿Alguna otra cosa, señor? —preguntó la joven flaca con tono animoso.

—No, gracias.

—Bien, pues un momento, por favor.

La mujer se dirigió a la sala contigua.

Así que ahí estaba: la mejor panadería de la Bretaña. El cartel sobre la entrada se limitaba a anunciar: LA MAISON DU BOULANGER. La Casa del Panadero. La frase que seguía era más sugerente: ARTISAN DU GOÛT DEPUIS 1995, artesanos del sabor desde 1995. Y acababa diciendo: POUR PROTÉGER LES VALEURS DU BON MANGER, esto es, para preservar los valores del buen comer. Una de las frases más bellas en francés.

La panadería se encontraba alojada en una hermosa y antigua casa de pueblo con la fachada pintada en un tono crema y una puerta amplia de granito de color claro. A mano izquierda tenía una acogedora terraza de madera con mesas de bar desde la cual era posible ver el ajetreo de la plaza. La vida del centro de Lannilis, el bullicioso ir y venir de la gente. A Dupin, esos lugares le encantaban; eran atalayas desde las que contemplar la vida cotidiana. Era capaz de pasarse horas sentado ahí, observando.

Dupin se había precipitado de manera imperdonable al decir «no, gracias»; aún no había comido nada. Y le dolía el estómago. Estaba hambriento. Tenía por delante un trayecto de diez o quince minutos, había tiempo suficiente para tomar algo.

—*Et voilà!* —La camarera le dejó sobre el enorme mostrador dos vasos de cartón.

—Al final, voy a pedir algo más.

La joven sonrió como diciendo: «Ya me lo figuraba».

Dupin recorrió los expositores con la mirada. Un gesto que —como él bien sabía— jamás se debía hacer con hambre. Todo tenía un aspecto impresionante.

—Tomaré una de esas.

—Un clásico de la casa: la *tartine* de anchoas y queso de oveja.

—Y otra de estas y de esas. —Señaló una rebanada de pan con queso y jamón y otra con pollo y espinacas.

Entonces sonó el móvil de Dupin. Dirigió al momento la vista hacia la pantalla.

El prefecto. Increíble.

—¿Alguna cosa dulce? ¿Tal vez una de nuestras *tartelettes?*

Dupin volvió a guardarse el móvil en el bolsillo.

—Por supuesto. Una *tartelette au citron.*

Con merengue por encima.

Las *tartelettes* eran un invento maravilloso. Frutas exquisitas, distintos tipos de masa, mazapán, caramelo, turrón, cremas, pudines, chocolate... Todo ello combinado de todas las maneras posibles; unas creaciones deliciosas, en forma de pequeñas porciones muy apetitosas. De hecho, tan pequeñas que uno no se quedaba lo bastante saciado como para no comer otra más. La presentación en esa panadería era como una exhibición de auténticas obras de arte.

El pitido estridente del móvil se apagó.

Tenía el coche aparcado justo enfrente de la *boulangerie,* así que dos minutos después Dupin colocaba un café en el portavasos de su viejo Citroën y apuraba el otro con un par de tragos.

Arrancó el motor con la mano derecha, que era la que tenía desocupada.

Sobre el asiento del copiloto, envueltas en bolsas finas de papel, estaban todas esas delicias. Eran un montón considerable, se había excedido.

Se puso en marcha.

Igual que en el camino desde la abadía hasta allí, pensó detenidamente en el descubrimiento de Nevou. En las páginas que faltaban en el cuaderno de avistamientos de Joëlle Contel.

Tal vez aquel fuera el paisaje bretón más hermoso que Dupin había visto jamás.

Desde luego, no tenía mucho sentido decir tal cosa. Incluso pensarlo. Y resultaba absurdo por el simple hecho de que Dupin había pensado muchas veces que no podía ver algo más bello. Pero ¿qué podía hacer? Era lo que sentía cada vez que lo pensaba, en eso era sincero.

Rozenn Gautier y él se encontraban de pie sobre un montículo, en medio de un paisaje de dunas. Era una franja de un kilómetro de ancho que se elevaba al oeste de la desembocadura del Aber Benoît y continuaba a lo largo de la costa, justo detrás de la playa. Entendiendo aquí por playa el paisaje de arena blanca finísima que se extendía casi de manera infinita; por lo menos a esa hora, con la marea baja. Apenas unos pocos peñascos oscuros aquí y allá, unos elementos decorativos muy potentes.

Frente a las dunas se veían dos ensenadas anchas en forma de medialuna creando un saliente natural que se adentraba en el mar en el punto donde ambas casi se tocaban. En medio de las aguas, centenares de islotes rocosos. Solo unos pocos estaban recubiertos por hierbas, musgos y líquenes formando manchas verdes en medio del mar de intenso azul cobalto. Con todo, aquel azul era apenas un color de base sobre el cual, en función del fondo marino y de la profundidad de las aguas, asomaban innumerables manchas de otros tonos de azul. Había pinceladas de brillante turquesa, celeste, azul ultramar, azul claro, azul pastel... Claire era capaz de enumerar una docena más de tonalidades, pero Dupin se daba por satisfecho con recordar esos. En cualquier caso, lo más impresionante era el blanco deslumbrante que asomaba aquí y allá en medio del azul: eran los bancos de arena. Aquel era un mundo plano y parecía infinito. Era lo único que había en dirección oeste. Como para hacerlo todo aún más perfecto, en el horizonte, a una distancia prudencial, flotaban unas nubes muy ligeras, de velo, tan blancas como la arena. Las nubes y los bancos de arena se alternaban entre ellas de un modo vertiginoso.

Era sorprendente lo poco que se parecían madre e hija. Otra complexión, otras facciones, otro pelo. Rozenn Gautier tenía el cabello de color rubio arena tirando a gris. Además, lo llevaba a capas y recogido en una coleta. Era, sin duda, una cabeza más alta que su hija, y más delgada. Pese a sus setenta y siete años, su aspecto tenía un aire juvenil. Tampoco se parecía en nada a Joëlle Contel, al menos no a la fotografía que Dupin conocía de ella. De vez en cuando, su rostro dejaba entrever los mismos rasgos autoritarios que su hermano.

Rozenn Gautier había saludado a Dupin con cierta reserva, pero no con antipatía. El puesto de avistamiento ornitológico donde se habían citado era una estructura sencilla de aluminio, madera y, sobre todo, cristal. En realidad, un plexiglás especial, supuso Dupin. Un hexágono transparente. Una balda estrecha y fija que hacía de mesa con un cuaderno de anotaciones encima. Una silla de escritorio. Otras dos sillas más en el centro de la sala. Eso era todo.

—Tengo entendido que usted acudió a la abadía a última hora del lunes. Que fue a despedirse de su hermana junto con su hermano, su sobrino y su hija.

—Así es.

—¿Cuánto tiempo permaneció allí?

—Creo que hasta las nueve y cuarto. Me fui con Maxime y con Victor; Sophie se quedó más rato.

—¿Y a dónde fue después?

Dupin había sacado su Clairefontaine. Volvía a sentirse mejor, el dolor de estómago había desaparecido de inmediato en cuanto comió algo. Llamar «algo» a eso era un eufemismo: en realidad, se había comido la mitad de cada una de las tres *tartines,* a cuál más deliciosa. Llegó incluso a considerar la posibilidad de devolverle la llamada al prefecto. Pero entonces decidió probar la *tartelette au citron.* Una elección correcta. Divina.

—Salí a tomar algo. Al Baie des Anges. Necesitaba calmarme un poco. Aunque sabíamos que su muerte era inminente.

Rozenn Gautier se colocó frente a un trípode sobre el que había montado un impresionante telescopio monocular. Un catalejo. Junto a este, otro trípode con una cámara provista de un objetivo sensacional.

—¿Jacques Briand estaba allí?

—Sí.

Dupin no sabía si esa actitud taciturna tenía algo que ver con él o, simplemente, era su modo de ser.

—¿Cuánto tiempo se quedó usted?

—Mmm… Quizá unos tres cuartos de hora.

—¿En la terraza?

—Siempre me siento en la terraza.

El catalejo apuntaba a uno de los pequeños islotes rocosos. Hasta el momento, ella solo había vuelto la vista hacia Dupin una vez, cuando le dirigió un breve saludo.

—Eso significa que abandonó el Baie des Anges sobre las diez y cuarto.

—Algo más tarde.

—Así pues, permaneció allí más de tres cuartos de hora.

—Eso parece.

—¿Y luego?

—Luego me fui a casa.

—¿A qué hora llegó?

—Un poco después de las once.

—¿Hay alguien que pueda corroborarlo?

—No. Como seguramente ya sabe, soy viuda desde hace unos años.

Dupin no lo sabía.

—¿Nadie la vio llegar a casa?

—No. Yo también vivo en un lugar algo apartado. Ahí, al

otro lado. —Sin apartar la vista del islote rocoso, señaló con la mano izquierda hacia el suroeste—. Al otro extremo de la zona de dunas.

Dupin miró en esa dirección, pero no vio más que dunas. Las dunas y las matas de hierba de las dunas, altas hasta la cintura, que tanto le gustaban a Dupin y que también rodeaban el puesto de observación. Aquellos verdes tan potentes, que contrastaban con el blanco de la arena y las tonalidades azules del cielo y el mar, le producían un efecto casi psicodélico. Los fuertes vientos del noroeste soplaban ahí arriba con más intensidad que en el Aber Wrac'h. Era algo grandioso. Atlántico puro.

—¿Hizo alguna llamada telefónica desde el fijo?

—Sophie me volvió a llamar. Más tarde, pasada la medianoche. Pero desde el móvil.

Dupin tomó nota mentalmente.

—¿Una charla larga?

—No.

Se colocó junto a Rozenn Gautier.

—Señora, sin duda conoce usted el sendero que atraviesa el bosquecillo que empieza no muy lejos de los manzanos.

La respuesta tardó un poco en llegar. Sin embargo, fue contundente.

—Desde luego.

Ahí, en el puesto de observación, el viento se escuchaba con claridad. Había algún punto en el que se quedaba trabado y producía una especie de silbido estridente y fluctuante que parecía propio de un animal.

—¿Y sabe hasta dónde conduce ese sendero?

—Hasta la puerta del muro de la parte posterior.

Ella hizo entonces un pequeño gesto brusco y apretó el ojo contra el visor del catalejo a la vez que lo ajustaba un poco.

—¿Algo especial?

—¿A qué se refiere?

—Si hay algo especial que observar en ese islote.

—Es posible.

—¿Un pájaro pingüino?

—¿Qué le hace pensar tal cosa? —Reaccionó como si en lugar de «pájaro pingüino» Dupin hubiera dicho «reptil volador»—. Estos últimos días he visto un águila pescadora.

—¿Y ahora está en ese islote?

Seguramente esa pregunta no podía ser más propia de un aficionado.

—Al otro lado de ese islote rocoso. Si no me equivoco, se posó allí.

—¿Es un pájaro raro?

—Mucho. Las águilas pescadoras están casi extinguidas. —Hasta ese momento, esas eran las frases más largas que había pronunciado—. A partir de los noventa la población se ha empezado a recuperar un poco. Solo se alimentan de peces.

—¿Y qué hace usted cuando ve una?

—La documento. Si es posible, la fotografío. Luego registro el avistamiento. Hay registros, bases de datos internacionales online.

—Y eso, a pesar de que usted ya no está al frente de los puestos de observación de aves. —Aquello sonó más duro de lo que Dupin había pretendido—. Quiero decir, a pesar de que está jubilada —se corrigió.

En cualquier caso, todo aquel rato había estado pensando que Rozenn Gautier se comportaba como si el puesto de observación fuera suyo.

—Sigo siendo ornitóloga, señor. Una científica —respondió con tono tranquilo y neutro—. Cualquier ornitólogo aficionado puede servirse de los sistemas de notificación de avistamiento de aves raras.

—¿No habrá visto últimamente un pájaro pingüino?

Ella levantó la cabeza. Tenía una expresión seria.

—Es el ave marina más amenazada de Francia, apenas quedan unas treinta parejas. Anidan aquí, en la Bretaña. En las islas de las dunas de Keremma hay una pareja; en la isla de Batz hay otra más, igual que en Ouessant. La última vez que la vi por aquí fue hace cinco años. En la península de Lilia. Desde entonces no se ha documentado ni un solo avistamiento.

—¿Hay recompensas? ¿Alguna distinción? Quiero decir, cuando alguien ve un pájaro especialmente raro...

Rozenn Gautier dirigió una mirada despectiva a Dupin.

—Nadie hace esto por el dinero, señor. Al menos, no los científicos.

—Su hermana Joëlle —Dupin clavó la mirada en Rozenn Gautier— vio un pájaro pingüino la semana pasada, un ejemplar especialmente grande. Varios, incluso. Con su hija, Sophie. Seguro que usted ya lo sabía.

—Tonterías.

Ni el menor intento de esquivar la mirada de Dupin.

—En la península de Sainte-Marguerite —precisó el comisario.

—Joëlle y Sophie me lo habrían contado. Y habrían registrado el avistamiento.

Dupin se dijo que debía hablar con urgencia con Sophie Gautier, en cuanto terminara allí. Antes de que su madre tuviera ocasión de llamarla.

—En mi opinión, eso es algo altamente improbable —aclaró Rozenn Gautier.

Si fingía no saber nada, desde luego lo hacía de un modo muy convincente.

—¿Qué pasaría si alguien de pronto avistara varios pájaros pingüino? ¿Con fotos y todo?

—Lo dicho, no hay recompensas económicas.

—Pero supongo que sí habría un reconocimiento científico. ¿Tal vez un artículo en una revista de renombre?

En el curso de un caso, Dupin había sido testigo de la rivalidad enconada entre varios científicos. En aquella ocasión la cuestión giraba en torno al rey Arturo.

Rozenn Gautier se encogió de hombros.

—Eso es para quien dé importancia a esas cosas.

—¿Usted no?

—Como bien ha dicho, estoy jubilada. Tengo setenta y siete años. Hace medio siglo que me gané los galones.

Unas palabras altaneras e insolentes a partes iguales.

Ella volvió a inclinarse sobre el catalejo.

—Cuando anoche ustedes se reunieron en la abadía tras la muerte de su hermana, ¿dónde se encontraron? Supongo que el cuerpo de Joëlle Contel estaba abajo, en el salón.

—¿Qué quiere decir con eso, señor comisario?

Daba la impresión de que realmente ella no había entendido la pregunta.

—¿Estuvieron los cuatro todo el rato en el salón?

—Creo que sí. Yo, por lo menos, solo estuve ahí. No sé…

Se interrumpió.

—¿Acaso estuvieron también en la sala de los pájaros de Joëlle Contel?

—No lo creo. ¿Por qué?

—¿Podría ser?

—No. Yo solo fui un momento al baño.

—¿Alguien subió?

—No sabría decirle. Estábamos todos muy afectados. A pesar de los presagios, fue una conmoción.

También a ellos, los presagios de muerte les parecían la cosa más natural del mundo.

—Así pues, ¿no recuerda si usted, su hermano o alguna otra persona estuvo en la sala de los pájaros?

—Lo dicho. No sabría decirle. Pero lo dudo mucho.

—¿Qué opinión le merece la idea de su hermano de impulsar el turismo ornitológico en esta zona?

—Es una estupidez, y un desastre para las aves. Y no solo para ellas, también para la naturaleza. Habría que oponerse de forma rotunda a ese proyecto. Por mi parte, yo me serviría de toda mi capacidad de influencia para impedirlo.

—¿Sabe usted hasta qué punto está avanzado el proyecto?

—No tengo ni idea de cuánto ha concretado Victor esa idea. Pero creo que no son más que planes.

—Su hermano ya ha comprado un hotel. En la península de Lilia.

Rozenn Gautier tenía un inmenso dominio corporal; era capaz de permanecer inmóvil durante minutos, como helada.

—Está en su derecho. Eso es asunto suyo. Los puestos de observación espectaculares en tierra y en las islas, las rutas ornitológicas, un centro de experimentación enorme… Todas esas cosas que tiene en mente requieren el visto bueno de los políticos y las autoridades. La costa bretona está sujeta a unas normas estrictas de protección de la naturaleza. Jamás lo permitirán.

—¿Está usted segura?

—Sí.

Dupin no había oído muchos detalles de boca de Victor Contel; al parecer, sus ideas parecían haber adquirido una forma más concreta.

Rozenn Gautier clavó la mirada en Dupin.

—¿Qué tienen que ver todas estas cuestiones con la agresión a mi sobrino?

—¿Usted y su hermano están enfrentados a causa del proyecto? —Dupin desoyó la pregunta, bastante justificada, que ella había planteado.

—Si así fuera, eso no sería de su incumbencia.

Rozenn Gautier tenía la impresionante capacidad de hablar con rotundidad sin parecer agresiva. Dupin se detuvo justo al lado de ella.

—Bueno, me imagino que, de todos modos, eso puede ser una fuente de conflictos.

—Me limito a decir de manera franca lo que pienso de ese proyecto. Es mi responsabilidad como científica.

—¿Qué opinión tenía su hermana Joëlle Contel al respecto?

—Ni siquiera sé si conocía los planes de Victor. En cualquier caso, se habría opuesto con tanta vehemencia como yo: estaba en contra de este tipo de proyectos, de la comercialización de cualquier cosa. De todos nosotros, mi hija era quien más contacto tenía con ella y...

El sonido estridente del móvil de Dupin. Lo sacó del bolsillo del pantalón.

Le Ber.

—Disculpe, señora. En un momento estoy con usted. —Dupin salió fuera del puesto de observación. Al instante quedó expuesto a la ferocidad del viento.

—Le Ber, ahora mismo estoy...

—Es el jardinero, jefe. Tiene heridas graves. Una agresión, igual que a Labat. Pero peor.

—¿Cómo?

Le Ber comenzó de nuevo la explicación:

—Su esposa ha...

—¿El jardinero?

—Sí, el señor Hilaire. En efecto.

—¿Qué ha pasado?

—Ha sido derribado de un golpe con una pala en su vivero. Su mujer lo acaba de encontrar, poco antes de las cinco. La última vez que lo vio eran las cuatro; luego ella salió a comprar. No está segura de que siga con vida. Ha llamado al servicio de emergencias. La comandante Carman estaba cerca, ya va de camino.

—¿Cuándo ha sido?

—Aún no lo sabemos. La señora Hilaire está completamente fuera de sí.

—¿Dónde se encuentra exactamente ese vivero?

—En Paluden. A la orilla del Aber Wrac'h. A pocos minutos de la abadía.

—Nos encontraremos allí, Le Ber. Hasta ahora.

Dupin colgó. Abrió la puerta del puesto de observación y dijo:

—Lo siento, señora Gautier, debo marcharme de inmediato.

Rozenn Gautier le dijo algo, pero él no lo entendió.

Corrió a toda prisa atravesando la arena fina y profunda en dirección al aparcamiento.

«Cruce el puente por encima del Aber Wrac'h». La comandante Carman le había indicado el camino. Dupin había hablado por teléfono con ella desde el coche. La comandante ya estaba en el vivero; los servicios médicos, por su parte, llegarían en cualquier momento.

Carman no había detectado ningún signo vital en el señor Hilaire. Eso, por supuesto, no significaba nada: en el caso de un herido de gravedad, la respiración y el pulso podían ser tan débiles que solo un médico era capaz de captarlos. En todo caso, a la comandante «le daba mala espina».

La señora Hilaire, la mujer del jardinero, estaba en shock. Carman temía que se desmayara. Sobre todo estaba preocupada por ella.

Dupin descendía con su Citroën a toda velocidad por la colina desde el oeste en dirección al *aber* para llegar a Paluden, un pueblecito diminuto muy bien escondido en un recodo doble y estrecho del *aber*. En ese preciso instante el puente en cuestión apareció ante sus ojos. Como de costumbre, Dupin hacía unas maniobras osadas con su viejo XM, que desafiaban las leyes de la física. No había advertido la curva criminalmente cerrada que llevaba al puente. Un chirrido infernal de los neumáticos resonó en el valle, el coche gimió y crujió, rebelándose. Por un segundo, Dupin temió de verdad salir despedido de la calzada, algo que lo habría enviado de cabeza al agua.

Ya en el otro lado, la empinada colina ascendía; era mucho más alta de lo que cabía sospechar. A esa altura, a la izquierda, debería haber un mirador —allí estaba— y luego una curva de noventa grados. También llegó a esta de forma brusca y tuvo que frenar en seco. Justo ahí, a mano izquierda, tendría que divisar un pequeño acceso estrecho. Lo vio. Además, se podía ver un cartel: LES JARDINS DES ABERS. El vivero de los Hilaire.

El XM entró a toda velocidad en el camino sin asfaltar y la grava salió despedida de manera salvaje.

Con la misma intensidad con que antes había subido la colina, ahora volvía a bajar. Atravesó un bosque espeso.

De pronto, se abrió ante él el vivero. Justo al lado de un brazo estrecho del *aber*.

Dupin reconoció el coche de Le Ber. También vio un coche patrulla y una ambulancia. En el terreno del vivero había un gran barracón de forma alargada; a la derecha y detrás, unos parterres extensos y dos invernaderos. Al otro lado del pequeño camino de acceso estaba la vivienda.

El Citroën se detuvo con una sacudida violenta y Dupin se apeó del coche a toda prisa.

A cierta distancia, al final de los parterres, divisó a un grupo de personas; unos pasos más allá comenzaba el bosque,

que también allí ascendía de forma pronunciada. Dupin se dirigió directamente hacia el grupo. Distinguió a la comandante Carman y a Le Ber.

Reinaba un gran nerviosismo.

—Tenemos que llevárnosla. ¡Ya mismo!

La orden decidida de un sanitario.

Entonces Dupin cayó en la cuenta de que el hombre no se estaba refiriendo al jardinero. Se trataba de su esposa. Estaba tumbada en una camilla. La cual, en realidad, debería ser para su marido. Tenía las piernas levantadas con una almohada debajo.

Claude Hilaire yacía sobre una franja de césped junto al lindero del bosque. Completamente solo. Aquello no pintaba nada bien.

Le Ber se acercó a Dupin:

—Claude Hilaire ha fallecido. La ayuda no llegó a tiempo. Los sanitarios no han podido hacer nada.

—¡Ahora, arriba!

Los camilleros alzaron la camilla con la señora Hilaire, que había sido inmovilizada. Carman y otra agente la flanqueaban por ambos lados.

—La señora Hilaire ha sufrido un colapso cardiovascular. Su estado es crítico —informó Le Ber.

La comitiva ya se había puesto en marcha.

La señora Hilaire tenía el rostro muy rojo y parecía inconsciente, con los ojos en blanco; era una visión espantosa.

—Le hemos administrado una inyección pero no responde —explicó uno de los sanitarios a toda prisa—. Tiene el pulso a ciento noventa, la boca seca y las pupilas muy dilatadas.

—¿Un shock?

—Sí, uno muy fuerte.

Ya llevaban recorrida la mitad del camino hasta la ambulancia. Todo ese rato se oía un ruido extraño, uniforme pero no monótono, repleto de pequeñas variaciones. Un ruido natural, del cual no era posible identificar la fuente. En todo caso, no era el viento, aunque allí soplaba casi con la misma intensidad que en las dunas.

Dupin avanzaba junto a la comandante; habría ayudado, pero no había más sitio.

—¿Ha dicho algo la señora Hilaire antes de perder el conocimiento?

—No.

La comandante estaba concentrada en el traslado.

—¿Dónde encontró a su marido?

—Donde está. Eso dijo cuando me llamó.

—¿Hay casas cerca, algún vecino?

—No.

Estaban llegando a la ambulancia. Al cabo de un instante, la señora Hilaire fue introducida en ella. Apenas unos segundos después, el vehículo empezó a moverse.

La compañera de Carman se fue con la señora Hilaire al hospital. Los demás se quedaron allí: la comandante, un gendarme, Le Ber y Dupin. Todos permanecieron unos instantes mirando la ambulancia.

—Vamos a necesitar a la policía científica —indicó Dupin.

—Ya está de camino —informó Carman—. Y el forense ya está avisado.

—También aquí el agresor debe de haber salido del bosque. —Le Ber musitó esa frase con la vista clavada en el fallecido, hacia el cual se encaminaban en ese momento—. Es similar a la agresión a Labat. El asesino no se arriesga. Se mueve por terrenos inaccesibles. Entre matorrales, perfectamente escondido. —Una pausa—. Luego asoma de repente, comete su crimen y desaparece otra vez al abrigo del bosque.

La explicación era algo melodramática, pero fiel a lo ocurrido.

—¿Los sanitarios han dicho algo sobre la hora en que agredieron al jardinero? —inquirió Dupin.

—Suponen que hace dos o tres horas a lo sumo —informó la comandante—. La lesión no era demasiado reciente. Debió de fallecer poco antes de que ellos llegaran. De todos modos, aunque lo hubieran encontrado antes, lo más probable es que Claude Hilaire tampoco hubiera tenido ninguna opción.

—Esto significa que tuvo que ocurrir aproximadamente entre las dos y las cuatro de la tarde —calculó Dupin.

Habían llegado junto al cadáver.

Se encontraba tumbado bocarriba, con el brazo derecho extendido de un modo poco natural y el izquierdo junto a la cabeza.

La pala, que estaba a menos de un metro de distancia, le había alcanzado en la parte superior de la mejilla izquierda, el ojo y la sien. Era una visión atroz, incluso para los más bregados. Había sangre por doquier. Y también otros fluidos y secreciones. La sangre se había deslizado desde el cuello empapado de la camisa verde de Claude Hilaire hasta el suelo. Por lo demás, el cuerpo y la ropa estaban intactos.

Dupin se agachó junto al jardinero, le examinó las manos, las articulaciones, los antebrazos.

—No hay indicios de forcejeo.

—Se lo llevarán pronto. —Carman parecía visiblemente impresionada.

Dupin se levantó de nuevo.

Caminó unos pasos, se detuvo y por primera vez miró de verdad a su alrededor.

Aquel paisaje fabuloso resaltaba aún más ante la visión de ese crimen y su brutalidad. Un valle profundo, colinas densamente arboladas a izquierda y derecha. A un lado de la hondonada, prados verdes; en el lado opuesto del brazo del *aber*, varios manzanos solitarios cargados de manzanas rojas y brillantes. La marea baja se había llevado consigo las aguas del mar, dejando una larga y estrecha franja de arena y limo. Un lecho marino por el que discurría un arroyo. Entonces Dupin descubrió qué era lo que provocaba ese ruido extraño y constante: una cascada magnífica. El arroyo procedía de la hondonada, serpenteaba entre los prados hasta llegar a las tierras del vivero y luego se aproximaba al *aber*, aunque manteniéndose unos quince metros por encima de él. Finalmente, atravesaba un puente y, justo antes de alcanzar la ensenada, se precipitaba en el *aber* pasando por encima de unas rocas enormes.

—Menuda mierda.

Dupin se restregó el pelo con un gesto enérgico. Se volvió hacia el bosque. Estaba enfadado. Inquieto a más no poder. Aquello era increíble.

Ahora se enfrentaban a un asesinato. Cuando no llevaban ni veinticuatro horas buscando al responsable de la agresión a Labat, una persona que había estado en contacto estrecho con Joëlle Contel había muerto a causa de un golpe.

Le Ber se acercó a Dupin, seguido por la comandante y su compañero.

En sus semblantes se reflejaba el tremendo acontecimiento, así como la imagen de la señora Hilaire luchando por no perder la consciencia.

—Parece que este asunto va de mal en peor —dijo Le Ber casi en un susurro—. ¿En qué se habrá metido Labat? ¿Y nosotros?

Dupin guardó silencio. Siguió andando en línea recta hacia el lindero del bosque.

—¿Está buscando alguna pista del asesino? —quiso saber Le Ber.

Dupin se detuvo poco antes de llegar a los primeros árboles.

—¡Separémonos!

—Sí, jefe.

Los cuatro policías empezaron a examinar el lindero del bosque.

Dupin se abrió paso en la espesura pasando entre dos castaños. Tuvo un *déjà vu*: aquello era exactamente lo mismo que había hecho antes en la abadía. También aquel era un bosque ancestral bretón.

Apenas había recorrido dos metros cuando Carman gritó:

—¡Aquí! ¡Aquí hay un sendero!

Al instante, los tres compañeros se acercaron.

Estaba a unos veinte metros del lugar donde yacía Claude Hilaire. El sendero ascendía por la colina que Dupin había bajado en coche. Se notaba que se utilizaba con regularidad.

—Seguramente llega hasta la carretera en la cima del altozano. —Carman señaló la colina—. Pero creo que atraviesa también otro sendero que discurre paralelo al valle y que al final desciende junto al arroyo. Allí también hay una carretera. Alguien que conozca bien la zona podría aparcar su coche allí sin peligro de ser visto. Es un lugar bastante solitario. Pero también podría haber aparcado arriba, junto a la carretera. Ambas cosas son plausibles.

Dupin reflexionó. De ser ese el caso, deberían dejar la labor en manos de la policía científica. Había cosas más importantes que hacer que recorrer el bosque.

Sacó su Clairefontaine.

—Quiero saber cuanto antes dónde estaban todos entre las dos y las cuatro de la tarde. —Contempló la lista de implicados que había anotado en su libreta—. Sophie Gautier, Rozenn Gautier, Victor Contel, Maxime Contel, la cocinera.

—De nuevo había pasado por alto a una persona—: ¿Qué hay de la amiga de Joëlle Contel, esa tal Rose? ¿Alguien ha hablado ya con ella?

De pronto se oyó una sirena. Debía de ser la segunda ambulancia, que venía a recoger a Claude Hilaire. Su cadáver.

Casi a la vez sonó el móvil de Dupin.

Un número oculto. El comisario contestó.

—¿Diga?

Durante unos segundos no se oyó nada, y a continuación se escucharon unos chasquidos extraños. Después:

—Quie… er… no…

Dupin no entendió nada. La señal era muy débil. Miró la pantalla. Solo había una barra de cobertura. Así pues, no era de extrañar.

—¿Diga? —gritó, y esperó. Nada. Solo esos chasquidos cada vez más intensos.

Colgó.

—Antes he ido a ver a Rose Janin —informó Carman—. Cuando entró la llamada de socorro de la señora Hilaire, nuestra conversación acababa de terminar. Sobre la agresión a Labat no tenía nada que decir. Carece de coartada para anoche; afirma que a esa hora ya dormía. Tiene ochenta y ocho años y vive sola; su marido lleva mucho tiempo fallecido.

La Bretaña estaba llena de mujeres fuertes que vivían solas tras sobrevivir muchos años a sus maridos.

—En este caso —siguió Carman—, no le veo ningún motivo posible. Y para hoy tiene coartada: yo misma, nuestro encuentro. Llegué a su casa poco antes de las tres. Vive en Curnic. Eso está a unos diez minutos de aquí.

—Estrictamente, eso no es una coartada —corrigió Le Ber, tajante—. ¿Qué ha hecho antes de las tres?

—Aunque para tener ochenta y ocho años está muy en forma, no la veo abriéndose paso por el bosque a la velocidad del rayo, ni matando a golpes a hombres corpulentos —respondió la comandante.

—La segunda ambulancia ha llegado —informó el compañero de Carman señalando el camino de acceso.

—Sigamos —apremió Dupin—. Sobre los demás implicados: yo estuve con Rozenn Gautier en su puesto de observación a las cuatro y cuarto. Si lo he entendido bien, antes estuvo sola allí. Así pues, carece de coartada.

—Victor y Maxime Contel abandonaron la abadía a las dos. —Carman volvió a tomar el mando—. Todavía tenían varios asuntos que tratar entre ellos.

—Pensé que ambos tenían sus propios compromisos. De hecho, Maxime Contel tenía que ir a Morlaix.

—Después de que ambos se reunieran.

Nadie había dicho nada de eso. Eso significaba que se habían citado. Y ellos tampoco se lo habían comentado. Cuando hablaron con él, habían sugerido que cada uno tenía que hacer cosas por separado.

—¿Cómo lo ha sabido, Carman?

—Por una colaboradora de Maxime Contel. Lo tenía anotado en su agenda. A primera hora de la mañana yo no conseguía localizarlo. Quería concertar una cita con él y fui en persona a la empresa.

—¿Y dónde se reunieron los dos? —quiso saber Dupin.

—No lo sé. Preguntaré.

—Sea como sea, su coartada solo la pueden corroborar ellos mismos —apuntó Le Ber—. A menos que alguien los viera, no pueden justificar su paradero.

Dupin sintió que le habían tomado el pelo. Odiaba esa sensación.

La comandante pasó a hablar de la siguiente persona de la lista.

—La cocinera fue al mediodía a arreglar un poco la cocina de Joëlle Contel, hasta la una más o menos; luego se marchó a casa y después, creo, estuvo con sus nietos.

Otra de esas historias que, por su propia naturaleza, resultaban vagas desde el punto de vista temporal.

—Volveré a hablar con la señora Brével —añadió entonces Carman.

—¿Y Sophie Gautier? —preguntó Dupin—. ¿Adónde se fue tras abandonar la abadía?

—Me temo que no lo sé —dijo la comandante.

A fin de cuentas, hasta el momento eso no había tenido ninguna importancia.

Los dos sanitarios se acercaban con la camilla.

—Yo me encargo de esto —indicó el compañero de Carman apresurándose hacia ellos.

—Tenemos varias cosas que hacer. —Dupin también se puso en marcha—. Le Ber, Carman: hablen con Victor Contel y con la cocinera. Yo hablaré con Sophie Gautier y con Maxime Contel. —Quería hablar con él sin la presencia de su padre—. Nos centraremos en el periodo entre las dos y las cuatro de la tarde.

—Entendido, jefe.

—¿Qué hay de la familia de los Hilaire? ¿Tienen hijos?

—Una hija y un hijo. Ambos están estudiando en París. Les informaré —dijo la comandante.

—Bien.

Las noticias que tenía que comunicarles eran tremendas.

—Esperemos que la señora Hilaire mejore pronto. —Le Ber estaba visiblemente preocupado.

—Sí, esperemos —murmuró Dupin.

Se dirigió hacia el pequeño camino que discurría junto a la casa con el móvil en la mano.

—¿Diga?

—¿Señora Gautier?

Dupin se acercó el teléfono a la oreja; al parecer, a última hora de la tarde el viento iba en aumento.

—Yo misma. ¿Quién es?

—Le habla el comisario Dupin. Me gustaría saber dónde se encuentra usted ahora mismo.

Prácticamente hablaba a gritos.

—En el observatorio de la península de Sainte-Marguerite.

—¿Cuánto tiempo lleva ahí?

—¿Dice usted que cuánto tiempo llevo aquí?

—¡Eso mismo!

Sophie Gautier parecía distraída. Por alguna razón, eso le recordó la llamada que había recibido instantes atrás, cuando la cobertura era tan mala. Quien quisiera hablar con él, no había vuelto a llamar.

—Al salir de la abadía me he pasado por casa. Y luego he venido en coche hasta aquí.

—¿Cuándo ha sido eso exactamente?

Dupin se encaminó hacia el arroyo. A la izquierda se veía el brazo sin agua del Aber Wrac'h.

—Sobre las dos. Y cuarto —matizó—. Más o menos. He almorzado rápido en casa.

Ahora ella le dedicaba toda la atención.

—¿Y desde entonces?

Dupin se había detenido y contemplaba la cascada.

—Desde entonces estoy aquí.

—¿Ha abandonado el observatorio en algún momento?

—Tres veces, poco rato. Me he acercado a uno de los islotes que había delante. Hay marea baja.

—¿Por qué motivo?

—Para observar.

—¿Puede contarme brevemente qué quiere decir eso?

Se hizo una pausa. Dupin siguió andando.

—¿Podría saber por qué le interesa eso, señor comisario?

Una pregunta justificada. No había asomo de agresividad.

—Dígame, por favor…

—¿Ha ocurrido algo? ¿Todo el mundo está bien?

De pronto, Sophie Gautier parecía alarmada.

—Claude Hilaire ha sido asesinado.

En realidad le habría gustado estar cara a cara con Sophie Gautier. Ver cómo reaccionaba.

—¿Cómo dice?

Dupin notó un espanto tremendo en su voz.

—Lo lamento mucho pero así es, señora Gautier. El señor Hilaire murió a causa de un golpe. Con una pala, en la finca de su vivero. Entre las dos y las cuatro de la tarde, él…

—No puede ser. ¿Claude Hilaire? ¡Qué horror!

—Sí, es una tragedia. Supongo que usted lo conocía desde hacía mucho tiempo.

—Más de veinte años. La tía Joëlle lo adoraba. ¿Y su esposa? ¿Ya lo sabe?

—La señora Hilaire está en estado de shock. Ha necesitado atención médica. La han trasladado al hospital de Brest.

Dupin cayó entonces en la cuenta de que posiblemente era el mismo hospital donde estaba Labat.

—Es terrible. Resulta inconcebible. ¿Qué está pasando aquí, señor comisario?

—Aún no lo sabemos, señora Gautier. Pero lo averiguaremos. —Una afirmación decidida—. Suponemos que el autor del asesinato de Claude Hilaire es el mismo que agredió al inspector Labat.

—¿Quién haría algo así? ¿Quién es capaz de esas cosas?

—Más gente de la que usted se imagina. —Dupin retomó la conversación inicial—. Bien, nos habíamos quedado en cuánto tiempo duraron sus tres observaciones de campo y en qué consisten.

En última instancia, claro, esa pregunta era inútil, excepto si alguien había visto a la mujer y podía corroborarlo. Ella podía contar lo que quisiera.

—Diez, quince minutos, un poco más en un caso.

—¿Qué significa eso?

—Máximo, treinta minutos. Dos veces, quince minutos a lo sumo; una vez, media hora como mucho.

—¿Tiene algún testigo que corrobore estas afirmaciones, señora?

—Los puestos de avistamiento de aves están muy aislados. Este incluso se encuentra en un terreno sin acceso público. Así que me temo que no.

Dupin no esperaba otra cosa. Guardó silencio un instante.

—Señora Gautier, su tía y usted avistaron ejemplares de pájaros pingüino la semana pasada, el 27 de septiembre. ¿Es así?

Le Ber y Carman seguramente no habían tenido aún ocasión de preguntárselo.

—¿Cómo dice?

—Esa alca tan extraña de ver. El alca torda, también se conoce como pájaro pingüino.

Un largo silencio.

—Bueno, no estamos… no estábamos seguras por completo. Es posible, sí. —Otro largo silencio—. Lo cierto es que podrían serlo. ¿Cómo lo ha sabido?

—Por el cuaderno de avistamientos de su tía. ¿Ella había visto antes los pájaros?

—Tía Joëlle me dijo varias semanas atrás que creía haber visto algunas. Tres por lo menos. Puede que incluso fueran seis.

—¿Qué significaría este descubrimiento, señora Gautier?

—¿A qué se refiere?

—Si no me equivoco, eso sería toda una sensación.

—No pensamos en esos términos.

—Aun así lo sería, ¿no?

Ella se tomó su tiempo antes de responder.

—Si hubiera dos o tres parejas, eso podría significar la existencia de una pequeña colonia. No muy lejos de aquí, tal vez. Sí, sería algo extraordinario. Desde luego.

—¿Habló de eso con su madre?

—No.

La respuesta fue inmediata y rotunda.

—¿Por qué no?

—Porque aún no estábamos seguras.

—Pero podrían haberle hablado de sus sospechas.

—No. Es una norma deontológica de los ornitólogos. No hay que dejarse llevar por las especulaciones.

—¿Ni siquiera en una conversación familiar? ¿En una charla con su madre?

—No. Además, últimamente no la he visto mucho.

—¿Es posible que, dado el caso, su tía se lo contara a su madre?

—No, seguro que no.

—¿Tienen fotografías?

—No. Salí sin la cámara. Y la tía Joëlle tampoco llevaba la suya.

—Con un descubrimiento así, usted tal vez podría destacar de forma considerable como investigadora, ¿no? Y tener la posibilidad de acceder a tareas más relevantes.

—Es cierto que las alcas tordas son unos pájaros difíciles de ver, pero tampoco son algo extraordinario. Por otra parte, a mí no me interesa ningún otro puesto, no quiero ni necesito presentarme para ningún cargo. Pero, dígame, ¿qué relación hay entre un avistamiento de pájaros pingüino, la agresión a mi primo y el asesinato de Claude Hilaire? ¿Qué tiene que ver una cosa con la otra?

Sophie Gautier había dado en el blanco.

—No lo sé. —Lamentablemente así sería—. Una última pregunta: ¿anoche volvió a llamar a su madre?

—Sí. —Dio la impresión de reflexionar un poco—. Fue pasada la medianoche.

Dupin sacó su libreta. La hojeó. Allí estaba: «pasada la medianoche».

—¿Y a primera hora de la tarde de hoy ha hablado con su madre por teléfono?

—No —dijo sin vacilar.

—¿Cuánto tiempo piensa quedarse en el puesto de avistamiento?

—Aún no lo sé. Unas dos horas, tal vez.

—¿No es esa la zona donde usted y su tía avistaron las alcas tordas?

—Exacto. Penn Enez, al norte de la península.

—¿Sigue buscándolas?

—Sí.

Hasta entonces no había mencionado su intención de seguir con la búsqueda.

—¿Las ha visto?

—De momento, no.

Dupin se había desviado al final de la pequeña carretera y había tomado un camino que discurría a lo largo del brazo del *aber* y se empinaba hacia arriba. A ambos lados se elevaban terraplenes de una altura hasta la cintura, algunos incluso hasta el hombro. Desde el camino se podía ver la desembocadura del brazo de río al Aber Wrac'h. Y más allá, la de todo el *aber* al mar, justo hasta el interior de la bahía.

—Ya que hablamos del tema: en el cuaderno de avistamientos de su tía hay varias páginas arrancadas. Unos cortes asombrosamente pulcros. Eran páginas con las anotaciones de los últimos días.

—¿Cómo dice?

—Alguien se tomó la molestia de retirar varias páginas del último cuaderno de avistamientos que había en la sala de los pájaros.

Dupin dejó la frase tal cual.

—Yo sé cómo eran sus cuadernos. Eso es absurdo. ¿Quién haría algo así? ¿Y por qué motivo?

—Aún no lo sé, señora Gautier. Pero eso también lo descubriremos. Cuando anoche ustedes cuatro fueron a casa de su tía, ¿alguien subió a la sala de los pájaros? ¿O al primer piso?

—Mmm. —De nuevo daba la impresión de que estaba reflexionando—. Yo fui a la cocina en algún momento para llamar por teléfono. Nos pasamos el rato haciendo llamadas. No sabría decirle.

—¿Y usted?

—No, yo no.

—¿Qué pensaba su tía de los planes de su tío para hacer negocio con los avistamientos de aves?

—Solo hablé de ese asunto con ella una vez y muy brevemente. Ella dijo que eso nunca ocurriría. Fue hace unos seis meses. Luego no volvimos a hablar del tema. Por supuesto, se oponía con vehemencia. La tía Joëlle podía hacer mucho ruido si era necesario.

—¿Eso de que «nunca ocurriría» es literal?

—Así es.

—Gracias, señora Gautier. Seguramente volveré a contactar pronto con usted. *Au revoir.*

—*Au revoir,* señor comisario.

Dupin colgó.

Se había detenido ante un poste indicador.

Al excursionista que siguiera el camino hacia el agua, aquel cartel le prometía conducirlo hasta TAHITÍ. Dupin casi se echa a reír. Una de sus playas favoritas, no muy lejos de Concarneau, se llamaba Tahití. Bastaba con contemplarla alguna vez en verano bajo la luz intensa del sol, con los tonos verdosos, azulados y turquesas del mar, y el nombre cobraba de inmediato todo su sentido. Nada que ver con esa zona. No solo por la intensidad del viento. Simplemente, costaba imaginarse ahí alguno de los mares del Sur. El paisaje, sin duda, era magnífico, pero esa magnificencia se debía sobre todo a una cosa: la crudeza del Atlántico. Allí no había nada que fuera agradable ni suave. En ningún rincón, en ninguna esquina. Tampoco en las aguas, ni en la costa. Ni aquí, en el *aber*. Era un paisaje y un ambiente opuestos a los que Dupin conocía de otras ensenadas situadas más al sur, como el Aven, el Belon, el Odet o el Laïta. En ellos, el mundo era encantador, un ambiente rural, suave, armónico tierra adentro. Las ensenadas se convertían en lagos o paisajes fluviales apacibles, por muy cerca que estuvieran del mar. Ahí, en cambio, las ensenadas eran de agua de mar, de un modo total y completo. Esa era su apariencia, su olor, su aire. Atlántico en estado puro.

El camino era una cuesta muy pronunciada. Dupin estaba sin aliento. No había tomado el desvío hacia Tahití, sino que había seguido el sendero que llevaba al altozano.

Era el momento de hacer la segunda llamada pendiente. Maxime Contel.

Dupin estaba buscando el número de la lista que le había enviado la comandante Carman cuando empezó a sonar su móvil.

Nolwenn.

—¿Diga?

—Es atroz, señor comisario. —Le temblaba la voz.

Dupin la conocía: no solo estaba horrorizada, sino profundamente indignada.

—Primero atacó a Labat, y ahora mata de un golpe al pobre jardinero. Debe encontrar al culpable cuanto antes, señor comisario.

Así pues, Nolwenn ya estaba al corriente.

—Un jardinero inocente. Con esposa, dos hijos. Toda una familia destrozada. La pobre señora Hilaire… Por cierto, también está aquí, en el hospital. Estoy intentando averiguar cómo se encuentra.

—¿Alguna novedad?

Dupin quería hablar con Maxime Contel antes de que alguien le hablara del asesinato de Claude Hilaire. Antes de que todos hablaran entre ellos y, tal vez, se pusieran de acuerdo en una versión.

—Por desgracia, sí. El prefecto. Digamos que sufre un berrinche de mil demonios.

Guenneugues era conocido por sus arrebatos de cólera.

—Quizá esta vez, señor comisario, se le ha ido un poco la mano con eso de la falta de cobertura. A fin de cuentas, él movió los hilos para que el caso fuera nuestro.

Increíble.

—Pero es que ha sido así, Nolwenn. De verdad que no tenía cobertura.

Dupin no mencionó que podría haberle devuelto la llamada cuando estuvo en la panadería.

—El prefecto dice que lo ha intentado ocho veces. Y que también ha utilizado un móvil con número oculto que le han prestado. Usted incluso ha llegado a responder, pero ha fingido que no lo entendía.

Dupin no sabía qué le indignaba más. ¿Que el prefecto hubiera intentado hablar con él ocho veces? No, eso nunca.

¿O bien que Nolwenn no le creyera? Eso era algo inaudito: Nolwenn tomando partido por el prefecto. Daba la impresión de que estaba en deuda con él. Seguramente lo había presionado mucho para que la policía de Concarneau pudiera investigar el caso. Era la única explicación.

—Estaba aquí, en el valle, y no he entendido ni una sola palabra, Nolwenn. De verdad.

—Como ya le he dicho, creo que se está pasando de la raya.

No le creía.

Dupin lo dejó correr. Era inútil.

—Lo llamaré en unos minutos, Nolwenn.

—Hará bien.

Dupin colgó.

Inspiró hondo. En ese momento tenía que estar completamente centrado. No podía distraerse con cosas absurdas. Entretanto, ya había alcanzado el altozano que se erguía sobre el *aber*.

Desde esa altura se veía muy bien cómo a lo largo de millones de años el Atlántico había ido engullendo el enorme cerro aprovechando el curso del río. El río por un lado; el Atlántico por el otro y, además, el viento, las olas, las corrientes, la espuma. Sin la ayuda del mar, el río seguramente no lo habría conseguido.

Dupin marcó el número de Maxime Contel.

—Al habla Contel, ¿dígame? —respondió una voz elegante.

—Aquí el comisario Dupin. Tengo un par de preguntas urgentes para usted, señor Contel.

—Un instante, por favor.

Maxime Contel puso en silencio la llamada antes de que Dupin pudiera reaccionar. Respondió de nuevo al cabo de un buen rato.

—He salido al patio. Aquí puedo hablar con tranquilidad.

Su tono ahora resultaba más conciliador.

—¿Está usted en la sidrería que tiene cerca de Morlaix?

—Así es.

Dupin calculó que el trayecto desde Paluden hasta allí era de entre treinta y cuarenta minutos.

—¿Desde cuándo?

—Desde las cuatro, creo. Tal vez un poco antes. Hay bastante que hacer.

Maxime Contel aún no sabía nada. O fingía muy bien.

—Según me han informado, la cita que tenía usted concertada para las dos, después de salir de la abadía, era una reunión con su padre.

—Así es.

—Esto antes no lo ha dicho. Ninguno de los dos lo ha hecho.

—No sabía que fuera relevante.

—¿Ha estado con su padre hasta que usted se ha marchado hacia la sidrería?

—En efecto.

—Por lo tanto, ¿hasta las tres y media aproximadamente?

—Exacto.

—¿Usted y su padre han estado a solas?

—Sí.

—¿Dónde?

—En la isla. En mi oficina. Nosotros…—Se interrumpió—: ¿Puedo saber qué importancia tiene eso?

Dupin ya contaba con esa pregunta. Igual que antes, cuando habló con Sophie Gautier. En todo caso, ella la había planteado en primer lugar.

—Paluden está a medio camino entre su casa y la sidrería, ¿me equivoco?

—Así es.

—Eso significa que hoy usted ha pasado por Paluden a las 15.35 más o menos. Es decir, hace dos horas y media.

—Sí, me imagino que sí.

—A esa hora allí se ha cometido un asesinato, señor.

—¿Un asesinato? ¿Ha dicho asesinato?

—Sí, ha oído bien. Un asesinato. El jardinero de su tía Joëlle. Claude Hilaire.

—Eso... —No terminó la frase. Tardó un poco en recuperarse y seguir—. Eso es tremendo. Increíble. Su pobre esposa. ¿Cómo está ella?

—Ha sufrido un shock terrible y se encuentra en el hospital de Brest.

Hubo una pausa prolongada.

—¿Por qué razón alguien le haría eso a Claude Hilaire, señor comisario?

—¿Tiene usted alguna idea?

—No me lo explico. Tampoco lo de mi primo.

A juzgar por su tono de voz, Maxime Contel estaba profundamente impresionado e inquieto.

Dupin no dijo nada.

—¿Hay relación entre ambos ataques?

—Tiene que haberla, señor Contel, estoy convencido. Aunque todavía no sé cuál es. ¿Comparte usted la pasión de su familia por la ornitología?

—No, la verdad es que no.

—De todos modos, debe de estar al corriente del avistamiento de pájaros pingüino.

—No sé nada de ningún avistamiento. ¿Cómo ha sido asesinado Claude Hilaire?

—A golpes. Lo golpearon con una pala hasta matarlo. ¿Sabe qué es el alca torda?

—Sé que existe y que se parece a un pequeño pingüino. Eso es todo.

—¿Sabe dónde se encuentra el vivero de Claude Hilaire?

—Sí. —Su tono era abatido—. Por eso ha preguntado por Paluden. ¿A qué hora ha ocurrido?

—Entre las dos y las cuatro de la tarde.

—Por lo tanto, en el momento del crimen yo pasaba por allí con el coche.

Aquella frase aún sonó más abatida.

—Así es. ¿Qué tenía usted que tratar con tu padre?

—Varios asuntos.

Una respuesta no muy concreta.

—¿Sobre la marcha de los negocios de Les Pommes et les Bretons?

—Mi padre ya no tiene nada que ver con eso.

En ese punto Dupin vio que el sendero se dirigía directo hacia el Atlántico abierto, en paralelo al *aber*. Los terraplenes que tenía a ambos lados le llegaban ahora a la altura de los hombros, protegiéndole de un modo sorprendentemente eficaz del viento. Tan solo la cabeza quedaba expuesta a él; desde luego, tuvo que admitir, en ocasiones ser alto era una auténtica desventaja.

—¿Qué opina de los planes de su padre para convertir la costa de aquí arriba en una especie de Disneylandia de las aves?

Dupin tuvo que apretarle un poco las clavijas.

—Yo no comento los proyectos de mi padre. Y él no comenta los míos.

—Sophie y Rozenn Gautier se oponen a ese proyecto. ¿Joëlle Contel también estaba en contra?

—No lo sé. Es probable que sí. Ella se mostraba a favor de la ecología.

—Con razón, ¿no le parece?

—Desde luego —corroboró él. Sin embargo, hizo una breve pausa y añadió—: Pienso que hay que encontrar un equilibrio. Llegar a una situación de compromiso que beneficie por igual al hombre y a la naturaleza.

Eso era exactamente lo que decían quienes perseguían sus intereses sin el menor escrúpulo.

—Hablo en serio, señor comisario. Compromisos de verdad. Sin trampa ni cartón.

—¿Había disputas entre las distintas partes de la familia? Me refiero a las tres mujeres, usted y su padre.

—Hablar de disputas resulta demasiado dramático. Diferencias sí, las había. Siempre, en cualquier cuestión posible. Digamos que somos una familia muy dinámica y hay pocos temas en los que estemos todos de acuerdo.

—¿Ha habido alguna cuestión especialmente candente en los últimos tiempos?

—Diría que no. Como en todas las familias, cada uno tiene su propio punto de vista. En la nuestra, nos expresamos de un modo muy franco. De vez en cuando hay discusiones acaloradas, pero luego todo vuelve a la calma. Así son las cosas con las familias.

Dupin sabía que con bastante frecuencia en las familias esa calma no volvía jamás y daba paso a un infierno psicológico. Los investigadores veían la realidad y no los eufemismos que usaba la gente, el germen de la violencia más atroz, las heridas, las humillaciones, la soledad, la ira, la rivalidad, los celos, la envidia.

—¿Qué tal es la situación económica de Les Pommes et les Bretons? ¿Cómo va su empresa?

—Bien, señor comisario. Gracias por su interés.

Por primera vez durante la conversación, Maxime Contel había hablado con engreimiento. Como su padre, al menos en ese instante.

—¿El negocio va bien?

—Muy bien, sí.

—¿De verdad su padre se ha retirado por completo de la empresa?

—Así es. —Se oyó una especie de suspiro—. Pero le resulta difícil, mucho. Lo cual, por otra parte, es comprensible ya que él la creó. Aun así, procura contenerse.

—¿De qué han hablado exactamente en su reunión de esta tarde?

—Cuestiones privadas. Nada que ver con la empresa.

—¿Qué quiere decir con «privadas»?

—Un simple encuentro entre padre e hijo. Nada más.

Eso significaba que iba a cerrarse en banda.

—Bueno, señor Contel, creo que esto es todo por el momento.

—Llámeme si puedo ayudarle en algo.

—Lo haré.

Dupin puso fin a la conversación.

El sendero de hierba descendía en picado.

Dupin se detuvo. Por lo general, cuando en el curso de sus investigaciones recorría el paisaje hablando por teléfono, lo que ocurría con frecuencia, solo era consciente de la distancia que había recorrido y hasta dónde había llegado cuando ponía fin a la llamada.

A ambas orillas del *aber* había amplias extensiones de lodo, piedras y arena; no obstante, incluso con la marea en su nivel más bajo mantenía una zona navegable muy cómoda en la que había varias decenas de barcos atados a una cuerda, como perlas de un collar. Unos bosquecillos oscuros bordeaban la orilla.

En la costa cercana, Dupin divisó en el Aber Wrac'h un muelle que se adentraba en el mar. A vuelo de pájaro no distaba mucho del mundo de Joëlle.

Desde allí arriba resultaba aún más impresionante ver lo bien resguardado que estaba. Con qué acierto los monjes habían elegido el emplazamiento de su abadía. Seguramente se habían servido de esa protección sobre todo durante las tormentas de otoño e invierno. Era en el extremo noroeste de la Bretaña donde el poderoso Atlántico chocaba por primera vez con tierra firme tras miles de kilómetros de libertad sin freno, azotado hacia el este por las corrientes y los vientos de Terranova, Irlanda, Islandia y Groenlandia. Justo hasta aquel lugar. Dupin lo había visto en una ocasión en un globo terráqueo. La costa por encima de Brest hacía las veces de rompeolas para Francia y toda Europa.

Ahora, con la marea baja, el *aber* desembocaba muy adentro del Atlántico. El río había adoptado un misterioso tono verde opalino que se mezclaba con el reluciente azul ultramar del océano, produciendo a su paso un sinfín de remolinos en tonalidades azules y verdes. Por lo demás, la presencia de la arena marcaba el paisaje: con bancos de arena, suelos de tierra, playas arenosas… Bajo ese sol, aquello convertía el lugar en un paraje de superficies deslumbrantes. En un mar de luz cegador.

Por un instante, Dupin se quedó ensimismado con aquella vista y casi se sintió contento por ello. Pero entonces recordó de nuevo al maltrecho jardinero asesinado y a su esposa en estado de shock, con los ojos en blanco y sacudida por los espasmos.

El comisario seguía sosteniendo el móvil. Marcó el número de Nolwenn, que respondió al instante.

—Señor comisario, ¿ya ha hablado con él?

Dupin se quedó un momento callado; luego supo a quién se estaba refiriendo.

—Acabo de hablar por teléfono con Sophie Gautier y con Maxime Contel. Eso era prioritario, yo…

Dupin se interrumpió. Era absurdo.

—Es cosa suya, señor comisario. En todo caso, yo sigo aquí, sentada junto a la cama de Labat y haciendo compañía a su esposa. Ha dormido mucho. Me parece que ya está un poco mejor.

Dupin se alegró de oír eso. Más aún por el cambio de tema. Se dio la vuelta y tomó el camino por el que había venido. El viento era tan fuerte que tenía que agacharse al caminar, para así poder avanzar al abrigo de los terraplenes.

—¿Qué dice el médico?

—Dice que Labat se ha estabilizado. Ahora el doctor parece tranquilo, lo cual es siempre la mejor señal. Por cierto, he preguntado por el estado de la señora Hilaire. —El tono de voz de Nolwenn cambió—. Se encuentra en cuidados intensivos. Le han administrado unos sedantes muy fuertes, pero su cuerpo no reacciona del modo esperado. Todo indica que la enorme impresión le ha provocado un shock que pone en peligro su vida. No pinta bien.

—¿Qué significa eso exactamente?

Dupin sabía que después de una impresión muy fuerte se podían producir reacciones secundarias intensas, con síntomas que actuaban como un círculo vicioso, pero normalmente podían controlarse por medio de la medicación.

—Pues que en el momento de su ingreso había riesgo de fallo orgánico, y que ese riesgo sigue existiendo. Su vida depende de un gotero. Los médicos le están administrando medicamentos para incrementar el volumen de sangre, pero todavía no están dando resultado.

Aquello era terrible.

—He pedido a los médicos que la atienden que me mantengan al corriente de su evolución.

—Gracias por ocuparse de eso, Nolwenn. ¿Podría hablar un momentito con Labat?

—Creo que sí. Se lo preguntaré. —Apenas fue un instante—. Le paso con él.

—¿Comisario?

—Labat, me dicen que ya está usted mejor.

—Es terrible. Lo de Claude Hilaire. Le conocía desde hacía muchos años. Me lo encontraba a menudo en casa de mi tía cuando iba a visitarla.

—Tengo algunas preguntas al respecto, Labat.

Nada animaba más a su inspector que la sensación de que se le necesitaba. De que era indispensable. Además, seguramente sería útil de verdad.

—Adelante.

—¿Ha pensado de nuevo quién podía querer entrar anoche en la abadía y por qué razón?

—No paro de darle vueltas. Pero no se me ocurre nada. La tía Joëlle no tenía ningún objeto de valor. Solo lo que hay en la Maison Pinchon. Y Nolwenn dice que está todo ahí. Su fortuna eran sus propiedades.

—Y una cuenta con unos trescientos mil euros.

—A la que no es posible acceder allanando su casa.

Bien cierto.

—¿Su tío Victor y su primo Maxime se tomaron muy mal que usted fuera a heredar a partes iguales?

—¿Cree usted que ellos, o uno de los dos, quiso quitarme de en medio? Lo que obtendrían de más no sería tanto. Con franqueza, no lo considero motivo suficiente. Además, los dos son muy ricos.

La cabeza de Labat funcionaba a la perfección.

—En su última visita, ¿su tía le habló de unos pájaros raros que había avistado? ¿Quizá cuando fue a verla el domingo? ¿O tal vez antes?

—Ella sabía que yo no soy aficionado a la ornitología. Pero sí sé que estaba muy emocionada por un avistamiento en concreto. —Hizo una pausa, y luego siguió de un modo curioso—: Entonces aún estaba con vida.

—¿Eso fue el pasado domingo?

—Sí.

—¿Se trata de un alca torda, Labat? ¿Un ave parecida a un pingüino?

—Ni idea. No mencionó ningún pájaro en particular, que yo recuerde.

—¿Qué sabe usted sobre los planes de su tío para favorecer el turismo ornitológico en la Côte des Abers?

—Lleva uno o dos años hablando de ello, incluso en reuniones familiares. En realidad, a él la ornitología le trae sin cuidado. Pero no conozco los detalles. Mi impresión es que todo está aún muy indefinido y que, desde que cedió la dirección de Les Pommes et les Bretons a Maxime, él busca algo en lo que ocuparse. No soporta estar sin hacer nada.

Dupin conocía esa sensación.

—¿Hubo en la familia una riña por este motivo? ¿Alguna vez usted fue testigo de ello?

—Tendencialmente, siempre hay discusiones. Aunque sobre este tema no de un modo muy intenso; yo, al menos, no sé nada.

Otra señal de mejoría: había reaparecido una de las palabras favoritas de Labat: «tendencialmente».

—Pero no estoy muy metido en esos asuntos. Tendencialmente, a los demás no los veía a menudo, tal vez dos veces al año; a quien veía con más frecuencia era a la tía Joëlle.

—¿Y qué opinión tenía su tía sobre ese tema?

—No recuerdo haber tenido ninguna conversación al respecto. De todos modos, en principio tendía a ponerse del lado de Rozenn y Sophie. La relación con su hermano y con Maxime no era muy estrecha.

—¿Eso significa que no se podían ver?

—Yo no diría tanto, comisario. —En ese momento Dupin empezó a percibir la debilidad de Labat, que hablaba cada vez más despacio—. Es solo que eran polos opuestos. Diferían en todo prácticamente. Yo… —Se interrumpió—. Aunque no tengo para nada un contacto estrecho con mi familia excepto con mi tía, me resulta raro que este caso gire en torno a ellos. De hecho, esto podría ir más allá. Lo que quiero decir es que podría ser que quien me agredió fuera alguno de ellos. Mi primo, mi prima, mi tía, mi tío… Y que todo indica que fue esa misma persona quien mató también a Claude Hilaire.

Se interrumpió. Dupin le dejó un poco de tiempo.

—Es comprensible que esto le afecte, Labat. A cualquiera de nosotros le pasaría lo mismo.

En efecto. Debía poner punto final a esa conversación. No tenía que forzar demasiado a su inspector.

—Pero sobre todo quiero una cosa —pareció hacer acopio de fuerzas—: que atrapemos a mi agresor cuanto antes, comisario. Usted siga preguntando.

Labat hablaba en serio. Y, desde un punto de vista objetivo, él era una fuente importante de información.

—¿Cómo se llevan Sophie Gautier y su madre?

Aunque Dupin no sabía por qué, de algún modo Rozenn Gautier era todo un desafío para él.

Aquella pregunta, al parecer, dio que pensar a Labat.

—Mmm, no sabría decir. Lo cierto es que la relación entre ellas nunca me ha parecido muy estrecha. Rozenn es una persona realmente fría; Sophie, en cambio, es todo lo contrario. ¿Cree usted que estas son las cosas que explican mi agresión? ¿Y el asesinato de Claude Hilaire? —Una pregunta retórica. Sus fuerzas, al parecer, le daban incluso para eso—. Todo esto me parece bastante vago, comisario.

Lo cual era como decir: «Puede que la investigación no

vaya por buen camino». O: «¿Qué ha estado usted haciendo todo este tiempo?».

A estas alturas ya no le hacían falta más pruebas: a pesar de la conmoción cerebral, su inspector volvía a ser el mismo de siempre.

—Todo hace pensar que alguien arrancó deliberadamente algunas páginas del cuaderno de avistamiento de aves de su tía, Labat.

—¿Y qué cree que significa eso?

—Aquí hay algo que no cuadra. Pero aún no sé qué es.

Dupin debía y quería seguir siendo amable. Atento, considerado.

—Me alegra mucho ver que ya se encuentra mejor, Labat. Ahora debo continuar.

—Quiero que sepa que, a pesar de mi estado, siento que es mi deber ayudar en la resolución del caso con todas mis fuerzas, comisario. Así pues, no dude en contar conmigo en cualquier momento. Estoy a su disposición de día y de noche.

—Espero que se mejore, Labat.

Dupin colgó a toda prisa.

El camino seguía descendiendo por una pendiente pronunciada.

Había otros asuntos importantes que atender.

Dupin marcó el número de Le Ber.

—¿Jefe?

—Ya he hablado con Maxime Contel y Sophie Gautier.

—Y nosotros con los demás.

De repente, dos hombres salieron al encuentro de Dupin. Uno era alto y delgado; el otro, algo entrado en carnes y menudo. Ambos iban equipados con unos prismáticos gigantescos y vestían ropa de color caqui. Casi de uniforme. Lucían unos sombreros también caquis para protegerse del sol, que sostenían en la cabeza con firmeza para que no salieran volando. Eran, a todas luces, ornitólogos aficionados. Curiosamente, a Dupin le resultaron familiares.

—Bien, entonces reunámonos. Nevou, Carman, usted y yo. En veinte minutos. En el Baie des Anges. En la terraza.

Necesitaba cafeína. Con urgencia.

—De acuerdo, jefe. En veinte minutos.

La llamada terminó.

Dupin pasó junto a los dos hombres. Al cabo de unos metros se volvió para mirarlos. Era muy raro. Además, ellos también se giraron para mirarlo a él con cara de estar preguntándose si lo conocían de algo.

Dupin cerró de golpe la portezuela de su viejo Citroën.

Había aparcado frente a los muros de la abadía. Desde allí se veía el Baie des Anges. Su fantástica terraza.

Por el camino se había comido dos de las tres mitades de *tartines* que le quedaban.

Se acercó a la terraza con paso ligero.

Había algo que hasta el momento había permanecido oculto: ante la playa y las cinco casas se extendían unos grandes criaderos de ostras. Las delicadas *tables à claire-voie,* unas mesas hechas con varillas finas de hierro sobre las que reposaban los sacos de ostras, brillaban bajo el sol del atardecer. También las ostras estaban expuestas a diario a los fuertes vientos del oeste. Estos soplaban sin parar, insuflando el Atlántico en la nariz, en la boca. Se podía paladear. El sol ya había hecho la mayor parte de su trabajo ese día; llevaba rato descendiendo en dirección al mar, pero todavía no se había puesto del todo.

Dupin ya había divisado a Le Ber, Nevou y la comandante. Estaban sentados en la misma mesa que él había ocupado al mediodía.

Entonces le sonó el teléfono.

Labat.

Dupin contestó.

—Señor comisario, ¿es usted?

—¡Labat!

—Se me acaba de ocurrir una cosa.

Dupin era todo oídos.

—¡Un alca gigante!

Dupin tardó unos instantes en reaccionar.

—¿A qué se refiere, Labat?

—Mi tía Joëlle. Habló de un alca gigante. El domingo, durante mi visita. Estaba muy emocionada.

—¿De un alca gigante?

—Un alca gigante.

El pingüino gigante del hemisferio norte que se podía ver en un dibujo antiguo del salón de Joëlle Contel.

—Me acabo de acordar.

—¿Se refiere usted a un alca torda, Labat? ¿Al pájaro pingüino?

—No, al alca torda no. Al alca gigante. —Por el modo en que Labat se refirió a ese animal, bien podía tratarse de un coloso. Un ave formidable y única—. Estoy completamente seguro.

En la terraza, Le Ber ya había visto a Dupin y lo saludaba agitando los brazos.

—Labat, ese animal está extinguido. El alca gigante no existe.

—Ella habló del alca gigante.

Labat, igual que Dupin, solo era un aficionado a la ornitología. Le Ber le habría tachado de ignorante. En cuestiones ornitológicas, un aprendiz inexperto. Y encima, con una conmoción cerebral. Dupin no estaba dispuesto a tratar con él ese despropósito.

—Bien, Labat. ¿Alguna otra cosa?

—Eso es todo, comisario.

—Descanse mucho, Labat. Necesita dormir.

—Ya lo hago. Pero este asunto es importante.

—Es una orden, Labat.

—De acuerdo —dijo en un tono casi enérgico.

—¡Que se mejore!

Dupin colgó.

Con Labat decidido a investigar su propio caso, cabía esperar más cosas de ese estilo.

Dupin entró en la terraza con paso decidido. En unos instantes tendría ante sí su ansiado café.

La terraza estaba más o menos a la mitad de su capacidad de ocupación.

—¿Qué desea?

Una mujer con cabello rubio oscuro y rizado, recién entrada en los cuarenta, apareció ante él.

—Busco a Jacques Briand.

Ella lo miró un rato.

—¿Es usted el comisario?

—Sí.

Una sonrisa entusiasta le asomó en el rostro.

—Soy Claudia. Jacques llegará en un momentito. ¿Hay algo que pueda hacer por usted?

—Antes de nada, tomaré dos cafés solos.

—Enseguida se los llevo —sonrió ella—. Sus compañeros le esperan. Anne está con ellos.

Carman, por lo tanto, no era una extraña en ese lugar. Lo cual, sin duda, decía mucho en su favor.

De pronto, la expresión de Claudia cambió.

—¡Qué horror lo del señor Hilaire! Atroz. Espero que atrapen al culpable.

Dicho esto, ella volvió a la barra.

Dupin se acercó a la mesa con las sillas de color rojo amapola. Había cogido una chaqueta del coche. El atardecer era maravillosamente templado, pero el viento seguía soplando con fuerza. A menudo, al final del día amainaba. No en esa zona.

—Hola, jefe. Ya he pedido para usted dos cafés solos. —Le Ber señaló dos tacitas que había sobre la mesa ante una silla vacía.

Tanto mejor. Así serían cuatro. Durante las próximas horas Dupin iba a necesitar la ayuda de todas y cada una de sus pequeñas células grises. Neuronas a toda potencia.

—Y además he reservado habitaciones para nosotros en este mismo hotel. Hemos tenido suerte, quedaban tres. Bueno, en realidad dos, pero gracias a Jacques, su nuevo amigo, usted ocupará el apartamento.

—Yo… —Dupin se interrumpió. Primero un café. Para los nervios.

Iba a protestar porque tenía previsto regresar a Concarneau. Pero eso era un completo disparate. Una hora y media de trayecto, uno esa misma noche y otro, de vuelta, mañana a primera hora. Además, ¿cómo saber si ese drama había tocado a su fin? Así las cosas, no debía abandonar el Aber Wrac'h. Pero él quería volver con Claire. Sobre todo, después de cancelar el fin de semana. Aunque Claire no supiera nada de esa cancelación. Ni de que hubiera algo organizado. Ni conociese la intención de Dupin.

—Está bien —aceptó a regañadientes.

A Claire no le gustaba que hiciera trayectos largos en coche a altas horas de la noche estando cansado.

—Veamos, ¿qué han averiguado?

Dupin se hizo con la segunda tacita.

—Ninguno de nuestros sospechosos tiene una coartada sólida —resumió Carman.

—¿Y qué hay de Victor Contel?

A Dupin le interesaban los detalles. Además, le quedaba un asunto que aclarar con el señor Contel.

Le Ber tomó la voz cantante:

—Tras el encuentro con su hijo...

—¿Hasta qué hora ha dicho que duró esa reunión? —Dupin interrumpió al inspector y sacó su Clairefontaine roja.

—Hasta las 15.20.

Dupin había tomado nota de los datos que había proporcionado el hijo. Sin embargo, como en ese momento no había testigos de la reunión en la isla, esa información tenía un valor muy escaso.

—Tras la reunión, Victor Contel fue a Lannilis para encargarse de unos recados. Esta noche, él y su mujer tienen invitados en casa.

—Deberíamos comprobarlo.

—Ya lo he hecho. Estuvo en una tienda de comestibles, Vini Dom, a las cuatro y cuarto. Compró queso y embutidos. Los propietarios de la tienda lo confirman.

—Apenas hay un kilómetro y medio de Lannilis a Paluden —constató Carman—. Está todo...

—*Et voilà*, comisario. —Jacques apareció con una bandejita con los dos cafés solos que Dupin había pedido—. Mis amigos y yo hemos estado preguntando por ahí. Si le apetece, me gustaría ponerle al día. ¿Tal vez después de su reunión?

La expresión «hemos estado preguntando por ahí» era la clave de cualquier labor policial.

—Será un placer —contestó Dupin, asintiendo.

El propietario del establecimiento se marchó tan discretamente como había llegado.

—Carman, ¿qué estaba usted diciendo? —Dupin retomó el hilo.

—Solo que en esta zona las distancias no son grandes. De

Paluden a Lannilis, a la tienda de comestibles, hay cinco minutos. Con cruzar el puente, subir al cerro y tomar la D113, ya empieza Lannilis.

—¿Y desde la isla de Maxime Contel hasta Paluden?

—Diez minutos.

—¿Qué coche conduce Victor Contel? —quiso saber Le Ber.

—Un Range Rover Sport.

Un vehículo con un motor potente capaz de acceder a cualquier sitio.

—También he estado pensando cuánto tiempo se necesitaría para cometer la agresión contra Claude Hilaire. He calculado menos de veinte minutos, en caso de conocer el lugar. A estas alturas, sin duda, podemos dar eso por hecho.

Dupin no habría dicho «sin duda», ese era un matiz que no existía en su vocabulario de investigador; sin embargo, básicamente la comandante llevaba razón.

—He examinado en un mapa a escala el sendero que atraviesa el bosque, la distancia respecto a las dos carreteras donde el agresor habría podido aparcar su vehículo. Según dónde lo haya dejado y si ha ido corriendo, para recorrer el sendero necesitaría entre cuatro y ocho minutos. En cuanto a la agresión en sí, suponiendo que la tuviera planeada, un minuto.

El escenario de Carman era plausible; mentalmente Dupin se lo había imaginado más o menos igual.

—Esto significa que, por tiempo, Victor Contel habría podido hacerlo —resumió Nevou.

La comandante asintió.

—¿Qué hay de Rozenn Gautier? —preguntó Dupin.

—Usted se vio con la señora Gautier en el puesto de Corn ar Gazel a las cuatro y cuarto. Según ella, llevaba allí desde las once de forma ininterrumpida. Se llevó algo para almorzar. Además, ha hecho algunas llamadas telefónicas, evidentemente todas desde su móvil.

—¿Cuánto tiempo tardaría en ir desde las dunas del Aber Benoît hasta Paluden? —preguntó Nevou.

—Diría que entre doce y quince minutos por la D28 —informó la comandante—, y luego cruzar Lannilis.

—Del puesto de observación hasta el coche ella tiene unos siete u ocho minutos —apuntó Dupin, que ya había realizado ese recorrido.

—Así pues, en total necesitaría unos tres cuartos de hora —calculó Le Ber.

—De todos modos, como no hay testigos de su permanencia en el puesto de observación hasta las cuatro y cuarto, en realidad da igual el tiempo que pudiera haber tardado. —Nevou puso fin a todos los esfuerzos matemáticos. Desgraciadamente, con razón.

—¿Y la cocinera, la señora Brével? —preguntó Dupin.

—Estaba con su hija atendiendo a los gemelos. Pero tampoco en ese caso la coartada es firme —concluyó la comandante—. Los gemelos aún dormían la siesta. Como de Lannilis a Paluden solo hay cuatro o cinco minutos, también habría sido factible.

Dupin suspiró. Había coartadas, aunque no muy sólidas. Pero así eran las cosas a menudo, así era la realidad.

En pocas palabras, el comisario resumió las llamadas que había hecho a Sophie Gautier y Maxime Contel.

—Me gustaría…

Su móvil sonó.

Nolwenn.

—Aquí hay algo que va mal, señor comisario.

Nolwenn parecía inquieta.

—¿Qué ocurre?

—La señora Hilaire no mejora. Según el médico jefe, presenta un «cuadro atípico». Midriasis extrema, esto es, pupilas dilatadas en exceso. Mucosas completamente secas. Y delirios. Con todo, lo más preocupante es que los médicos no logran bajarle el ritmo cardiaco. Si no lo consiguen, se puede llegar a producir un colapso. Tampoco remite el intenso enrojecimiento de la piel.

—¿Qué es lo atípico?

—La combinación de los síntomas; algunos son propios del shock, pero no con esta intensidad. Ni tampoco combinados de esta manera. Podría ser que hubiera una enfermedad preexistente, algo relacionado con su corazón. Estamos tratando de averiguarlo a través de sus hijos. En cuanto pueda, el médico jefe se pondrá en contacto directamente con usted.

—Bien, sí.

—Una cosa más, comisario. Está a punto de comenzar el estreno de *El enemigo del hombre* de Molière. En este preciso instante. Una producción de Louise Vignaud en el Teatro de Cornouaille.

—¿Y?

—Usted ya sabe quién tiene entradas para acudir al estreno con su esposa, y no podrá atender el teléfono en los próximos noventa minutos.

—Yo…

Nolwenn era brillante. Una y otra vez. Y tampoco en esta ocasión lo había dejado en la estacada.

—Hasta luego, señor comisario.

Ella colgó.

El comisario se apresuró a informar a Nevou, Le Ber y Carman del preocupante estado de salud de la señora Hilaire.

—Eso no pinta bien —murmuró Nevou.

—Y además resulta bastante extraño —sentenció Le Ber con tono sombrío.

Efectivamente, así era.

—Carman, ¿ha podido hablar usted con los hijos de los Hilaire?

Eso era algo que Dupin había querido preguntar antes.

—Por supuesto.

La expresión de su cara lo decía todo; en su trabajo, eso era lo más difícil de hacer.

—¿Alguno mencionó que su madre tuviera problemas de salud? ¿Algo relacionado con el corazón?

—No. En absoluto. Los dos partieron en coche de inmediato; esta noche llegan a Brest.

Tremendo.

Dupin se pasó la mano por el pelo.

—Por cierto, he hablado antes con Labat. —Había caído en la cuenta de que aún no había informado de ello; sin duda, una noticia positiva en ese momento sería muy bienvenida—. Ha dormido muchas horas y empieza a sentirse mejor. Me ha dado la impresión de que volvía a ser el mismo de siempre.

Aquella noticia levantó los ánimos, Dupin lo notó en las caras de todos.

—Labat me ha dicho que Joëlle Contel le habló del avistamiento reciente de un alca gigante.

—Querrá decir un alca torda, jefe, un pájaro pingüino.

—Labat ha dicho un alca gigante. Yo le he contestado lo mismo, que debía de referirse a un alca torda. Pero él ha insistido en que se trataba de un alca gigante.

—Jefe, esas aves se han extinguido.

Le Ber sacó el móvil.

—Acuérdese de cuando estábamos en casa de Joëlle Contel, delante de aquella reproducción antigua y…

—Me acuerdo. Y también se lo he dicho a Labat. Que estaba equivocado, que se refería al alca torda. Pero él lo ha negado y me ha repetido que Joëlle Contel le habló de un alca gigante.

Esa conversación se les estaba yendo por completo de las manos.

—Entonces, Labat no se acuerda bien.

—Disculpen la interrupción, pero he pensado que les vendría bien un pequeño refrigerio.

El amable propietario del Baie des Anges apareció con una bandeja grande sobre la que se amontonaban regalos del cielo.

—Son cuatro menudencias de aquí, de la costa. —Jacques Briand dejó la bandeja sobre la mesa—. Unas ostras de la familia Legris; es asombroso lo buenas que están. Son de la península de Lilia. —Señaló al este de la bahía—. Estas ostras se cultivan justo delante de nosotros. Plancton mitad verde, mitad azul, es decir, de río y de mar, pero con la cantidad de yodo suficiente para tener un sabor bretón. Esta es una creación mía: vieiras frescas de la zona soasadas en salsa de ostras. Y además, cuatro tipos de *rillettes* de la casa: de caballa, de arenque, de cigala y de salmonete.

Todos los que estaban sentados a la mesa se quedaron mudos tras la explicación.

Jacques señaló las dos cestas de pan.

—Y este es el mejor pan de Francia. De mis amigos Michel e Isabelle Izard, de Lannilis. Una auténtica maravilla. Uno es una baguete y el otro es *pain des Abers*, un pan más oscuro, horneado tres veces.

Jacques era muy entusiasta; a Dupin le gustaba mucho esta clase de personas.

—Antes me ha dicho que usted y sus amigos han estado «preguntando por ahí». Por favor, cuéntenos qué han averiguado —dijo Dupin, volviéndose hacia Jacques—. Y desde luego, un tentempié nunca viene mal. Muchas gracias.

Jacques tomó asiento al final de la mesa y repartió los platos. Al instante, todos se lanzaron a servirse.

—Les Pommes et les Bretons. La empresa no va bien. Nada bien. Daniel, como siempre, tiene información fiable, de dentro.

Dupin miró al propietario del restaurante sin entender.

—Daniel es un periodista de la zona. Una mente brillante.

—¿Qué significa que la empresa «no va bien»?

Dupin ya tenía en la boca la primera vieira. Tenía un sabor formidable.

—Las ventas llevan tres años cayendo en picado. El año pasado las pérdidas fueron del veinte por ciento; no ocurre lo mismo con los costes, de modo que en el último ejercicio la empresa entró en números rojos.

—¿A qué se debe ese retroceso tan acusado de las ventas? —quiso saber Le Ber—. ¿Cambios en el comportamiento del consumidor? ¿Del mercado?

Dupin probó una ostra.

—Cambios en todo. Según Daniel, no es por Maxime Contel. Desde que asumió el cargo ha adoptado medidas de forma decidida. Hace lo correcto, solo que demasiado tarde. Tendría que haber intervenido mucho antes. Daniel cree que la situación podría empeorar. En cualquier caso, los bancos están muy preocupados.

Saltaba a la vista que las amistades de Jacques tenían unas fuentes excelentes. Sin duda, aquella información era altamente confidencial.

La ostra estaba exquisita. Un sabor suave que conservaba la pura esencia del mar. Un punto dulce, con un toque de nuez y una chispa de yodo, apenas un matiz, justo como le gustaba a Dupin.

—Desde que creó la empresa, Victor Contel apenas cambió su modelo de éxito; funcionó muy bien durante demasiado tiempo. Es el eterno problema. Todos los cambios que se han venido produciendo, como la tendencia hacia lo orgánico y lo regional, el proceso de elaboración o los distintos sabores, él los consideró modas pasajeras. Eso afecta a todas las divisiones de la empresa. Todo lo referido a las manzanas, sea con o sin alcohol, sidra, zumo, Lambig, etc. Y también a los demás tipos de bebidas que elaboran. Por doquier se inventan bebidas nuevas. Y luego, claro está, cada vez se concede más importancia a que el envase resulte atractivo. ¿Han visto las botellas de sidreros jóvenes y creativos? Tienen unas ideas formidables.

—¿Qué otras cosas hace esa empresa con las manzanas? —quiso saber Dupin.

—Además de sidra, Lambig y zumos, también elaboran mermeladas y compotas. Pero, sobre todo, Les Pommes et les Bretons es el mayor productor de manzanas de mesa de la Bretaña y uno de los mayores de Francia. También en ese aspecto Victor Contel dejó escapar varias oportunidades de actualizar el negocio.

Contel padre no gozaba de muchas simpatías entre Jacques y sus amigos.

—Apostó de forma exclusiva por las variedades convencionales que siempre funcionan —siguió el hostelero—; sin embargo, hoy en día las variedades nuevas y las variedades antiguas redescubiertas son muy apreciadas. Es algo que se da con toda la fruta y la verdura. Aunque es posible que en algunos casos sea solo una moda y no todas las variedades antiguas sigan resultando atractivas.

El entusiasmo de Jacques Briand recordaba al de Le Ber, que parecía estar muy hambriento y completamente entregado a esas pequeñas delicias.

—¿Pero la sidra no es más bien una especialidad propia del sur de la Bretaña? —preguntó Dupin con cautela. Siempre había asociado la sidra con el sur y la región de La Cornouaille.

Le Ber lanzó una mirada reprobadora al comisario y se vio obligado a hacer una aclaración.

—Sí, jefe, ahí es donde están la mayoría de las sidrerías. La Cornouaille es el centro neurálgico de la sidra bretona. Pero hay sidrerías repartidas por toda la Bretaña. La manzana es la fruta bretona por excelencia. —Ahora la cuestión se volvía seria—. Además, la manzana es mucho más que una fruta: es un gran símbolo nacional.

Igual que una cantidad incontable de cosas.

—Eche un vistazo a la *Carte de la Bretagne cidricole*, jefe —siguió Le Ber—. Justo al este de aquí, entre Morlaix y Dinan, hay una importante región sidrera. No se trata de grandes plantaciones, ni de producir mucha cantidad a bajo precio. —Como la mayoría de los bretones, era un enemigo declarado del concepto de «mucha cantidad a bajo precio»—. Es producción artesanal. Un enfoque distinto que le va muy bien a las plantaciones y las sidrerías pequeñas.

—Maxime Contel ha adquirido un par de estos negocios —intervino entonces Carman—. Empresas familiares, sidrerías creativas que contratan a gente con ideas poco ortodoxas, combinando empuje y dinamismo con saber hacer tradicional y donde cultivan variedades de manzana antiguas y poco corrientes. Como la sidrería de Morlaix.

—Allí, Maxime Contel se ha especializado en la obtención de nuevas variedades de manzana, en cruces —precisó Jacques—. Es un mercado gigantesco y global. Además de la producción ecológica, la sidrería de Morlaix se dedica al cultivo de nuevas variedades. Maxime compró un campo junto a la sidrería y creó un vivero.

—Quien consiga cultivar una supermanzana tendrá la vida solucionada, jefe —apuntó Le Ber.

—Todo esto es muy interesante —intervino Nevou con tono enérgico—, pero ¿qué relación puede haber entre la delicada situación económica de Les Pommes et les Bretons y la agresión a Labat o el asesinato de Claude Hilaire?

La cuestión de los problemas económicos de la empresa era relevante porque Maxime Contel había asegurado exactamente lo contrario, pero la pregunta de Nevou era muy pertinente. ¿Cuál podía ser esa relación?

—¿Alguien tiene noticia de alguna discusión seria entre padre e hijo?

—Victor Contel es extremadamente autoritario. Como jefe, como padre… como persona. Su hijo nunca se atrevería a provocar un conflicto de verdad. Creo que Maxime se dio cuenta muy pronto de los problemas y los descuidos de los últimos años.

—¿Y no dijo nada?

—No.

—La herencia que recibirá Victor Contel sin duda será de ayuda —observó Nevou con tono seco.

—En el caso de Les Pommes et les Bretons la cuestión es de un orden completamente distinto. —Jacques retomó el hilo—. Pongamos que la abadía tuviera un valor patrimonial de unos treinta millones, de los cuales una quinta parte pertenecería a Victor. Si además heredase una de las cinco casas, serían otros setecientos cincuenta mil euros. Eso daría un total de seis millones setecientos cincuenta mil euros. Daniel habla de pérdidas en torno a los treinta y cinco millones solo el año pasado. Según él, con otro batacazo de ese calibre la pervivencia de la empresa se verá amenazada.

Todo esto significaba además que Dupin tendría que hacerse a la idea de que en breve su segundo inspector sería un multimillonario en inmuebles, ya que, de hecho, Labat también heredaría casi siete millones de euros.

—Es una suma enorme, pero no bastaría para evitar la quiebra de Les Pommes et les Bretons. —Le Ber suspiró profundamente—. La herencia solo sería una gota en el océano.

—Pero, entonces, ¿de qué va todo esto? ¿Cómo encaja todo? —Nevou estaba impaciente. Y con razón—. La agresión a Labat, el asesinato de Hilaire, ¿de qué modo eso podría beneficiar a Les Pommes et les Bretons y a sus propietarios?

—¿Y si aún no lo podemos apreciar? —objetó Le Ber—. Quizá Claude Hilaire sabía algo cuya trascendencia no somos capaces de ver.

—¿Y Labat? —Nevou no estaba nada convencida.

Entretanto, Dupin había probado las *rillettes*. Le gustó sobre todo la de arenque, un pescado injustamente subestimado, acompañada del sabroso pan negro.

—Todo esto me parece tan vago como la construcción de esa especie de Disneylandia para pájaros, el avistamiento de aves poco comunes y otras sensaciones ornitológicas por el estilo.

—¿Sensaciones ornitológicas? —Jacques aguzó el oído—. ¿Tal vez el alca gigante? ¿Quién le ha hablado de eso?

Resultaba difícil interpretar la mirada del propietario del restaurante.

—¿Cómo dice? —Le Ber fue el primero en reaccionar.

Jacques hizo un nuevo intento por explicarse:

—Seguramente se refieren a los rumores sobre avistamientos de la mítica alca gigante en esta zona. Un ave que, en realidad, está extinguida.

A continuación se produjo un silencio extraño.

Esta vez lo rompió Dupin:

—¿De qué está usted hablando?

El restaurador se reclinó en su asiento.

—Hace dos o tres años que entre los aficionados a la ornitología circula el rumor de avistamientos de alcas gigantes en la costa. Entre Ouessant y la isla de Batz, pero también aquí, en la Côte des Abers. Al principio, dos pescadores hablaron de unos «pingüinos realmente grandes». Lomo negro, vientre blanco, las manchas blancas en la cabeza negra, en la zona de los ojos. Entonces, los ornitólogos aficionados los identificaron como alcas gigantes. Existe incluso una foto borrosa de ese animal. Los científicos creen que, en realidad, se trata de un alca torda de un tamaño especialmente grande, aunque también es posible que no sea más que una batallita de marineros.

—Pasa igual con los ovnis —comentó Nevou con tono crispado—. Curiosamente, todas las fotos son siempre muy borrosas.

—De todos modos, este asunto ya es historia. —Jacques sonrió—. Al menos este año nadie ha notificado el avistamiento de alcas gigantes.

—Hay quien sospecha incluso que la oficina de turismo se lo inventó todo, igual que con el monstruo del lago Ness —afirmó la comandante con tono seco.

Carman no había dicho nada de esa batallita de marineros. Aunque, por la impresión que Dupin tenía de ella, las exageraciones de los pescadores no eran precisamente del interés de la comandante.

—¿A usted y a sus amigos se les ha ocurrido alguna otra cosa? —Dupin se volvió hacia el propietario del establecimiento.

—No. Pero hemos quedado en reunirnos esta noche. —Jacques se levantó—. Ahora, si me disculpan, tengo que seguir con lo mío.

—Solo una cosa más. Rozenn Gautier. Afirma que anoche estuvo aquí, en su terraza.

—Así es.

—¿Hasta cuándo?

—Más o menos hasta las diez y media, creo. Una media hora, tal vez.

Rozenn Gautier había hablado de tres cuartos de hora. Hasta las diez y cuarto, pero esas imprecisiones estaban dentro de lo normal.

—Muchas gracias. A usted y a sus amigos.

—Si quiere hablar directamente con Daniel... Aquí tiene su número.

Jacques Briand dejó una tarjeta de visita sobre la mesa.

—Gracias. Si se les ocurre algo más, háganmelo saber.

—Así lo haré.

Dicho eso, el dueño del local desapareció.

Dupin también se había puesto de pie. Tenía algo urgente que hacer.

Salió de la terraza y se acercó al murete de escasa altura situado al otro lado de la calle, justo delante de la playa. Algunos clientes habían estado sentados ahí, con sus copas de vino y compartiendo risas; hacía unos minutos que se habían marchado.

Dupin se apoyó en el muro; detrás de él, la pared se precipitaba vertiginosamente hacia el mar. La bahía empezaba a llenarse de nuevo de agua, el Atlántico estaba regresando.

Dupin buscó el número en su agenda.

Al cabo de un par de tonos, se activó el contestador automático.

—*Bonjour*, ha contactado usted con la línea personal de Gerard Guenneugues, prefecto del Departamento de Finistère. —Ya el tono ampuloso y ostentoso del mensaje dejaba muy claro quién era la persona que hablaba—. Si llama por un asunto urgente, deje por favor su mensaje tras oír la señal.

El pitido.

Dupin sostuvo el móvil resguardándolo del viento.

—Al habla el comisario Dupin, señor prefecto. Quería hablar con usted.

Colgó.

Volvió a marcar el número.

El mensaje se activó otra vez.

—Aquí de nuevo el comisario Dupin. Confío en que pueda comprender mi mensaje. —Casi hablaba a gritos—. Me temo que aquí la cobertura es pésima. Como debe de saber, los acontecimientos se están precipitando. Hemos estado ocupados todo el tiempo. Para colmo de males, pocas veces hemos tenido buena cobertura de móvil. Esta zona está muy apartada. Con muchos bosques. Quiero decir que he estado varias veces en un bosque…

Dupin se interrumpió. Se estaba poniendo demasiado a la defensiva.

—Por desgracia, ahora no puedo hablar con usted. Solo quería informarle. Todo está bastante complicado…

Era preciso evitar los detalles y enviar algunas señales positivas, apuntando sin piedad hacia la vanidad del prefecto.

—Sin embargo, lo tenemos todo bajo control. Usted solo piense en la rueda de prensa, cuando anuncie la resolución del caso y la culminación del trabajo con éxito.

Así estaba bien.

—Por supuesto, seguiré insistiendo, señor prefecto. *Au revoir!*

Eso tenía que bastar. Por lo menos para ese día.

Dupin debía hacer otra cosa antes de regresar a la mesa. Una segunda llamada. Buscó el número. Dio con él.

—¿Diga?

Un tono de voz autoritario.

—Al habla el comisario Dupin. Tengo una pregunta importante, señor Contel. —Dupin no había dejado de pensar en esa cuestión——. Esa reunión a las dos de la tarde entre usted y su hijo, ¿de qué han hablado?

—¿Cómo dice?

—¿Quiere que le repita la pregunta?

Curiosamente, Victor Contel no parecía saber cómo reaccionar. Se tomó un tiempo para responder.

—Teníamos algunas cosas de las que tratar. Nada de negocios. A fin de cuentas, yo ya no pinto nada. De vez en cuando nos reunimos. Tengo una buena relación con mi hijo, señor comisario.

—¿Qué tipo de cosas?

—Quiero vender mi viejo yate. Y él alguna vez se había mostrado interesado.

—¿Alguna otra cosa?

De nuevo, Contel tardó un poco en responder.

—No creo que eso sea de su incumbencia.

A Dupin no le sorprendió tanto la respuesta como el hecho de que Victor Contel hubiera respondido.

—Como usted quiera. Bien, nos vemos pronto. Hasta la vista.

Dupin ya había colgado.

Regresó a la terraza.

Durante un buen rato todos se aplicaron en silencio en las ostras, las vieiras y las *rillettes*. Le Ber consultaba febrilmente algo en su móvil sin decir palabra.

Tal vez el silencio se debiera también a que en la mesa se había extendido cierto desconcierto; más aún, una especie de desánimo. Habían hecho lo que estaba en sus manos. Habían hablado con quienes tenían que hablar. Sopesado cuanto había que sopesar. Pero ¿tenían alguna pista de la que tirar? ¿Un enfoque verosímil? ¿Algo decisivo?

—Lo que está claro es que Labat tuvo que importunar a alguien que estaba haciendo algo. —Le Ber había engullido con fruición su última vieira y parecía pensar en voz alta—. Todo empezó con eso. —Volvió la vista hacia la abadía—. Es muy posible que no fuera por nada del jardín —reflexionó—. Quizá algo de la casa. De la casa de Joëlle Contel. Y el jardinero sabía de qué se trataba. Puede que ni siquiera fuera consciente de ello. Por eso lo mataron. Porque, al final o por fuerza, lo habría acabado sabiendo, o por lo menos ese era el temor de su asesino.

—También es posible que Claude Hilaire viera u oyera algo por casualidad. —La comandante se unió a la conversación—. Hoy, mientras estaba aquí. O en los últimos días.

—Pero ¿qué? —Nevou puso fin a esas especulaciones infundadas—. Eso es lo que tenemos que averiguar.

Una vez más, se extendió un silencio incómodo. Los dos veleros frente a la playa se balanceaban con la subida de las aguas.

—¿Postres? —Esta vez fue Claudia quien los salvó de la situación—. ¿Un *Far Breton* con salsa de caramelo caliente? ¿O tal vez tarta de manzana casera? Por desgracia, este año las manzanas no son de Joëlle. —Miró con tristeza la abadía—. Solía enviarnos dos o tres cajas al año. ¿Alguien tomará queso? Tenemos unos *tommes* bretones deliciosos: uno de Ouessant, con algas; otro del bosque de Brocéliande, con semillas de alholva; y otro de los montes de Arrée elaborado con leche cruda de vaca. ¿Les apetece un café? ¿O prefieren una copa de vino?

¿Cómo no aceptar esas sugerencias, aunque solo fuera una?

—Para mí una ración del *Far,* por favor.

Aunque Dupin había comido bien y no tenía hambre, en la cena se había abandonado a la gula más básica. Lo cual en verdad había merecido la pena. Sin embargo, a estas alturas ya no podía comer nada más… salvo un trocito de *Far*, y eso que él nunca rechazaba un queso.

—Y un café solo.

Antes había tomado cuatro. No importaba.

Le Ber, Nevou y la comandante también pidieron lo que les apetecía.

—Yo voy a investigar lo que nos han contado sobre Les Pommes et les Bretons —anunció la comandante—. A ver si averiguo algo más.

Era poco probable, se dijo Dupin. Pero, aun así, no estaba de más intentarlo.

—Y yo hablaré con ese periodista.

Le Ber cogió la tarjeta de visita con su número de teléfono, la que había dejado Jacques.

—Creo que deberíamos… —empezó a decir Dupin.

El pitido estridente de su móvil lo interrumpió.

Un número de teléfono fijo, de Brest.

—Diga.

—Al habla el doctor Tanguy. ¿Es usted el comisario Dupin?

—El mismo.

—Es sobre la señora Hilaire. La verdad, no veo el diagnóstico nada claro. No sé si lo que observamos se puede atribuir solo a la impresión. Salta a la vista que sufrió un shock, pero hay cosas que no acabamos de comprender. —Hablaba en un tono tranquilo pero firme—. Entretanto, he tenido ocasión de hablar con su hija y también con su médico de cabecera. No hay ninguna predisposición destacable, ni enfermedades previas.

—En su opinión, ¿qué podría significar todo esto?

—Aún no puedo afirmar nada.

—¿Tiene alguna idea?

Una breve vacilación.

—Algunos síntomas son compatibles con un envenenamiento.

—¿Cómo dice?

Dupin se incorporó en su asiento.

—Me refiero solo al conjunto difuso de síntomas. Si alguien ingresara en su estado y no tuviéramos información sobre la causa, pensaríamos en un envenenamiento. Acabo de pedir algunos análisis.

—¿Sospecha usted que la señora Hilaire podría haber sido envenenada?

Aunque Dupin habló tan bajo como le era posible, Carman, Nevou y Le Ber oyeron su pregunta y lo miraron alarmados.

—De momento es solo una hipótesis. Si no me equivoco, por su parte no hay indicios de tal cosa. El cuerpo humano es muy complejo y se comporta de un modo tremendamente particular, podría haber otras causas que aún desconocemos. Una intolerancia grave, una patología aún no detectada, tal vez una enfermedad metabólica, un trastorno autoinmune… Podría ser cualquier cosa.

—Pero, para usted, el envenenamiento es la opción más plausible.

—Dicho así, me parece que es ir demasiado lejos, pero digamos que eso explicaría muchas cosas.

—¿Cuál es el estado actual de la señora Hilaire?

—Hemos conseguido estabilizarla un poco, pero si se trata de un envenenamiento debería recibir el antídoto específico cuanto antes. Eso está claro.

—Entiendo.

Cuando los médicos hacían ese tipo de afirmaciones, Dupin sabía que el asunto era de la máxima gravedad.

—En fin, señor comisario, me pondré en contacto con usted si hay alguna novedad.

—Cuanto antes, doctor Tanguy, se lo ruego.

—*Bonsoir.*

El médico colgó.

Dupin se reclinó en su asiento y permaneció en silencio unos instantes. Luego solo pudo decir: «De locos».

—Vamos, vamos, cuéntenos —le pidió la comandante.

Dupin lo hizo del modo más escueto posible.

—Pero ¿qué significa esto? —Le Ber estaba claramente confuso—. ¿Por qué alguien querría envenenar a la esposa del jardinero? ¿Por qué emprenderla con ella?

—Tal vez también sabía alguna cosa por su marido —objetó la comandante—. Un escenario así tampoco sería descabellado.

—¿Y el asesino habría acudido entonces a casa de los Hilaire una vez para envenenar a la señora y otra vez, cuando el veneno ya le estaba haciendo efecto, para matar a su marido? ¿Por qué no los envenenó a los dos?

—Puede que la señora Hilaire ingiriera por error el veneno que, en realidad, era para él. En ese caso, el asesino tuvo que improvisar de algún modo.

—Estamos especulando sobre una especulación. —Nevou puso fin a la disputa entre Le Ber y Carman—. Por el momento, el envenenamiento no es más que una posibilidad que está valorando el doctor.

En cierto modo, los tres tenían razón, se dijo Dupin.

—De todos modos, enviaré de inmediato a la científica a casa de los Hilaire. —Carman se puso de pie—. Que lo examinen todo bien, por si acaso.

—*Et voilà!* —Claudia regresó con los postres—. Les he traído a todos un poco de Lambig, cortesía de la casa, para los nervios.

Ni los vasos eran pequeños, ni estaban poco llenos.

—De la destilería Warenghem. No está lejos de aquí.

Carman cogió un vaso y lo vació de un trago, ajena a las caras de sorpresa a su alrededor. Acto seguido, se alejó con el móvil pegado a la oreja.

Claudia ya había repartido los demás vasos y también había desaparecido.

—Para los nervios —suspiró Le Ber, y bebió.

Nevou y Dupin hicieron lo mismo. Aquel Lambig era suave, muy distinto del Calvados de Normandía, pero igual de fuerte; por lo menos, tenía un cuarenta por ciento de alcohol. Era un aguardiente puro, elaborado a partir de la sidra. Tras cuatro años en barricas de roble bretón, se ennoblecía y pasaba a ser Fine Bretagne. Incluso entonces, era posible percibir aún el sabor de la manzana.

Dupin, ensimismado, tomó un bocado de su *Far*. Aún le daba vueltas a la llamada de Brest. ¿Y si fuera cierto? ¿Y si había veneno de por medio?

—El periodista acaba de contestar. —Le Ber interrumpió las cavilaciones del comisario y se levantó; él ya se había comido su postre—. Precisamente se encuentra en el Aber Wrac'h. Me reuniré con él en un momento.

—Entonces nos volveremos a encontrar aquí más tarde. —Dupin miró su reloj. Eran poco más de las nueve—. Digamos que a las diez y media.

Nevou y Le Ber asintieron.

—Informaré a Carman —añadió Nevou.

La comandante seguía de pie, un poco alejada, en la calle, con el teléfono pegado a la oreja; parecía discutir de forma acalorada.

—Bien, entonces hasta luego. —Le Ber y Nevou abandonaron la terraza.

Dupin clavó el tenedor en el último trozo de *Far* y lo bañó en la salsa de caramelo.

Se alegraba de tener un poco de tiempo para sí mismo.

Para poder pensar con calma. Además, quería echar un vistazo a una cosa.

Las cinco casas que habían pertenecido a Joëlle Contel no podían tener una ubicación mejor. Los jardines empezaban junto a la playa; solo un sendero estrecho que recorría la bahía y conducía hasta la península de Sainte-Marguerite los separaba de la arena. Una maravilla.

En otros tiempos seguramente habían sido casas de pescadores, construidas al estilo tradicional bretón; Dupin suponía que en torno a principios del siglo XX. Estaban situadas en hilera, una pegada a la otra.

El comisario descendió los pocos escalones de piedra hasta la playa.

El sol arrojaba aún luz suficiente desde el horizonte, aunque hacía un rato que ya se había ocultado. El astro rey refulgía al oeste en un único tono rosa anaranjado. Un evento cromático poco habitual: por lo común, para su ocaso el sol optaba por el naranja o el rosado para luego interpretar el color respectivo en todos los tonos y composiciones posibles. Ese día se había decidido por una inusual e impresionante simultaneidad de ambos colores. Así, había veteados en rosa sobre un fondo intenso de rojo anaranjado; en la parte más alta del cielo, arcos anaranjados sobre un delicado rosa palo, y jirones de cielo que, aunque a primera vista parecían de color rosado, adoptaban un brillante naranja en cuanto uno detenía un instante la mirada en ellos.

Era increíble. De nuevo esa noche, ahí, en el norte de la Bretaña, a 2 de octubre, no había aún ningún indicio de la llegada del otoño. Solo la hora, claramente más temprana, de la puesta de sol hacía patente que, en efecto, el verano había terminado. El aire era claro, lúcido; la visibilidad, nítida.

Cristalina. El fuerte viento, que no dejaba de soplar, impedía toda bruma.

Dupin se detuvo al llegar a la altura de las dos casas pintadas de blanco. Supuso que allí vivían Sophie Gautier y su hija. Entonces vio a la señora Gautier en el primer piso, cerca de la ventana. El comisario distinguió su larga melena castaña; llevaba un top oscuro sin mangas. Luego se apartó. Al cabo de un instante se encendió una luz en la estancia contigua. Dupin vio junto a la ventana abierta un gran catalejo montado sobre un trípode. Un equipo profesional, como el que había esa tarde en el puesto de observación ornitológica de Corn ar Gazel, donde había estado hablando con Rozenn Gautier. La pasión de Sophie Gautier se había convertido en su profesión; más aún, parecía ser su vida.

Dupin permaneció impasible, no le importaba que ella lo viera allí. Aguardó, pero ella no volvió a aparecer. En cambio, en la planta baja se encendieron las luces. Unos enormes arbustos de hortensias bloqueaban la vista.

Pasó junto a la última casa. Las gaviotas chillaban. Resultaba casi espeluznante cuando sus gritos resonaban en aquel intenso silencio.

El comisario se detuvo de nuevo y contempló la playa desde esa posición. Al final estaba la terraza elevada del Baie des Anges. Antes de llegar allí, los poderosos muros de la abadía, la iglesia imponente.

¿Cuál de esas casas era la que ocupaba Rozenn Gautier? ¿Y cuál de ellas pertenecería en breve a Labat?

Dupin giró sobre sí mismo. No pretendía nada en concreto. Solo se había dejado llevar por una sensación.

La luz había disminuido de forma brusca; daba la impresión de que aquellos tonos anaranjados y rosados habían sido absorbidos por el firmamento, en un frío aunque fascinante azul oscuro cristalino.

En la ventana del primer piso de la casa de Sophie Gautier estaba ahora su hija. Parecía haber reparado en Dupin. Él siguió caminando tranquilo. Al cabo de un rato, miró sin disimulo por encima del hombro y vio que entonces, junto a ella, también estaba Sophie Gautier. Ambas miraron en su dirección.

De pronto, al alcanzar de nuevo la primera casa, se encendieron los faros de un coche. Unas luces cortas encendiéndose y apagándose desde un vehículo en la calle junto a la abadía. Un bocinazo rompió el silencio.

Saltaba a la vista que esas señales eran para él, sobre todo cuando alguien se apeó y empezó a gesticular como un loco.

Dupin reconoció a Le Ber.

El comisario echó a correr. Algo había ocurrido. ¿Por qué Le Ber no lo había llamado por teléfono?

—¿Qué sucede? —gritó Dupin antes incluso de alcanzar los escalones de piedra de la playa.

El motor estaba en marcha.

—Se lo explicaré por el camino, jefe.

Dupin subió sin aliento al Peugeot del inspector. Le Ber volvía a estar al volante y pisó el acelerador.

—Tenemos una cita en Brest. En menos de media hora.

—¿Qué cita? ¿Con quién?

Aquello parecía muy misterioso.

—Con el profesor Jules Damay. Una eminencia. Ornitólogo en el Oceanópolis y en la Universidad de Brest. Lo conozco un poco. Mi cuñada…

—Le Ber, ¿de qué va todo esto?

—Vamos a tener que tratar este asunto de un modo altamente confidencial, jefe, es…

—¿De qué va todo esto?

La voz de Le Ber temblaba, se estaba haciendo de rogar.

—¿Usted ha oído hablar alguna vez del efecto Lázaro?

—No.

—Este término proviene del relato bíblico que cuenta cómo Jesús resucitó a Lázaro de entre los muertos, es…

—¡Le Ber!

—Dicho de forma simple: se utiliza cuando animales que se creían extinguidos resulta que no lo están. Aunque este fenómeno se da en muy raras ocasiones, puede ocurrir.

—¿Qué quiere usted decir?

—El concepto lo ideó un paleontólogo estadounidense en los años ochenta.

—¡Al grano!

El inspector inspiró profundamente.

—Podría ser que esto de los avistamientos no sea una simple batallita de marineros, jefe. Existe otra posibilidad.

Dupin seguía sin comprender nada.

—El alca gigante, jefe. Podría no estar completamente extinta. Quizá siga existiendo, aunque su población sea mínima.

—¿Está usted de broma, Le Ber?

Dupin clavó la mirada en su inspector. En ese momento llegaban a la carretera que llevaba a Lannilis y Le Ber aceleró.

—No, jefe.

—¿Me está usted diciendo que esa ave legendaria de la que hablamos esta tarde todavía existe? ¿Aquí, en la Bretaña? ¿La que afirmó que se había extinguido?

—Como he dicho: es posible, podría ser. Por supuesto, parece descabellado. Pero por lo visto hay algunos indicios dignos de consideración. El profesor Damay lleva un año investigando este asunto de forma concienzuda. Todos los supuestos avistamientos, él…

—¿Cree usted que Joëlle Contel y Sophie Gautier vieron ejemplares vivos de alca gigante?

—Exacto.

—¿Cómo se entiende eso, Le Ber?

—Creo que estamos a punto de que nos lo expliquen, jefe.

Cuando llegaron, la oscuridad era completa.

Aparcaron ante el edificio de administración. Había varios cientos de metros hasta el Oceanópolis en sí. Dupin conocía bien el acuario, sobre todo por una razón: era el hogar de muchos de los maravillosos pingüinos del hemisferio sur. Solía visitarlo siempre que tenía algo que hacer en Brest o en los alrededores. A esas alturas creía que ya había establecido una relación casi de amistad con dos de los pingüinos papúa. Estos, junto con otros compañeros de especie y un grupo de pingüinos saltarrocas y pingüinos rey, formaban la mayor colonia de pingüinos de Europa. Todos ellos unos bretones orgullosos.

Durante el trayecto, el inspector y el comisario permanecieron en silencio la mayor parte del tiempo. Dupin reflexionando de forma febril. ¿Era eso un despropósito de Le Ber y ese profesor, o podría haber algo de cierto? ¿Llegarían por fin al fondo de la cuestión?

El despacho del profesor Damay se encontraba al final de un largo pasillo en la segunda planta. Aunque ya eran las diez menos cuarto, todavía había algunos miembros del personal.

Damay era un científico de libro. Gafas con montura de níquel, pelo escaso y, sin embargo, revuelto y en punta. Su complexión era la de un estudioso: pequeño, delgado, un tipo anémico. Resultaba raro imaginarlo vestido con ropa de campo realizando estudios sobre el terreno en lugares inhóspitos: Groenlandia, Islandia, las islas Feroe, Canadá, Sudamérica. En la sala había un enorme escritorio casi vacío. Un mapa del mundo ocupaba prácticamente toda una pared; tenía algunas zonas sombreadas en naranja, Dupin supuso que se trataba de lugares de especial interés ornitológico.

El profesor los saludó con un amistoso apretón de manos.

Dupin estaba impaciente.

—Cuéntenos, señor Damay —le pidió antes de que este hubiera tomado asiento. Dupin prefería permanecer de pie.

—¿Le dice a usted algo el león marino de las Galápagos, señor comisario? ¿El canguro arborícola de Wondiwoi? ¿El picaflores de Cebú? —El profesor hizo una pausa dramática antes de continuar—: ¿El picamaderos picomarfil o el loro coroniazul? —Volvió a hacer una pausa—. ¿Nada? ¿No? Pero seguro que sí conoce el celacanto, ¿no? ¿La tortuga gigante de Fernandina?

—Por favor, acláremelo, profesor Damay.

Dupin hizo un esfuerzo para mantener un tono amistoso.

—Todos estos animales se creían oficialmente extinguidos, algunos incluso ya en el siglo XIX, pero no lo estaban. El canguro arborícola de Wondiwoi, por ejemplo, se redescubrió en 2018. La tortuga gigante de Fernandina fue declarada extinta en 1906, pero en febrero de 2019 se avistó una única hembra en la isla de Fernandina, en las Galápagos. El caso más famoso es el del celacanto, que se creía extinguido en el Cretácico, hace setenta millones de años. Luego, en 1938 se vio un ejemplar en Sudáfrica y otro en la isla de Célebes.

—Comprendo. ¿Y usted supone que este podría ser el caso del alca gigante?

—Este fenómeno también se ha dado entre las aves. Basta pensar en el picaflores de Cebú, que se creía extinto desde 1906 y fue redescubierto en 1992.

El profesor llevaba un jersey azul holgado con coderas de cuero, que además le venían de maravilla, ya que continuamente se apoyaba sobre los codos.

—En total, hablamos de más de cien especies redescubiertas. Incluso hoy en día se están llevando a cabo importantes expediciones para confirmar la supervivencia de algunos animales, de los cuales hay constatados avistamientos serios en los últimos años. Es el efecto Lázaro, un término acuñado por el famoso paleontólogo David Jablonski. Imagíneselo del modo siguiente —se inclinó un poco hacia delante y clavó la mirada en Dupin como un maestro a su alumno—: en un momento dado, existen tan pocos ejemplares de una especie que dejan de avistarse, aunque su número es suficiente para garantizar su reproducción; así, la especie puede mantenerse, e incluso propagarse en secreto, a menudo en lugares desconocidos o inesperados, al menos sobre una base de una población mínimamente estable. Entonces, solo es cuestión de tiempo y de suerte que en algún momento se produzca otro avistamiento. El cual, por supuesto, al principio se pone en tela de juicio.

—Es lo mismo que lo de las ovejas de Belle-Île, jefe. Piénselo, tan raro no es. Y tampoco es la primera vez que usted se encuentra aquí, en la Bretaña, con una especie extinguida y luego redescubierta.

Los ojos de Le Ber brillaban emocionados.

Un caso peculiar del año anterior.

El profesor sonrió.

—Un ejemplo excelente. Las ovejas llevaban ahí todo el tiempo, delante de nuestras narices. Pero las confundíamos con otras. Con otra especie. Creíamos que era una variante local de esa otra especie.

—¿Usted cree que las alcas gigantes llevaban todo el tiempo ahí? —preguntó Dupin con incredulidad.

—¡Por supuesto! —Le Ber estaba entusiasmado—. En principio, el avistamiento de un alca gigante se confundiría con el de un alca torda de tamaño excepcional.

—Es poco probable que lleven mucho tiempo en nuestras costas —matizó el profesor—. Por aquí arriba hay demasiados ornitólogos expertos y habría habido avistamientos documentados. Yo más bien supongo que pequeñas colonias lograron sobrevivir en algunas islas muy remotas del noreste del Atlántico. En alguna de las innumerables formaciones rocosas en torno a Irlanda del Norte o al noroeste de Escocia. En concreto, apostaría por la zona situada al noroeste de las islas Hébridas Exteriores, las islas Shetland o las Orcadas. O el área en torno a las islas Feroe. Estamos aún lejos de conocer todas las islas. Justo la semana pasada unos cazadores de islas dieron con una que sería la que actualmente se encuentra más al norte del planeta, de sesenta por treinta metros. Está incluso más al norte que Oodaaq. Esto aumenta el territorio de Dinamarca.

—Sí, la de cazador de islas es una profesión en sí misma —apuntó Le Ber—. Quedan aún infinidad de islas por descubrir.

Una idea fabulosa, pensó Dupin. Cazador de islas. Cazar islas en lugar de perseguir delincuentes.

—En cualquier caso —el profesor retomó el hilo—, una colonia bien podría haber sobrevivido en una isla de ese tipo. Es posible incluso que se produjera un cambio evolutivo de comportamiento o una alteración en la estrategia de supervivencia que las alejara de las grandes colonias para formar grupos pequeños. En un momento dado, las alcas gigantes habrían empezado a propagarse de nuevo. Y así es como habrían regresado a su antiguo hogar en la costa norte de la Bretaña. Un hábitat ideal. Sobre todo, el mar de Iroise y la costa por encima de Brest. En cualquiera de los incontables islotes rocosos planos que hay por allí. Y así, de vez en cuando, se produciría un avistamiento. Ese sería un escenario bastante verosímil.

—¿Dispone usted de alguna evidencia? ¿Fotografías? ¿Vídeos de algún avistamiento?

—Existe…

En ese momento, el móvil de Dupin sonó.

El profesor Damay se interrumpió con actitud respetuosa.

Dupin sacó el móvil del bolsillo y miró el número.

El prefecto. Al parecer, la obra ya había terminado y había oído sus mensajes.

—Siga, profesor.

Dupin volvió a guardarse el teléfono en el bolsillo.

—Hay avistamientos fiables de un científico joven y serio, pero sin documentación. De la Universidad de Dublín. Un colega muy apreciado; bueno, de hecho, incluso podría considerarle un amigo. Todo esto es absolutamente confidencial, aunque a principios de este año me lo hizo saber en confianza cuando oyó los rumores procedentes de la Bretaña. Ha organizado una expedición que comenzará a final de año. —Bajó la voz—. Por este motivo, ustedes también deben tratar este asunto con la máxima reserva. Si algo de esto saliera a la luz, yo… bueno, se lo estropearía todo. Además de que están en juego mi palabra y mi lealtad. Todo el código de conducta científico. Y también —añadió circunspecto— una amistad.

Dupin no estaba dispuesto a iniciar una discusión por una hipótesis tan extremadamente vaga, pero una cosa estaba clara: si de verdad aquel era el motivo en un caso de asesinato, no podrían mantener nada de eso en secreto.

—Sobra decir que eso sería algo sensacional. ¡Con repercusión a nivel mundial! —continuó el profesor—. Para ese colega de Dublín representaría la entrada en los anales de la ornitología, una gran carrera, una cátedra famosa.

En la frente de Jules Damay asomaron muchas arrugas de preocupación.

—¿En qué medida el redescubrimiento del alca gigante podría tener importancia en sus pesquisas?

—Todavía no lo sabemos —respondió Dupin con sinceridad.

Aun cuando el redescubrimiento del alca gigante realmente desempeñara un papel en esa historia, incluso si fuera el núcleo en torno al que giraba todo, en ese momento la pregunta del profesor Damay no era fácil de responder. Durante el trayecto en coche hasta allí, Dupin había estado reflexionando sobre ello. Existía la posibilidad —teniendo en cuenta también un buen número de lagunas e incoherencias— de que los acontecimientos se hubieran desarrollado del modo siguiente: Joëlle Contel habría avistado un alca gigante, puede que incluso en varias ocasiones, y hubiera documentado ese avistamiento en su cuaderno. Ella probablemente no había caído en la cuenta de que pudiera tratarse de un alca gigante. Tal vez había creído que el animal avistado era un pájaro pingüino de un tamaño extraordinario, lo cual, en vista de su rareza, también habría sido una pequeña sensación.

Esto explicaría además una de las notas en el cuaderno de avistamientos: «¿Acaso son solo unas alcas tordas especialmente grandes?». Era la entrada del 27 de septiembre. Dupin se lo había apuntado. Joëlle Contel entonces podría haber puesto en antecedentes a Sophie Gautier y haberla acompañado a observar la zona donde había visto las aves. Dupin había anotado: «Al norte de Poulloc. Penn Enez […] en el mismo islote. Cerca de las islas De la Croix».

Asimismo, cabía la posibilidad de que Joëlle Contel no solo le hubiera hablado a su sobrina acerca del increíble avistamiento, sino también al jardinero. Y quizá este se lo había dicho a su esposa. Entonces, tras la muerte de Joëlle Contel, el asesino, que por algún motivo también tendría noticias del alca gigante, habría visto la oportunidad de apropiarse de ese descubrimiento. Por ello, en la noche del fallecimiento habría arrancado las páginas del cuaderno de avistamientos antes de que alguien se hiciera con él. Habría entrado en la abadía desde el bosque y, al ser sorprendido por Labat en el camino de regreso, lo habría derribado de un golpe. A partir de ahí, la hipótesis se volvía muy complicada, aunque no la echaba por tierra necesariamente. El asesino tenía que saber que el jardinero y su esposa estaban al corriente de la existencia del alca gigante, algo que, en sí, era bastante probable si, por ejemplo, Sophie Gautier fuera la autora del crimen. En consecuencia, ella los habría eliminado. Este punto de la teoría presentaba incongruencias de peso: ¿por qué habría envenenado a la señora Hilaire y, en cambio, había matado de un golpe a su marido?

—El señor Le Ber ha mencionado que se ha cometido un asesinato. —El profesor tenía una mirada grave.

—Tal vez incluso un doble asesinato, señor Damay —precisó Dupin—. La esposa del fallecido, la señora Hilaire, sigue luchando por su vida.

—Siento mucho oír eso.

Dupin había empezado a deambular de un lado a otro del despacho; en ese instante se aproximaba al mapa que ocupaba toda la pared.

Todo aquello era un completo desatino. Pero eso no tenía por qué significar gran cosa; aquel no era un criterio para la realidad.

—Profesor Damay —Dupin adoptó un tono de voz solemne—, entre nosotros: ¿hasta qué punto considera usted probable que el alca gigante siga existiendo?

—Yo soy un científico. No especulo.

—Pero ¿con qué frecuencia ocurren esas cosas? Es decir, que se redescubran especies extintas.

—Esto es algo que puede decirse con bastante exactitud, aunque solo en lo que respecta a las cifras registradas de manera oficial: en los últimos ciento treinta años se han redescubierto unas ciento veinte especies de mamíferos, ciento diez de anfibios y, a lo sumo, unas ciento setenta especies de aves. Visto así, no es tan raro.

—Sin embargo, en comparación con el inmenso número de especies que los humanos aniquilamos cada año de manera irremediable, es una cifra completamente irrelevante —apuntó Le Ber.

Uno de los puntos neurálgicos para el inspector, quien, al igual que Nolwenn, participaba en innumerables iniciativas medioambientales.

—Cada año acabamos con unas sesenta mil especies animales, unas especies cuya creación le ha llevado millones de años a la naturaleza. La masacre que la humanidad está perpetrando contra el medio ambiente hoy en día supera en mucho la catástrofe ecológica que causó el impacto de un asteroide en la península de Yucatán, en México, a finales del periodo Cretácico, hace sesenta y seis millones de años, y que acabó con los dinosaurios.

Aquel pensamiento era infinitamente triste y, sobre todo, capaz de provocar una profunda rabia interior. En este sentido, Dupin entendía a su inspector.

—Tiene usted razón —corroboró el profesor con semblante serio—. Si nos atenemos a esas cifras, el número de redescubrimientos es insignificante.

—Se calcula que solo quedan entre ocho y nueve millones de especies animales; por lo tanto, se puede hacer una extrapolación: el fin está cerca. Y eso vale también para los humanos. Por otra parte, la recuperación, suponiendo que alguna vez lográsemos comportarnos de forma distinta, exigiría ya varios millones de años. Todo el mundo se fija solo en el clima. Sin embargo, esta catástrofe, aunque ambas guarden relación entre sí, resulta aún más devastadora...

Por comprensible que resultara el enfado de Le Ber, Dupin se vio forzado a intervenir:

—¿Hay fotografías solventes de esos avistamientos, profesor? ¿De una de esas alcas gigantes?

—Digamos que hay fotografías de animales que aún no se han podido identificar de manera clara y que fueron tomadas a mucha distancia. Y además, con distancias focales extremas que casi siempre generan imágenes movidas. Y todo ello, en circunstancias meteorológicas y condiciones lumínicas desfavorables.

El profesor tecleó algo en su ordenador y deslizó el ratón. Luego se levantó, giró unos ciento ochenta grados su enorme monitor y se colocó junto a ellos. Llevaba en la mano un mando a distancia para hacer presentaciones.

—Miren.

Le Ber y Dupin se acercaron al monitor.

Se veía la imagen borrosa de tres animales en un fondo gris oscuro y rocoso. Unos nubarrones en el cielo, poca luz. Los tres animales estaban de pie al borde de un acantilado, con el mar rugiente a sus pies. Parecía una escena cualquiera de la costa bretona.

—Observen los picos. Desde luego, parecen muy largos y curvados. Compactos. Y fíjense en la mancha blanca ovalada y redondeada en el plumaje entre el ojo y el pico. Y en esas alas tan cortas.

Aguardó un instante.

—Bien, y ahora voy a poner el pájaro pingüino al lado.

La pantalla se dividió y en la mitad derecha aparecieron dos animales muy erguidos, muy similares a los de la izquierda. Al menos, a primera vista.

—Resulta difícil estimar el tamaño de los animales a partir de unas fotografías. Pero mi colega dublinés lo ha calculado con bastante precisión: estos tres animales miden en torno a ochenta o noventa centímetros, máximo noventa y cinco; estos dos de aquí, alrededor de setenta, máximo ochenta. Sin embargo, concentrémonos en los tres rasgos distintivos esenciales.

Los ojos de Dupin y Le Ber pasaban de una fotografía a la otra.

—Mi colega ha analizado las características sirviéndose de ampliaciones que se extrapolaron mediante un programa especial. Por desgracia, no conozco el aumento de las ampliaciones. En cualquier caso, han corroborado su opinión. Tampoco sé de dónde salió la fotografía de esos tres animales. De momento, él, claro está, no lo ha revelado. Las ampliaciones solo podrán verse cuando sean publicadas.

Dupin y Le Ber estaban muy juntos, con la cabeza a pocos centímetros del monitor.

—Las manchas blancas entre el ojo y el pico parecen ovaladas —explicó Damay—. En el caso de los pájaros pingüino tienen forma de raya.

—Mmm.

Dupin no lo veía tan claro. En una investigación policial, eso no sería admisible como prueba.

—Admito que todo esto no se aprecia muy bien en la fotografía —concedió el profesor—, pero mi colega dice que en las ampliaciones es evidente.

—¿Su colega ha estudiado también los supuestos avistamientos de aquí arriba, en la Côte des Abers? —preguntó Le Ber.

—Habló con dos pescadores y un ornitólogo aficionado de alto nivel que le facilitaron las coordenadas geográficas de sus supuestos avistamientos. Esas personas le parecieron muy serias, pero eso no tiene nada que ver con la ciencia. No existe una documentación clara. Además, él tuvo que ser muy discreto en sus pesquisas, de otro modo habría dado pie a grandes titulares.

—¿Cuándo fue eso? ¿Cuándo habló con la gente de esta zona? —insistió Dupin.

—A finales del año pasado.

Eso era mucho tiempo.

—¿Y no tiene noticia de avistamientos más recientes en la Côte des Abers?

—No.

—¿Y qué hay de los avistamientos de pájaros pingüinos? —Le Ber hizo una pregunta importante.

—En este tramo de costa todavía no ha habido ninguno este año, aunque sí en la Île de Batz. De todos modos, tarde o temprano volverá a haber avistamientos en las desembocaduras de los *abers*; su presencia en la Côte des Abers está documentada de forma fehaciente, aunque solo se trate de unos pocos ejemplares. En esos casos, el azar juega un papel determinante.

—Bien, le agradecemos mucho toda la información, señor. —Ahí ya no había nada más que averiguar. Por otra parte, la charla empezaba a ser muy detallada—. Nos ha sido de gran ayuda.

—¿Eso es todo?

El profesor casi parecía lamentar que finalizara la conversación.

—Seguramente volveremos a ponernos en contacto con usted. Y en caso de duda, también es posible que debamos contactar con su colega de Dublín.

El profesor Damay se mostró muy preocupado.

—Confío en que eso pueda evitarse. Como les he dicho, doy por sentado que todo cuanto hemos hablado quedará estrictamente entre nosotros.

—*Bonne soirée*, señor.

Dupin ya había abierto la puerta.

—De verdad, muchas gracias, profesor —repitió Le Ber con pesar—. Y, por supuesto, trataremos este asunto con discreción.

El profesor asintió. Le Ber cerró la puerta tras de sí.

Le Ber y Dupin habían reprogramado su reunión con Nevou y la comandante para las once de la noche.

Durante el trayecto de vuelta, llamaron a Nolwenn para ponerla al día. Ella no se mostró muy sorprendida ante la posibilidad de que la mítica alca gigante aún existiera. Nada era demasiado fantástico para una bretona de pura cepa. «El Atlántico es y sigue siendo un territorio impenetrable», afirmó.

No había novedades sobre Labat, lo cual era una buena señal. De nuevo, el inspector dormía profundamente. Su esposa y ella se alojaban en un hotel no muy lejos del hospital. Nolwenn no había oído nada más sobre el estado de salud de la señora Hilaire e interpretaba aquello como algo positivo, ya que de haberse producido algún empeoramiento el médico la habría informado. Tampoco tenía ninguna información sobre los resultados de las pruebas por presunto envenenamiento.

Tras hablar con Nolwenn, Dupin trató de contactar de nuevo telefónicamente con el médico, pero fue en vano. De igual modo, el intento de llamar a Maxime Contel fue infructuoso.

En cierto modo, la terraza del Baie des Anges tenía un ambiente aún más acogedor de noche que de día. Estaba envuelta en una luz cálida, no muy intensa, pero tampoco demasiado oscura; con un jersey grueso se podía estar allí hasta bien entrada la noche. Y para su sorpresa, el viento había amainado un poco.

La oscuridad y el cielo nocturno sobre el mar pertenecían a las estrellas, a ese parpadeo inquieto e incesante. Cada pocos segundos se veía el recorrido giratorio de los enormes haces de luz de los dos faros de la península de Lilia, que atravesaban el cielo como si fueran sables luminosos.

Nevou y Carman estaban sentadas en la misma mesa que antes. Al acercarse, Dupin descubrió un letrero escrito a mano que decía: «Reservado. Com. Dupin». Buena idea.

Nevou tenía delante una sidra; la comandante Carman, una cerveza. En el extremo opuesto de la terraza se había acomodado un grupo de personas, entre las que Dupin distinguió al propietario del hotel. Eran Jacques y sus amigos. Por lo demás, la terraza se había ido desocupando, excepto por una pareja que estaba sentada un poco apartada.

—Tenemos novedades.

Le Ber se sentó junto a Nevou.

—Nosotras también —anunció la comandante.

—Acabamos de reunirnos en Brest con un profesor de ornitología —comenzó a explicar Le Ber de inmediato.

De un modo sorprendentemente escueto para sus estándares, pasó a resumir lo que había dado de sí la conversación con el profesor Damay. Le Ber terminó con un par de conclusiones sobre cómo podría haber ocurrido todo en caso de que, en efecto, el caso girara en torno al alca gigante. En síntesis, coincidía con lo que Dupin pensaba; durante el trayecto de vuelta habían hablado de ello.

—Que ese pájaro aún exista y que tal cosa tenga que ver con la agresión a Labat y el asesinato es completamente absurdo —protestó Nevou.

—Tan descabellado no es. —Le Ber adoptó su temido tono didáctico—. De hecho, no lo es en absoluto.

—Ha regresado, señor comisario.

Claudia apareció como salida de la nada. Los buenos camareros dominaban ese arte con la misma perfección que los buenos policías.

—Ahora es el momento de una copita de vino, ¿no?

Dedicó una sonrisa a Dupin.

—Un Sancerre, por favor.

—Para mí también —confirmó Le Ber.

—Para mí, otra sidra —pidió Nevou.

—Y otra cerveza —concluyó la comandante.

Claudia se alejó satisfecha.

—Vuelvo enseguida.

Dupin se levantó, salió a la calle que había frente a la terraza y sacó el móvil. Le inquietaba mucho no poder contactar con el médico de la señora Hilaire.

Esta vez lo consiguió.

—¿Diga?

El tono era malhumorado. Al parecer, la llamada resultaba inoportuna.

—Le habla el comisario Dupin. Solo quería saber si hay alguna novedad sobre sus sospechas de envenenamiento.

—Le habría informado.

—¿Sigue creyendo que es probable?

—Probable, sí. Sin embargo, hay un sinnúmero de envenenamientos posibles. Tenemos que hacer pruebas de todo tipo, vamos a ciegas. Tiene que imaginárselo como una prueba de alergia.

Una comparación muy descorazonadora.

—Avísenos ante la menor de las sospechas.

—Les avisaré cuando tenga algo de lo que informar.

A pesar de todo, ese hombre le resultaba tremendamente simpático; Dupin debía admitir que él solía responder de ese modo.

—Gracias, hasta luego.

—*Au revoir.*

El médico colgó.

Dupin regresó a la mesa.

—¿Qué hacemos ahora? —La comandante lo había esperado—. Me refiero a este asunto del alca gigante. Joëlle Contel ha muerto. Claude Hilaire, también. La señora Hilaire se encuentra inconsciente en cuidados intensivos. ¿Quizá fueran ellos los únicos, aparte del asesino, que conocían el presunto avistamiento?

Aquella pregunta planteaba la esencia del problema.

—Quiero hablar otra vez con la cocinera. —Dupin sabía que no estaba respondiendo a la pregunta.

—Tal vez hoy ya sea un poco tarde, jefe. A fin de cuentas, estaba bastante alterada. —Le Ber conocía a Dupin—. Sería mejor mañana a primera hora.

Dupin miró la hora. Le Ber tenía razón. Él tenía en mente hacerle una visita en persona en lugar de llamarla por teléfono.

—¿Qué novedades traen ustedes? —preguntó Dupin a sus dos compañeras.

—Se trata de la grave situación económica de Les Pommes et les Bretons…

—Aquí está el vino.

Claudia dejó sobre la mesa las bebidas, entre ellas la botella de Sancerre, y volvió a desaparecer. La botella estaba empañada, lo cual era siempre la mejor de las señales.

Dupin se sirvió.

El vino le sentaba bien. Un Sancerre fresco despejaba la cabeza. En un instante, Dupin ya había vaciado la copa.

—Bien, continúo. —Carman intentó retomar el hilo.

—Un momentito solo —la interrumpió Dupin—. Ahora mismo vuelvo.

También esa cuestión le tenía intranquilo. Quería volver a hablar con Maxime Contel.

El teléfono sonó un par de veces.

—¿Diga?

—Le habla el comisario Dupin. *Bonsoir*, señor Contel. Espero no molestarle.

Lo dijo solo como fórmula de cortesía.

—¿En qué puedo ayudarle?

—¿Tiene usted algún interés en el antiguo yate de su padre?

—¿Cómo dice?

Dupin guardó silencio.

—¿Qué quiere decir? ¿De qué habla?

—Si a usted le gustaría comprarle el yate.

—No lo sé, ni siquiera… —Siguió una pausa—. Ni siquiera he tenido ocasión de considerarlo. Seguramente, no. ¿A qué viene esta pregunta?

—¿Cuándo fue la última vez que habló de ello con su padre?

—No lo sé. Hará unas semanas.

—Su padre me ha dicho que hoy han estado hablando de ello. Durante su encuentro.

Maxime Contel tardó un momento en reaccionar.

—Es posible que haya mencionado el yate. Pero ese no ha sido un tema crucial en nuestra reunión.

Hablaba con aplomo.

—¿Y de qué han hablado, entonces?

—Parece que eso a usted le trae de cabeza. Como ya le he dicho, no hemos tratado para nada de negocios. Solo asuntos privados.

—¿Como cuáles?

Tras un titubeo, por fin respondió.

—Hemos hablado de la herencia. De la herencia de tía Joëlle.

—¿De qué exactamente?

—Mi tía Rozenn ya ha anunciado que va a oponerse por todos los medios a la venta de la abadía.

—¿Y usted y su padre qué opinan al respecto?

—La verdad es que yo aún no he pensado en ello.

—¿Y su padre?

—Solo hemos hablado de las opciones posibles, en términos generales. Nada más.

—¿Tal vez del modo de apartar a Thierry Labat de la herencia?

—No. Eso ya no es un problema.

—Bien, señor. En ese caso, le deseo buenas noches.

Dupin no iba a sacar nada más de él.

—Buenas noches, señor comisario.

Dupin regresó a la terraza.

—Bien, los graves problemas económicos de Les Pommes et les Bretons son ciertos —empezó la comandante.

Dupin se sirvió una segunda copa.

—He hablado con uno de sus auditores de manera confidencial. Vive en Lannilis.

Dupin asintió con un gesto de aprobación. La comandante tenía sus fuentes.

—El año pasado sufrió pérdidas considerables. En concreto, cincuenta y cinco millones, más incluso de lo que dice la información de Daniel. Una cantidad que lo pone todo en tela de juicio. Durante los dos primeros trimestres de este ejercicio, el negocio ha ido un poco mejor; las ventas superaron las de los tres años anteriores y la empresa, además, ha sabido reducir costes. Como no puede ser de otro modo, por su parte Maxime Contel no deja de subrayar constantemente, sobre todo ante los bancos, que el *turnaround*, las medidas para invertir la situación, está dando sus frutos.

—Cuenta a todo el mundo lo bien que va la empresa —confirmó Le Ber—. Ni una palabra sobre problemas de ningún tipo.

También a Dupin se lo había presentado así.

—Con todo, la situación sigue amenazando la supervivencia de la empresa —continuó Carman—. Este año volverá a tener grandes pérdidas, se calcula que de unos veinte o veinticinco millones. Maxime Contel tiene que hacer mucho más, y además rápido, porque a finales del año próximo las cuentas tienen que estar equilibradas o, de lo contrario, los bancos se retirarán.

—Esto significa —resumió secamente Nevou— que dos de nuestros sospechosos podrían enfrentarse a una auténtica quiebra. A un fracaso existencial.

—En dos años, Les Pommes et les Bretons celebrará su cincuenta aniversario. —Por un momento, Le Ber parecía casi afectado—. Victor Contel y su esposa han dedicado toda su vida a la empresa, e incluso han invertido su fortuna personal en ella: lo perderían todo. Para Maxime tal vez sería incluso peor. Daría la impresión de que fue él fue quien lo echó todo a perder. El que no lo consiguió. El fracasado. Alguien que no estuvo a la altura de su padre. Aunque la realidad sea muy distinta.

—Sería una tremenda humillación para él. Y no hay que olvidar que tiene dos hijos —señaló Carman.

La carga afectiva que encerraba una situación de ese tipo era inmensa; Dupin sabía que, en momentos así, había gente capaz de cualquier cosa, incluso aquellas personas que nunca habían albergado un pensamiento criminal. Sin duda, ese podía ser el punto central en torno al que girara toda la historia.

—Imaginen que existiera de verdad —Le Ber se dirigió al grupo con un tono de voz urgente—. Que el alca gigante siguiera existiendo. Aquí arriba, en alguna parte. Sería una sensación mundial, los periódicos no hablarían de otra cosa. Piensen en lo que eso significaría para el proyecto de turismo ornitológico de Victor Contel. Sería fabuloso. Vendrían aficionados a las aves de todo el mundo. El hotel que ha comprado está ubicado en el sitio ideal. Y, quién sabe, puede que haya comprado otras propiedades. Quizá Joëlle Contel quería mantener en secreto el avistamiento y Maxime y Victor Contel no estuvieran de acuerdo.

Tal y como Le Ber lo presentaba, ese escenario era bastante plausible.

—Pero ¿cómo salvaría eso a Les Pommes et les Bretons? —Nevou volvió a centrar la discusión—. ¿Y por qué ambos cometerían un asesinato? Les bastaría con que la historia fuera cierta y los turistas de aves acudieran en masa. ¿Por qué a ellos, como empresa, les había de interesar la fama científica de un descubrimiento ornitológico? Y, por otra parte, ¿cómo podrían demostrar el descubrimiento? Joëlle Contel carecía de fotografías o vídeos, solo tenía unas anotaciones, y eso suponiendo que se tratara del alca gigante.

—Tal vez sabían por las notas el lugar exacto donde Joëlle había avistado los animales. —Le Ber defendió esa posibilidad—. Tal vez lograran hacer una foto o un vídeo del alca gigante. Entonces ellos serían sus descubridores.

—Eso no responde a las preguntas decisivas —insistió secamente Nevou.

Tenía razón.

—Puede que ocurriera justo al revés —objetó Carman—; tal vez no quisieran que el asunto del alca gigante saliera a la luz. Muy probablemente, eso solo daría pie a un endurecimiento severo de la normativa de conservación de la naturaleza en esta zona. Según cómo, las perspectivas para el turismo ornitológico serían nefastas.

—No deberíamos centrarnos en el alca gigante —intervino Nevou de nuevo.

Dupin se había terminado la tercera copa. Se levantó. Así no llegarían a ninguna parte.

—Voy a echar otro vistazo a la casa de Joëlle Contel —anunció—. A la sala de los pájaros. —Quería estar solo, reflexionar. Hasta entonces solo había observado por encima esa sala—. Pero antes me pasaré a saludar un momento a los amigos de Jacques.

—Solo dos cosas, comisario —se apresuró a informar Carman—. La policía científica no ha encontrado nada llamativo en casa de los Hilaire. Ni siquiera en la cocina. Había bastante comida y bebida abiertas, se han llevado algunas muestras. Por supuesto, es bastante complicado cuando uno no sabe qué está buscando. Y la otra cosa: no está siendo fácil mantener a los periodistas a raya. Y sobre todo ahora, tras el asesinato.

Dupin estaba convencido de ello pero, aunque era difícil, saltaba a la vista que Carman estaba haciendo un trabajo extraordinario. Hasta ahora, Dupin no había sido importunado.

—He prometido que esta noche los pondría al corriente de los avances.

—Dígales las cosas tal y como son. Que sospechamos que el autor del crimen es alguien del entorno de Joëlle Contel. Que también estamos investigando en el seno de la familia.

Tal vez así presionaran más al asesino. Bajo presión, la gente cometía errores.

—De acuerdo.

—Y luego váyase a casa.

Era casi medianoche y el día había sido agotador para todos.

—Yo también me voy a acostar, jefe —dijo Le Ber—. A fin de cuentas, hoy ya no podemos hacer nada más.

—Hágalo, Le Ber. Y usted también, Nevou. Nos vemos mañana por la mañana. Aquí, en la terraza. ¿A las siete?

—A las siete —confirmó Le Ber.

Las dos policías asintieron.

—Por si le cuesta dormir, jefe, en el jardín de hierbas medicinales y aromáticas de la abadía hay grandes cantidades de valeriana. Es tan eficaz como el Valium, créame. Basta con arrancar un par de flores ajadas y echarles agua hirviendo.

Le Ber parecía estar hablando en serio.

—Aquí tiene. Las va a necesitar si quiere entrar en casa de Joëlle Contel. —Carman entregó a Dupin un manojo de llaves.

—¡Gracias! Y buenas noches.

—*Bonsoir, mesdames, messieurs.*

Dupin se acercó a la mesa e hizo un gesto de saludo con la cabeza.

Jacques se levantó.

—Comisario, ¡qué bien que se una a nosotros! Estos son mis amigos —señaló a su alrededor—: Isabelle y Michel, los panaderos de Lannilis; Adrien y Anaïs, cultivadores de ostras; Jean-Pierre, concejal del ayuntamiento; y Violaine e Yvon, los propietarios del restaurante Le Vioben. Daniel, el periodista, es el único que no ha podido venir. Y ya conoce usted a Claudia. Ahora mismo estábamos hablando sobre el caso. Estaba a punto de acercarme a su mesa.

Dupin alcanzó una silla.

—Es terrible —lamentó el panadero—. Una tragedia para la familia Hilaire.

El pesar se reflejaba en todos los rostros.

—¿Alguno de ustedes conocía bien a Claude Hilaire o a su esposa?

Dupin se había propuesto no decir nada de momento acerca del estado de salud de ella ni del presunto envenenamiento.

Todos negaron con la cabeza.

—Nosotros colaboramos con otra empresa de jardinería —respondió la amable panadera—. Lo único que he oído es que Claude Hilaire y Joëlle sentían mucho apego el uno por el otro después de tantos años.

—¿Tanto como para que Joëlle Contel fuera capaz de compartir asuntos confidenciales con su jardinero?

—Mmm. Me resulta difícil creer eso. Pese a la buena relación, Joëlle Contel también era una matriarca en el sentido clásico del término. —La rubia propietaria del restaurante tenía una opinión bien formada—. Claude Hilaire era su empleado. Al igual que su cocinera.

Los demás miembros del grupo, incluida la panadera, asintieron con la cabeza.

—Acabamos de hacer un brindis por Joëlle —dijo esta con una cálida sonrisa.

Dupin lo olvidaba una y otra vez: todo aquello había pasado la noche anterior.

—La muerte de Joëlle es una pérdida terrible para toda la zona.

—¿Alguno de ustedes conocía bien a Joëlle Contel? —preguntó Dupin dirigiéndose al grupo.

—No, en realidad no —respondió el joven cultivador de ostras—. Llevaba una vida bastante retirada. No es que fuera altanera, no me refiero a eso en absoluto. Pero su mundo era la abadía y su jardín. Y los pájaros. Dedicaba su vida por completo a su mundo.

—Es extraordinario lo que Joëlle ha logrado crear aquí —añadió el concejal—. No se imagina usted cómo era antes la abadía. Una completa ruina.

—¿Qué saben ustedes de avistamientos de alcas gigantes aquí, en la costa? —Dupin sentía curiosidad.

—Parece que el alca gigante no se le quita de la cabeza —comentó Jacques con una sonrisa.

La propietaria de Le Vioben tomó la palabra:

—Sobre esto hay opiniones de lo más variado. Incluso entre nosotros. ¿Existe? ¿No existe? ¿Es una fantasía o es real?

El concejal habló de un modo más comedido:

—Los hay que consideran, como yo mismo, que es muy posible, y lo argumentan de un modo puramente científico; otros, en cambio, piensan que es un cuento de hadas.

—Entiendo. ¿Qué cree que pasaría si se confirmara su existencia?

—Habría una ofensiva mediática como nunca antes hemos visto por aquí. —El panadero parecía alarmado—. Seguida de una invasión de aficionados a la ornitología.

—Grandes tramos de la costa quedarían sometidos a las leyes de protección de la naturaleza de un modo más estricto —añadió el concejal.

Jacques bajó la voz:

—Por cierto, Jean-Pierre ha conseguido averiguar algo más. Esta misma tarde.

El concejal asintió.

—Cuatro semanas atrás, Victor y Maxime Contel hablaron en un almuerzo con un político de Rennes sobre la posible aprobación de un proyecto piloto. Sobre guano bretón. A los Contel les gustaría recoger una cantidad mayor para realizar análisis químicos más precisos.

—¿Guano?

—Excrementos secos de pájaro —explicó el concejal.

Dupin había oído hablar de los preciados excrementos de pájaros que se extraían en la costa del Pacífico de Sudamérica, pero aún no había oído hablar de la versión bretona.

—Es casi tan valioso como el oro, una sustancia milagrosa. Es el abono más rico en nutrientes del mundo. Contiene grandes cantidades de carbono y fosfato. Se exporta a todo el mundo, y los precios son muy elevados.

—¿Y también existe aquí arriba? ¿Ya se está explotando?

Dupin se preguntó si esa sería la expresión correcta.

—No. Pero se da en grandes cantidades. Piense en los miles y miles de pájaros que hay en otras tantas islas y rocas de la costa.

El concejal señaló el mar con la cabeza.

Los yacimientos naturales debían ser colosales, a Dupin no le cabía ninguna duda. Y lo más importante: era un recurso que se reponía de forma permanente.

—¿Hasta qué punto está avanzado ese proyecto?

¿Y por qué se enteraban ahora del plan de esos dos?

—Parece que solo es una idea que quieren explorar. Se trata de toda la Bretaña, no solo de la Côte des Abers. Por eso se han dirigido a un político del gobierno regional. Él dice que al principio solo les interesaba saber cómo lo veía. No sabe si además han puesto en marcha alguna otra cosa.

—¿Pero es un proyecto conjunto, de ambos?

—Una idea común, sí.

Así pues, entre padre e hijo había mucho más a tratar que simples «asuntos privados» como la venta de un yate.

—¿Este tipo de extracción aquí sería realista?

No sonaba menos raro que la vuelta del alca gigante.

—No sabría decirle. En cualquier caso, solo si respetan las normas medioambientales más estrictas.

—Nunca conseguirán la autorización. Es algo completamente inviable —opinó el panadero.

—Eso pienso yo también —admitió Jacques Briand—. El impacto en la naturaleza sería demasiado grande, por muy ecológicos que fueran los métodos de extracción.

Dupin se pasó la mano por el pelo.

—¿Se les ocurre algo más sobre todo este asunto? ¿La agresión a mi inspector, el asesinato de Claude Hilaire?

Jacques negó con la cabeza.

—Solo lo de la crisis de Les Pommes et les Bretons, y esto del guano. Aunque no somos capaces de encontrar la relación entre ambos actos.

En sus palabras se percibía una sentida decepción.

—Bueno, pues gracias a todos y que pasen una buena noche. —Dupin se despidió con un ademán de cabeza—. Si se les ocurre alguna otra cosa, háganmelo saber.

Al instante, el inspector abandonó la terraza.

Era más de medianoche.

Dupin había probado a contactar con Maxime Contel y luego con su padre. En vano.

Entretanto había llegado a la entrada principal de la abadía. La imponente iglesia se perdía en el cielo de la noche mientras las estrellas titilaban sin cesar.

No había ni rastro de los dos gendarmes que Carman había puesto de guardia. Debían de estar haciendo su ronda o tal vez se habían apostado junto a la casa de Joëlle Contel. Tendría que haber pedido su teléfono a Carman.

Dupin recorrió el camino en torno a la finca. Pasó por delante de la Maison Pinchon y los dos anexos curiosos y luego dobló la esquina hacia la izquierda.

El silencio era completo. Y ni rastro de los dos agentes.

A Dupin se le aceleró el pulso.

Llegó al final de aquel lado de la finca; estaba demasiado oscuro para echar un vistazo al patio interior donde estaban las hierbas maravillosas. Dobló entonces la última esquina y aminoró el paso.

A mano derecha se adivinaban los manzanos; detrás de ellos, la silueta negra del bosque.

—¿Hola?

Dupin quería hacer notar su presencia. Se acercó a la terraza delante de la vivienda.

—¿Hay alguien ahí?

Nada.

De repente, se oyeron unos pasos.

Dupin se estremeció. Todos los músculos de su cuerpo se tensaron.

—¡Alto ahí! ¡Policía!

Dupin no había gritado esas palabras enérgicas. Alguien se las había dirigido a él.

Un segundo después, una linterna lo deslumbró y una mano fuerte lo agarró por el antebrazo derecho.

—Le tenemos, no se resista —dijo otra voz.

—Soy…

—Es el comisario, Jean.

La mano le soltó de inmediato.

—Georges Dupin. *Bonsoir* —los saludó.

—Lo sentimos, comisario. Hemos oído que alguien doblaba la esquina con disimulo y pensamos que tal vez el agresor de anoche había regresado. Nosotros…

—Buen trabajo —alabó Dupin.

—Gracias, señor comisario. —El mayor de ambos parecía un poco cohibido.

—Me gustaría echar otro vistazo al interior de la casa de Joëlle Contel.

—Por supuesto.

Los dos gendarmes, como si fueran guardaespaldas, flanquearon a Dupin por ambos lados mientras este se encaminaba hacia la entrada.

El comisario abrió la puerta.

—Estaremos aquí fuera. Por si nos necesita.

—Gracias —asintió Dupin.

Entró y encendió la luz.

La casa de un fallecido tenía algo de reconfortante y de triste a la vez. Aunque esa persona estaba presente como en ningún otro lugar, al mismo tiempo todo había perdido su referencia y su significado. ¿Por qué algo se encontraba en un sitio determinado? ¿Por qué esa fotografía? ¿Y esos cachivaches? ¿Por qué se había guardado esa botella de vino vacía? ¿En qué ocasión se había bebido? ¿Por qué esa única silla amarilla? Todo eso y cientos de cosas más, todas relacionadas con la persona única que había creado ahí su mundo. Con objetos que eran parte de ella. Que le pertenecían. Y que ahora se convertían simplemente en cosas.

Dupin subió la escalera hasta la sala de los pájaros.

No habría podido decir qué pretendía encontrar allí. Nevou había entregado el cuaderno de avistamientos con las páginas arrancadas a la policía científica para que comprobaran si había huellas dactilares. En realidad, obedecía a una intuición.

La habitación era espaciosa, debía de medir unos treinta metros cuadrados. Tenía las paredes cubiertas de arriba abajo con dibujos y fotografías de aves. A poco que uno dejara volar su imaginación, podría sentirse dentro de una gran jaula de pájaros.

Dos catalejos impresionantes montados sobre sendos trípodes. Uno, en la ventana que daba a la bahía. Joëlle Contel, por lo tanto, también estudiaba los pájaros desde allí.

Sacó uno de los cuadernos de avistamientos de la estantería.

Lo abrió. En la portada estaba anotado el periodo de observación. De enero a mayo de ese año.

Sacó otros dos. Decidió que se los llevaría y los estudiaría con calma.

Lentamente, recorrió la habitación y examinó las paredes.

Se quedó parado en un rincón. Había colgados tres grabados antiguos del alca gigante, colocados uno sobre el otro; eso, siempre y cuando no estuviera en un error y lo confundiera con el pájaro pingüino o alca torda. De todos modos, lo cierto era que Dupin estaba seguro: ese pico largo, curvo y compacto, en el dibujo, de tono azulado; la mancha blanca ovalada delante, junto a los ojos, las alas tan cortas. Eran los tres rasgos que lo caracterizaban.

¡Qué animal tan hermoso y sublime! Y a los ojos de Dupin, un auténtico pingüino. El pingüino del hemisferio norte.

Dupin prosiguió con su recorrido.

Examinó las estanterías. Estaban algo combadas por el peso de los libros, todos dedicados a las aves; había cientos de ellos. Ejemplares pequeños, grandes y libros ilustrados, magníficos y caros. Obras nuevas y antiguas. Dupin sacó un libro. Era del siglo XVII. Con unos fabulosos dibujos en color.

Joëlle Contel no tenía ordenador ni smartphone. Solo un teléfono inalámbrico de teclas; el mismo modelo que había en el salón de abajo.

A veces, en esas inspecciones sin un objetivo claro surgía alguna cosa de importancia. Dupin había dado con hallazgos decisivos de ese modo. Por puro azar, por pura perseverancia. Sin embargo, esa noche no parecía ser así. La suerte se estaba mostrando esquiva.

Dupin daba vueltas una y otra vez al encuentro entre Maxime y Victor Contel, en su proyecto en común, del que no le habían hablado.

Llevaba ya tres cuartos de hora en la sala de los pájaros.

Era casi la una. Los gendarmes habían preguntado dos veces si todo iba bien.

Ya era suficiente. Iría a su habitación y, ya en la cama, echaría un vistazo a los cuadernos.

Dupin salió al largo y estrecho balcón de su apartamento. Inspiró con fuerza y luego fue soltando el aire. A continuación, permaneció allí sin moverse durante un rato. Con la luz del día se podía ver toda la bahía, las dos penínsulas, la desembocadura del Aber Wrac'h, la casa solitaria situada en esa escarpada isla rocosa y, a la izquierda, la abadía. La misma vista que desde la terraza del restaurante, solo que desde un poco más de altura. En cambio, de noche, únicamente se veía una cosa: el misterioso y resplandeciente mar de aguas negras. Las luces del hotel y de la terraza solo alcanzaban la playa, justo donde rompían las olas. Ahí terminaba todo. Los dos barcos blancos que parecían congeniar tan bien habían sido engullidos por la oscuridad.

El fin del día había traído consigo un oleaje fuerte. De noche, las olas se oían con más intensidad que durante el día.

El viento volvía a soplar de nuevo, a pesar de que Dupin creyó que de noche amainaría por completo, y traía una bruma finísima al balcón y al interior de la habitación.

Hizo un esfuerzo por apartarse de allí.

Detrás del ventanal había una mesa larga de madera donde pasar fantásticas veladas con amigos. Unos metros más allá había una barra con cuatro taburetes altos y la cocina abierta al otro lado. Tanto al cocinar como al comer, se tenían vistas directas al mar. Junto a la cocina, un pasillo conducía al dormitorio y al baño.

Apenas cinco minutos y una ducha después, Dupin ya estaba en la cama. Junto a él, sobre la mesilla de noche, los cuadernos de avistamientos de Joëlle Contel. Empezó a leer. Sin embargo, después del tercer registro le fue imposible seguir. De pronto le invadió un cansancio insoportable. Intentó sustraerse a él. Una lucha inútil. Con las últimas fuerzas, dejó el cuaderno a un lado y apagó la lámpara de la mesilla.

El tercer día

Dupin no conseguía conciliar el sueño.

Aunque se había dormido al momento, apenas una hora después volvió a despertarse, aturdido, en uno de esos extraños duermevelas que Dupin, siempre de mal dormir, tan bien conocía. Y le ocurrió lo mismo un par de veces más: se dormía y se volvía a despertar. Necesitaba dormir con urgencia. El día siguiente iba a ser, sin duda, una jornada muy dura.

Eran las cinco menos cinco de la madrugada cuando se despertó de nuevo.

Poco más de una hora; eso era cuanto le quedaba. Gruñó y cambió de postura sobre un costado. Entonces, de pronto, tuvo una idea. Al momento siguiente se incorporó en la cama. Un pensamiento había surgido de las profundidades de su inconsciente, catapultándolo de golpe al mundo real.

El comisario salió de la cama a toda prisa.

Aquel pensamiento resultaba tan obvio que no entendía cómo no se había dado cuenta antes. ¿Cómo se podía ser tan lerdo?

Sacó el móvil y rebuscó en la lista de contactos hasta dar con el número. Allí estaba.

Llamó. Empezó a sonar. Una vez. Y otra.

Nadie respondía. Las 4.56. Todo el mundo debía de estar dormido. Por lo menos, la gente de bien.

Dupin volvió a marcar. Dejó que sonara. No tenía contestador automático.

Llamó una tercera vez. Entretanto se fue vistiendo. Vaqueros, polo, calcetines, la misma ropa que el día anterior. No se había llevado nada porque no pensaba pasar allí la noche.

—Menuda mierda.

Estaba a punto de colgar cuando oyó el chasquido sordo que se oía cuando alguien respondía una llamada.

—¿Doctor Malrus? Le habla el comisario Dupin.

—¿Ha perdido usted la cabeza? Estamos en mitad de la noche. ¿Qué…?

Dupin era consciente de que había despertado al médico forense.

—Me gustaría que examinara el cadáver de Joëlle Contel. Ahora mismo.

Ninguna respuesta.

—¿Me ha oído, doctor? Vaya de inmediato al laboratorio.

—¿Está usted loco, Dupin? Yo…

—Ahora mismo. Es una orden. Necesito saber si Joëlle Contel pudo haber sido envenenada.

—¿Envenenada? Se lo dije ya: insuficiencia cardiaca. En estos…

—Busque una sustancia venenosa que, entre otras cosas, haga que las pupilas se dilaten mucho, el pulso se acelere y que provoque un colapso cardiovascular. Me figuro que ese tipo de sustancias existen, ¿no?

—Yo… —El forense vaciló—. Sí, claro. Pero esos síntomas pueden ser provocados por multitud de sustancias. Incluso por algunos medicamentos.

—Investigue todo lo que le parezca plausible, Malrus.

—¿Cómo se le ha ocurrido eso, Dupin?

—Da igual. Vaya de inmediato a su laboratorio y de camino llame al hospital Pasteur-Lanroze. Pregunte por el médico jefe Tanguy. Una paciente suya, la señora Hilaire, presenta esos síntomas. Creo que ambas mujeres fueron envenenadas con la misma sustancia.

—¿Cómo dice?

Dupin se calzó los zapatos y salió a toda prisa de la habitación.

—Una cosa más: envíe de inmediato a alguien al Aber Wrac'h. A la abadía de la señora Contel.

—Pero ¿usted sabe qué hora es? Yo...

—Y que traiga el equipo adecuado para detectar la presencia de toxinas en el sitio.

Dupin aún no tenía ni idea de dónde debían buscar ni qué, pero aun así...

—Estas cosas, cuando funcionan, lo hacen de forma poco fiable. Y solo en el caso de venenos muy concretos. Olvídelo. También el examen del cadáver de la señora Contel será complicado. Algunos venenos son indetectables en sangre o simplemente no se detectan. Tendría que examinar los órganos por dentro. E incluso así no hay garantías de que encuentre algo.

Dupin ya había salido del hotel.

—Haga lo que tenga que hacer, Malrus. Pero tan rápido como le sea posible. Hay que evitar que otras personas se envenenen.

—¿Hay motivo para temer tal cosa?

—En cualquier caso, no se puede descartar.

Era la verdad.

—¿Qué grado de certeza tiene sobre esa teoría del envenenamiento?

—Tengo que hacer algunas llamadas. Hasta luego.

Dupin colgó.

Había situaciones en las que una sospecha era suficiente. Aunque fuera pura especulación.

El veneno, por espeluznante que le resultara, explicaría una cuestión que había inquietado a Dupin de forma velada todo el rato. Como no podía ser de otro modo, nunca había dado crédito a las señales de muerte. Y Joëlle Contel nunca había presentado síntomas de insuficiencia cardíaca. Por supuesto, una persona de ochenta y nueve años podía morir de manera repentina a causa de una dolencia cardíaca, pero, por pura intuición, eso jamás lo convenció del todo. Tal vez fuera también por esa extraña coincidencia en el tiempo: la muerte se había producido, en efecto, inmediatamente después de los presagios. Quizá alguien se haya aprovechado de eso...

Dupin se encaminó con paso decidido hacia la abadía mientras marcaba el número de Le Ber.

Pasó un rato hasta que el inspector respondió.

—Le Ber, nos vemos en tres minutos en casa de Joëlle Contel. Que Nevou le acompañe, y avise también a Carman.

—¿Qué ha pasado, jefe?

—Hasta ahora, Le Ber.

Dupin colgó.

Pasó junto a la puerta que el jardinero utilizaba siempre. El código era 7457.

Dupin cruzó la extensa superficie de césped que había junto a la iglesia, donde estaban las porterías de fútbol de tiempos pasados. De este modo llegó directamente a la casa de Joëlle Contel.

—¡Hola! ¡Soy el comisario Dupin! ¿Hola? —exclamó.

No estaba dispuesto a que ocurriera lo mismo que horas atrás.

—¡¿Hola?!

—¿Señor comisario?

Una pregunta llena de incredulidad.

—Exacto.

—En la terraza, señor comisario. Estamos en la terraza.

Dupin se acercó hasta allí. Los dos gendarmes lo alumbraron con sus linternas. Saltaba a la vista que se habían puesto cómodos: sobre las sillas descansaban las toscas mantas que formaban parte del equipamiento básico de cualquier coche patrulla. Los dos lo miraban con curiosidad.

Dupin no tenía tiempo que perder.

—Les voy a necesitar. Tenemos trabajo que hacer. Estoy considerando la posibilidad de que Joëlle Contel fuera envenenada. Que la suya no fuese una muerte natural. —El comisario se encaminó directamente hacia la puerta principal—. Y sospecho que ese mismo veneno también le fue administrado a la señora Hilaire.

Ya estaba en la casa. Los dos gendarmes lo seguían con inquietud.

—Por lo que sé —siguió Dupin—, Joëlle Contel no salió de la abadía el lunes, por lo que cabe pensar que tuvo que ingerir el veneno aquí, en su casa. Posiblemente con la comida o la bebida. No hay indicios de que alguien se lo administrara en contra de su voluntad. —Era consciente de que aquellas eran unas suposiciones muy vagas—. Debemos centrarnos en la comida. En cualquier cosa que ella hubiera comido o bebido el lunes. Ella…

Dupin cayó en la cuenta entonces de que la cocinera ya se habría deshecho de la mayor parte de la comida. Precisamente ella se estuvo ocupando de lo que había en la nevera el mediodía del día anterior.

—Además, la basura va a tener que… —Dupin tampoco terminó esta frase—. ¡Maldita sea!

Se quedó clavado en el sitio. ¡Lo sabía! Sabía dónde se encontraba el veneno. Si es que realmente se había tratado de un envenenamiento.

Tenía que ser eso.

Desde luego, no era nada complicado. De hecho, seguro que habían comido las dos, Joëlle Contel y la esposa del jardinero.

Los gendarmes miraban atónitos al comisario. De repente, Dupin abrió la nevera sin dar ninguna explicación.

Los cuencos pequeños. Eso era lo que tenía que encontrar a toda costa.

Lo más probable era que, tras repartir el contenido, la cocinera hubiera lavado la cazuela. No podían más que confiar en que el día anterior no hubiese conseguido hallar a quien darle todas las porciones.

Nada. Ni un cuenco.

Dupin se precipitó hacia el lavavajillas y lo abrió. Vacío.

—Busquen una cazuela grande para guisos —ordenó a los gendarmes.

Al instante, los dos empezaron a abrir armarios.

Dupin abrió otro de los otros armarios y se quedó mirando los cuencos de cerámica, tan pulcramente apilados; eran como los que la señora Brével había utilizado el día anterior.

—Está aquí —dijo alguien cerca de Dupin—. Una cazuela para guisos muy grande.

El agente tenía ante sí un armario abierto.

—Vamos a tener que…

—Aquí estoy, jefe. Nevou está a punto de llegar.

Le Ber. Por fin.

—Le Ber, creo que el *Kig Ha Farz* está envenenado. Que Joëlle Contel murió tras ingerirlo y que también la señora Hilaire tomó un poco. El doctor Malrus está examinando el cadáver de Joëlle Contel para comprobar si fue así. Además, está en contacto con el médico de la señora Hilaire, que es quien, a la vista de los síntomas, ha considerado la posibilidad de un envenenamiento. —Dupin hablaba a toda velocidad—.

La señora Brével cocinó ese guiso en su casa el sábado y lo trajo aquí el domingo. Joëlle Contel se lo comió el lunes para cenar. Estaba previsto que lo que sobrara fuera para el resto de la semana. Ayer, tras la muerte de la señora Contel, la cocinera distribuyó ante mí el *Kig Ha Farz* en varios cuencos pequeños para repartirlo. Pensaba darle un poco a Claude Hilaire. Dijo, literalmente: «Para él y su esposa».

A Dupin casi se le puso la piel de gallina.

—Es posible que Claude Hilaire no lo probara y su mujer, en cambio, sí.

Le Ber se quedó mirando fijamente a Dupin un rato. Imposible adivinar qué pensaba de las suposiciones del comisario. Entonces espetó:

—Eso explicaría lo que ocurrió aquí el lunes por la noche. Lo que le ocurrió a Labat.

Esta vez fue Dupin quien se quedó mirando fijamente a su inspector.

—Después de cometer el crimen, el autor regresó para llevarse la cazuela de *Kig Ha Farz* envenenada. Era la única prueba. El veneno solo era para Joëlle Contel.

Le Ber parecía bastante despierto.

—Por eso, esa misma noche se coló en la abadía entrando por el bosque. Tenía que ser antes del día siguiente. Y entonces se encontró inesperadamente con Labat. Tal vez el agresor creyó que el policía al que acababa de derribar no estaba solo, por lo que se marchó a toda prisa. Al menos, es lo que yo habría hecho.

En efecto, así es como podría haber ocurrido. Aquella era la primera hipótesis que explicaba de forma plausible la agresión contra Labat. Sin embargo, aún no tenían respuesta a algunas preguntas fundamentales: ¿por qué, si tal cosa era cierta, el autor había envenenado a Joëlle Contel? ¿Qué le había llevado a matar de un golpe a Claude Hilaire?

—¿Quién más ha podido tomar una ración de ese guiso?

Le Ber respondió al instante:

—Posiblemente, Sophie Gautier.

Dupin recordó que la cocinera también la había mencionado.

—Yo me ocupo, comisario. —Le Ber se dio la vuelta al momento—. Lo mejor será que me acerque a su casa de inmediato. Entretanto, voy a llamarla por teléfono.

—De acuerdo. Antes de que partiésemos hacia Brest, ella estaba bien —añadió Dupin.

A fin de cuentas, la había visto junto a la ventana.

De todos modos, de eso hacía varias horas.

Le Ber ya había desaparecido.

—¿Quién más podría estar afectado? —preguntó uno de los dos gendarmes.

—Victor y Maxime Contel —pensó Dupin en voz alta—. Rozenn Gautier es probable que no. Pero… —¡Mierda! Debería haberlo pensado antes—. La propia señora Brével, por supuesto. Y su hija, que vive en Lannilis. —Los pensamientos se sucedían vertiginosamente—. Y los niños. Los gemelos.

No podía excluirse esa posibilidad.

—Yo me encargo de la señora Brével —decidió Dupin.

—Yo sé dónde vive la hija de la señora Brével. —El otro gendarme también resultó ser de mucha ayuda—. ¿Le parece que vayamos directamente?

Dupin se quedó pensando un instante. A saber cuánto tiempo tardarían en localizarla por teléfono. Ni siquiera tenía su número.

—Sí, vayan. De inmediato.

—En marcha.

—¿Qué ha ocurrido?

Nevou entró en la cocina. Iba muy despeinada.

—Un momento, Nevou. —A Dupin se le había ocurrido otra cosa. Se volvió hacia los dos gendarmes—. Luego vayan a casa de los Hilaire y busquen allí el *Kig Ha Farz*. Si queda algo, confísquenlo.

Los dos asintieron.

—Y llamen también a la policía científica de Brest. Ellos se llevaron muestras de comida y bebida. Tal vez tengan *Kig Ha Farz*.

—De acuerdo.

Los policías salieron a toda prisa, pasando por delante de Nevou.

Dupin le resumió brevemente la situación.

—¿Está usted seguro? ¿Las dos fueron envenenadas y el veneno está en ese guiso?

No era momento para discutir.

—Sea como sea, hay que descartarlo. Y evitar que tal vez se envenenen más personas.

Ella asintió.

—Llamaré a la señora Brével. Usted intente contactar con Maxime y Victor Contel.

—Entendido.

Nevou tenía ya el móvil en la mano y salió a la terraza.

Dupin dejó que sonara. Llamó una segunda vez. Y una tercera. Y una cuarta. Nada. La señora Brével no respondía al teléfono.

Se disponía a marcar el número por quinta vez cuando recibió una llamada.

Le Ber.

—¿Qué hay?

—Sophie Gautier está bien. Y su hija también. Todavía no habían comido el *Kig Ha Farz*. Anoche prefirieron cenar unas crêpes. Si realmente el guiso está envenenado, se han librado por los pelos, jefe.

Dupin se sintió profundamente aliviado.

—Por desgracia, Sophie Gautier no sabe quién más pudo recibir una ración del guiso. Según ella, los Hilaire casi seguro que sí. Me he llevado el cuenco de *Kig Ha Farz*; llamaré para que lo lleven de inmediato a Brest.

—Muy bien. Los compañeros de Carman se marchan ahora mismo para la casa de la hija de la señora Brével en Lannilis; luego irán a ver si encuentran el *Kig Ha Farz* en casa de los Hilaire. Y Nevou está intentando contactar con Victor y Maxime Contel.

—He tenido que informar a Sophie Gautier sobre el presunto envenenamiento. Como era de esperar, al instante ha preguntado si su tía había sido envenenada. Le he dicho que solo es una sospecha, pero que, por supuesto, lo estamos investigando. En fin, le he dicho la verdad.

Dupin habría preferido que de momento eso no trascendiera, pero resultaba absolutamente imposible. Al fin y al cabo, tenían que justificar aquella acción masiva a una hora tan temprana.

—Ahora regreso a la abadía, jefe.

—De acuerdo, Le Ber.

Por lo menos, Sophie Gautier y su hija estaban bien. Pero ¿y la cocinera? ¿Y los demás?

Dupin volvió a llamar a la señora Brével. En vano.

No había otro remedio: iba a tener que presentarse en su casa. Y además ahora era sospechosa de un crimen.

Había otro detalle que también debían tener presente: el día anterior por la tarde alguien podría haber cogido algo de la nevera sin que la cocinera se diera cuenta. Dupin no había prestado atención al número de cuencos que ella había rellenado: ¿habían sido cuatro, cinco, seis?

Nevou entró en la cocina a toda prisa.

—Me ha llevado un poco de tiempo, pero por fin he conseguido hablar con Victor Contel. La cocinera no le dio ninguna ración de *Kig Ha Farz*. Y cree que a su hijo tampoco. Ayer al mediodía los dos se marcharon de la abadía juntos, se habría dado cuenta.

Una buena noticia.

Entonces fue la comandante quien entró en la cocina casi sin aliento:

—¿Qué ha pasado?

Dupin lo explicó todo por tercera vez.

Carman, impecablemente vestida con su uniforme, escuchó sin hacer ni una sola pregunta.

—Ahora iba a casa de la señora Brével —terminó de decir Dupin, disponiéndose a partir.

—Será mejor que lo acompañe. No está lejos, pero el camino es un poco complicado. Conozco un atajo. Tengo el coche justo delante de la puerta.

Al regresar de Brest, Dupin había aparcado su Citroën junto al Baie des Anges.

—De acuerdo.

Odiaba ir de pasajero, pero con la comandante llegaría más rápido.

—Nevou, espere a que llegue Le Ber —le ordenó.

—Por supuesto.

Dos minutos después estaban en el Peugeot de la comandante, que conducía a toda velocidad. Dupin tuvo la sensación de encontrarse en la lancha de la policía marítima. Su peor pesadilla.

Al poco rato enfilaron la colina. Miró el velocímetro. Ciento veinte. En una carretera diminuta. Carman conducía como Dupin. Un estilo un poco temerario que no le suponía ningún problema, siempre y cuando el conductor fuera él.

De repente, la comandante frenó en seco y entró en un camino de tierra. Dupin salió despedido hacia delante.

—Las *ribines* —comentó Carman sin más.

—¿Las *ribines*?

—Caminos y carreteras con altos muros de contraviento. Hace siglos que los campesinos los construyen así en esta zona, en el norte ventoso. Para proteger los campos. —Ella estaba concentrada en la conducción.

Así que eso era lo que Dupin había visto ya varias veces por la zona. Recordó ese sendero cerca de Paluden. *Ribines*.

—Hoy en día protegen sobre todo a los clientes de los bares de copas tras una velada achispada. En concreto, de los controles policiales. Cuando alguien bebe de más, sigue la ruta de las *ribines*.

Casi parecía un consejo bienintencionado.

A la velocidad se añadieron ahora los baches. El camino se iba volviendo cada vez más peligroso. No obstante, eso no hizo que la comandante pisara el freno. Se oían algunos impactos que hacían temer por los ejes del Peugeot.

—Ya casi hemos llegado. La señora Brével vive junto al Aber Benoît. Justo al borde de Prat ar Coum. Entre los dos *aber* hay un altiplano. En un instante iniciaremos el descenso.

Era una advertencia.

En un par de ocasiones Dupin creyó que se golpearía la cabeza contra el techo del coche.

La luna llena inundaba el paisaje con una luz pálida.

De pronto, Carman frenó de nuevo casi en seco, giró a la izquierda y luego tomó un camino bastante estrecho, en apariencia incluso más que el propio coche, aunque con muros muy altos a ambos lados.

Y entonces, tal y como había anunciado, comenzó un descenso pronunciado. Increíblemente empinado.

En ese momento, bajo la luz de la luna se desplegó un

panorama imponente. Por encima de los pinos altos se veía el Aber Benoît. Una masa plateada y oscura que se deslizaba hacia el mar.

El camino no paraba de descender. Avanzaban directos hacia el río.

—Ya hemos llegado.

No se veía nada. Solo cuando Carman volvió a dar un volantazo brutal y detuvo el vehículo apareció una casa de piedra antigua y pequeña junto al río. Desde el otro lado, un camino de verdad llevaba también hasta la casa.

Durante todo el trayecto la cobertura no había sido buena. Dupin había mirado una y otra vez el móvil, ya que estaba pendiente de recibir varias informaciones importantes. Había intentado contactar varias veces con los dos gendarmes. ¿Cómo estaba la hija de la señora Brével? ¿Y Maxime Contel? No había modo de que contestara a sus llamadas.

Carman salió del coche a toda prisa.

—Un momento.

Dupin se quedó en el asiento. Tenía que hacer otra llamada muy urgente y había atisbado una barra en la pantalla de su móvil.

Buscó el número. Ahí estaba. Doctor Tanguy. El médico que atendía a la señora Hilaire.

Sorprendentemente, respondió enseguida.

—¿Comisario Dupin?

—Solo quería saber si el doctor Malrus le ha contactado. Y si las pruebas realizadas han arrojado ya algún resultado.

—El doctor Malrus y yo hemos hablado. Como ya le he dicho, en mi opinión una intoxicación aguda sería completamente plausible, sí. En los análisis de sangre específicos que se han realizado, digamos que hay algunas pruebas, aunque indirectas, que apuntan con claridad hacia la validez de esta suposición.

—¿Qué significa eso?

—Pues justo lo que digo. Que, aunque todavía no hay pruebas, hay indicios sólidos. Se trataría de un cuadro general coherente tanto desde el punto de vista etiológico como sintomático. Podría ser una sustancia que a la señora Contel, con sus ochenta y nueve años, le provocara un fallecimiento más lento y relativamente tranquilo, mientras que en el caso de la señora Hilaire, con cuarenta y seis años y buen estado de salud, derivara en una batalla espasmódica del cuerpo. Además, depende de la dosis de veneno ingerida. Por cierto, por desgracia, su estado no mejora. Ahora está en coma. Le hemos aplicado un tratamiento por posible envenenamiento, aunque contra nada específico. Nos urge saber de qué sustancia estamos hablando.

—Ya están en ello, doctor. Por favor, infórmenos si se produce la mínima novedad.

—Y usted también si sospecha de qué podría tratarse.

—Así lo haré.

Dupin salió del coche y le resumió a Carman la conversación.

—Muy bien, tal vez al final esa hipótesis suya no sea tan descabellada.

Corrieron hacia la puerta principal de la casa con el techo de paja. Un simple botón de latón hacía las veces de timbre.

En el interior de la casa sonó un fuerte estruendo. No era un sonido agradable.

Sin inmutarse, Carman mantuvo pulsado el botón.

Tuvieron que aguardar un poco antes de percibir movimiento en la casa. Entonces se encendió una luz a un lado. Tal vez fuese el dormitorio.

—Si la señora Brével sigue con vida, ella es, en principio,

nuestra principal sospechosa —musitó la comandante en voz baja.

Dupin asintió.

Ella retrocedió unos pasos.

—Señora Brével —exclamó—, aquí la comandante Carman. Necesitamos hablar con usted.

Se encendió otra luz, esta vez a la derecha de la puerta de entrada.

Con todo, hubo que esperar aún un rato hasta que la puerta se abrió. Al principio, apenas una rendija.

Y luego la expresión asustada de la señora Brével, con el pelo revuelto, vestida con una sudadera azul que le venía grande y unos pantalones de pijama holgados.

—¿Está usted bien, señora? —comenzó a decir Dupin. Eso era lo más importante—. ¿Se encuentra bien?

Dupin le había clavado la mirada en los ojos. Sus pupilas parecían normales.

—¿Yo? ¿Y por eso vienen ustedes aquí a estas horas de la mañana?

—¿Nos permite entrar, señora?

—Desde luego.

Fue entonces cuando la señora Brével abrió la puerta por completo.

Entraron en una gran sala, muy propia de las antiguas casas de piedra bretonas: un espacio extraordinariamente acogedor, como si de una cueva protectora se tratara. Las paredes eran de piedra desnuda. Había una gran chimenea que en invierno debía de convertir los gruesos muros en agradables acumuladores de calor. Ventanas pequeñas y escasas. Un mobiliario discreto pero muy confortable.

—Necesitamos saber si ha comido usted algo de su *Kig Ha Farz*. —Dupin fue al grano.

—¿Del *Kig Ha Farz* que hice para la señora el sábado?

—Ese mismo.

—Yo me llevé… —Se interrumpió. De pronto parecía nerviosa—. La señora siempre estuvo de acuerdo en que me llevara algo para mí, incluso insistía en que…

—Desde luego, señora Brével —dijo Dupin para tranquilizarla—. Lo único que necesitamos saber es si usted ha comido algo.

Parecía aliviada.

—Aún no. Me gusta más después de dejarlo reposar unos días. Con el tiempo mejora.

—¿Y su hija? ¿Le ha llevado un poco de *Kig Ha Farz*?

—Es una vegetariana estricta. ¡Una lástima! Y esas pobres criaturas suyas, también.

Dupin se sintió aliviado.

—¿Y a Claude Hilaire le dio algo?

Ella asintió.

—Una porción generosa. Para él y su esposa.

Justo lo que se temía.

—Hay razones para sospechar que la señora Hilaire fue envenenada. —Dupin clavó la mirada en la cocinera—. Y que el veneno podría encontrarse en el *Kig Ha Farz* que usted hizo. Es incluso posible que la señora Contel muriera por ello, es decir, que también ella hubiera sido envenenada.

—Con una sustancia que provoca un colapso cardiovascular —concretó la comandante Carman.

La señora Brével se quedó sin habla. Permaneció un rato con expresión confusa, como si no fuera capaz de procesar esa noticia tremenda.

—¿Veneno? ¿En mi *Kig Ha Farz*? —preguntó con voz temblorosa—. Imposible —concluyó tras otro largo silencio.

—Aún no se ha podido constatar con certeza la presencia de veneno —dijo Dupin—, pero los indicios apuntan a eso, señora.

—Imposible. Yo solo utilizo ingredientes de la mejor calidad. Todo es fresco.

—Por supuesto. Eso no se debe a la calidad de los ingredientes.

—Alguien añadió veneno al guiso. —Carman acudió en su ayuda.

—Usted ha afirmado que el guiso lo preparó el sábado, ¿verdad? —preguntó Dupin.

—Empecé a hacerlo la mañana del sábado. Necesita tiempo. Muchas horas. No es algo que se improvise. Pero, desde luego, no le puse veneno.

Dupin no estaba dispuesto a insistir más en el tema.

—¿Qué hizo con el guiso en cuanto estuvo listo?

—Lo que hago siempre. Apagar el fuego y dejarlo ahí mismo para que se enfriara en la cazuela. Estuvo ahí toda la noche, hasta el domingo por la mañana. Lo mejor es dejarlo en la misma cazuela en la que se ha cocinado hasta que se acabe. Y cuantas más veces se caliente, mejor sabe…

—¿El domingo lo llevó a casa de Joëlle Contel?

—Exacto. Pero todavía necesitaba un día más de reposo. Además, aún teníamos dos doradas magníficas.

—Así pues, el guiso estuvo en la cocina de la señora Contel hasta el mediodía del lunes.

—En la nevera, sí.

Un lugar de fácil acceso. Desde la terraza, se entraba directamente a la cocina.

—¿Y el lunes al mediodía le sirvió a Joëlle Contel una ración del *Kig Ha Farz*?

—Ella solía almorzar tarde. Sobre las dos. Y nunca grandes cantidades. —Abrió los ojos de un modo casi estremecedor—. Seguro que la señora no murió por mi *Kig Ha Farz*. Ella había visto los presagios de su muerte. Y yo también, es decir, yo puedo corroborarlo.

A estas alturas, parecía francamente indignada.

—¿Dónde comió la señora Contel?

—En la terraza. Cuando el tiempo lo permitía siempre comía allí. Y el lunes hizo un día precioso.

Según el forense, la señora Contel había fallecido sobre las seis de la tarde, es decir, entre tres horas y media y cuatro después del almuerzo.

—¿Estuvo usted a solas con ella al mediodía? ¿No fue nadie a su casa?

—Nadie.

—¿A qué hora se marchó usted?

—A las dos y media. Llegué a las doce y media.

Dupin sabía quién más había visitado a Joëlle Contel ese día: Sophie Gautier y Maxime y Victor Contel.

—¿La señora Contel comió algo más aparte del *Kig Ha Farz* ese mediodía?

—No. Yo le había preparado tarta de manzana, pero en ese momento no quiso. Luego ya fue demasiado tarde.

Aquello sonó un poco siniestro, como si dijera: «Le estuvo bien empleado».

—Así pues, ¿solo el guiso?

—Sí. De hecho, yo el lunes quería hacer compota con sus manzanas. Por cierto, no sé qué habrá sido de ellas. Todas las manzanas. Claude me dijo que aún no las había recogido, solo unas pocas.

—Entonces ¿no hizo la compota?

—No.

—Y cuando sacó la cazuela de la nevera, ¿estaba igual que cuando la dejó el domingo?

—Oh, sí. Con la tapa encima. Y sin veneno.

Si la cocinera lo había explicado todo correctamente, habría habido muchas horas para poner el veneno en el guiso. En realidad, entre el domingo y el lunes a mediodía cualquiera que hubiese entrado en la cocina podría haberlo hecho. Tal vez el domingo por la noche el culpable fue allí para envenenar el guiso y el lunes por la noche había regresado para deshacerse de él; en ese momento, Labat lo sorprendió y tuvo que abandonar la abadía sin haberlo conseguido.

—¿Usted…?

El móvil de Dupin interrumpió su siguiente pregunta.

Un número desconocido.

—Discúlpeme, por favor.

Dupin se encaminó hacia la puerta y salió al exterior.

—¿Diga?

—Aquí Dijus, uno de los dos agentes. La hija de la señora Brével está bien. Su madre ni siquiera le habló de *Kig Ha*…

—Es vegetariana, ya estamos al corriente. Ahora mismo nos encontramos con la señora Brével. ¿Saben algo del *Kig Ha Farz* de los Hilaire? Nos acaban de confirmar que la señora Brével le dio una ración generosa a Claude Hilaire y a su esposa.

—Vamos de camino hacia allí. Estamos a punto de llegar.

Aquello ahora tenía prioridad. Saber cuanto antes si había veneno en el guiso de los Hilaire. Si se confirmara que Joëlle Contel había sido envenenada de forma deliberada, es decir, que había sido asesinada, el caso cobraría un cariz completamente distinto.

—Entre los alimentos que la policía forense se llevó de casa de los Hilaire no había *Kig Ha Farz* —añadió el policía.

—Si encuentran el cuenco del guiso, llévenlo de inmediato a Brest —ordenó Dupin—. A la atención del doctor Malrus, de la policía científica.

—Así lo haremos.

—Y cuanto antes. La vida de la señora Hilaire corre peligro. El médico necesita saber de qué veneno se trata para administrarle el tratamiento adecuado.

—Entendido.

—Informen en cuanto lleguen a casa de los Hilaire.

Dupin puso fin a la conversación.

—¿Hay alguna posibilidad de que cayera algo en el *Kig Ha Farz* sin que usted se diera cuenta, algo que no debería estar ahí? —preguntaba la comandante en el momento en que Dupin regresó.

—¿Qué quiere decir?

Dupin intuyó a qué se refería Carman. Siendo ya muy mayor, su tía en una ocasión había horneado un pastel con polvos limpiadores en lugar de harina. La mujer estuvo a punto de morir por ello.

—Pero ¿qué se ha pensado? Usé cuatro codillos de cerdo, panceta salada, cebollas, zanahorias, nabos, apio, clavo, tomillo, perejil, hojas de laurel, sal marina y pimienta negra. Y también… —Vaciló, miró un instante a Dupin, como si se preguntara si era digno de confianza—. Bueno, mi secreto: tres hierbas aromáticas del huerto de la abadía: perifollo, levístico y borraja. Para la pasta, para el *farz*: harina de trigo sarraceno, mantequilla, leche, huevos y yogur. Nada más.

Seguramente esa era la receta completa.

—Por cierto, ¿la señora Contel la incluyó a usted en el testamento? —Dupin se había planteado esa pregunta ya un par de veces, aunque no la había anotado en su libreta. Sabían que ella no tenía participación en los bienes inmobiliarios de la herencia, pero tal vez Joëlle Contel le había legado algún objeto.

—¿A mí? —preguntó incrédula. Dupin asintió—. En absoluto. ¿Por qué iba a hacer tal cosa? —La cocinera se interrumpió de pronto—. Bueno, no lo sé.

Todo eso parecía un poco exagerado.

—¿Hay algo en particular que le interese de las cosas de la señora Contel?

—Pero ¿por quién me toman?

Tenía el horror escrito en la voz.

—Yo… —comenzó a decir Dupin, antes de que su móvil le interrumpiera de nuevo.

Le Ber.

—Vuelvo enseguida.

Por segunda vez abandonó la estancia y salió de la casa.

—¿Qué hay, Le Ber?

—He estado pensando en lo del veneno, jefe. Y ahora estoy en el herbolario de la abadía.

—¿Y?

—Mandrágoras.

Una palabra. Luego, una pausa.

—*Mandragora officinarum*. Estoy en el bancal de las hierbas aromáticas y medicinales. —Otra pausa—. La mandrágora es una hermosa planta que pertenece a la familia de las solanáceas. Ya los druidas celtas la empleaban para actos rituales y de magia, sobre todo por sus intensos efectos alucinógenos. Los espíritus de la naturaleza se revelan a través de ella. Permite obtener una visión del otro mundo. Los monjes, evidentemente, la cultivaban para usarla en ungüentos, tinturas y pociones. La mandrágora lleva utilizándose como planta medicinal desde tiempos inmemoriales. En todo caso, nunca se puede tomar en demasiada cantidad.

—¡Le Ber! —Aquel no era momento para charlas sobre botánica—. ¿Qué pretende…?

Dupin se interrumpió. Se estremeció.

¡Pues claro! Podía ser eso. Tenía lógica.

—Son venenosas, ¿verdad?

—Mucho, jefe. Al igual que una media docena de plantas de este arriate. Como, por ejemplo, el beleño negro o la trompeta de ángel. Hay algunas hierbas que ni siquiera yo conozco.

—¿Y usted cree que el veneno podría proceder del herbolario de los monjes? ¿Del jardín de hierbas aromáticas de Joëlle Contel?

—De la mandrágora, jefe. Es una planta casi mítica, con una presencia constante en la historia del arte, sobre todo en la literatura. No se figura cuántos asesinatos famosos de la historia de la humanidad se cometieron con esta planta, no existe un veneno más apreciado…

—¡Le Ber! ¡Al grano!

—Aquí hay dos grandes rosetas de hojas, cada una de unos ochenta centímetros. Al final del arriate, justo delante del muro. Y una de ellas tiene una parte cortada, jefe. No llama la atención a primera vista, pero al iluminarla con la linterna se ve fácilmente. Cortes recientes. En las otras plantas venenosas no he visto nada que me llamase la atención.

Dupin guardó silencio.

Era de locos. Pero tenía sentido.

—Todo encaja, jefe. No habría necesidad de molestarse en obtener el veneno en otro sitio. Aquí, a apenas unos metros de la terraza de la señora Contel, hay más de una docena de venenos mortales. Basta con mezclarlos un poco con la comida y listo.

—¿Sabe qué síntomas provoca ese veneno?

—Solo de forma imprecisa: al final, colapso circulatorio y parada respiratoria. El veneno en sí se llama atropina. No se puede detectar en la sangre, por eso es tan popular. Y en una autopsia es fácil que pase desapercibida.

—Tal vez con esto usted salve la vida de la señora Hilaire, Le Ber. Hasta luego.

El comisario colgó rápidamente. No había tiempo que perder. Buscó el número del doctor Tanguy, el médico del hospital que la atendía.

Tuvo que esperar un poco, pero respondió.

—¿Sí?

—Atropina, el veneno de la mandrágora. ¿Le parece que podría ser, doctor Tanguy?

—¿Está usted seguro?

—Existe una alta probabilidad.

—Me basta para intentarlo. Vamos a empezar de inmediato con un tratamiento específico.

—Bien.

Dupin colgó al instante. Y, con la misma rapidez, marcó el número siguiente.

El médico forense.

—¿Dupin?

—Examine el cuerpo de Joëlle Contel en busca de rastros de atropina.

—¿Cómo ha dicho?

—Ha oído bien. Y si descubre algo, llámeme enseguida.

Dupin colgó antes de que el forense pudiera decir algo más.

Acto seguido, volvió a irrumpir en la casa de la cocinera.

Las dos mujeres lo miraron expectantes.

Aquella novedad tan asombrosa daba pie a nuevas preguntas.

—Señora Brével, doy por hecho que usted conoce a la perfección el herbolario de la abadía, ¿verdad? ¿Sabe todo lo que crece allí?

Aunque no estaba claro si era por la pregunta de Dupin o por su modo enérgico de dirigirse a ella, la cocinera de nuevo se mostró muy inquieta.

Le costó un rato recobrar la compostura. Luego adoptó un tono más cortante.

—Por supuesto, es mi dominio. Conozco todas las hierbas que hay allí. Excepto algunas plantas que son muy antiguas.

Era lo que Dupin sospechaba.

—La señora Contel daba una gran importancia al cuidado del herbolario —siguió—. Yo siempre he cocinado con las hierbas que se cultivan allí. Solo con ellas.

—¿También con mandrágora? ¿Tal vez el pasado sábado?

La señora Brével palideció, su expresión era de puro espanto.

La comandante Carman miró desconcertada al comisario.

—¿Qué?

Por lo visto, eso era lo único que la señora Brével era capaz de decir.

—Al parecer, Joëlle Contel fue envenenada con las mandrágoras del arriate de las hierbas aromáticas y medicinales. Están en su dominio, señora.

—¡Por el amor de Dios, pero no por mí! —Era como si estuviera viendo un fantasma, tenía el terror escrito en el rostro—. Yo sentía un profundo afecto por la señora Contel. Eso es espantoso. Vamos, es increíble. —Adoptó entonces una actitud muy enérgica—. Es absurdo. ¿Quién querría envenenar a la señora? Lo que usted afirma es una atrocidad. Una mujer de ochenta y nueve años a la que todo el mundo quería y adoraba.

La cocinera sabía todo lo que hacía falta saber. Pero, claro está, eso no significaba nada. También los demás podían saberlo. De hecho, era muy probable que así fuera. Todos los miembros de la familia conocían la abadía como la palma de su mano y, sin duda, el herbolario también. Además, de un modo u otro, ya fuera por trabajo o por sus aficiones, todos tenían un vínculo con la naturaleza.

—Señora Brével, nadie lo tenía tan fácil como usted —señaló Dupin—. Sabía de la existencia de la planta y de sus efectos y disponía de los medios para mezclar discretamente el veneno con la comida.

A la cocinera se le encendió el rostro.

—¡Señor! ¡No le consiento semejante insinuación! —Hizo una pausa, como tratando de contenerse—. ¿Por qué demonios iba yo a matar a la señora?

Esa era precisamente la cuestión.

—Además, yo no me creo eso del veneno —añadió por prudencia—. Y menos aún en mi *Kig Ha Farz*.

Era inútil. Si la señora Brével era la asesina, no lo admitiría así como así. Además, había otros sospechosos.

—Ya he confiscado el cuenco. —Carman mostró una bolsa—. Llevaré ahora mismo esta ración a la policía científica.

Sería la segunda porción que llegase a Brest.

—Bien, por ahora la dejaremos en paz, señora Brével —dijo Dupin con tono seco—. Sin duda, muy pronto nos volveremos a ver. Supongo que no tiene previsto salir de viaje.

—¿Por qué iba yo a salir de viaje?

—En ese caso, *au revoir*, señora Brével.

Dupin se encaminó hacia la puerta. Carman lo siguió. Salieron al frescor ventoso de la mañana.

—¿De dónde ha sacado usted eso de la mandrágora? —quiso saber la comandante.

—Le Ber, él…

Ese pitido estridente.

Dupin reconoció el número. El gendarme. Confió en que llamara desde la casa de los Hilaire.

—¿Y bien?

—Tenemos el *Kig Ha Farz*, señor comisario. Estaba en la nevera de los Hilaire. En un solo cuenco. No queda mucho; puede que el señor Hilaire también lo comiera y que hubiera muerto igualmente de no haber recibido ningún golpe. Sería conveniente pedir una autopsia.

Era un planteamiento un poco arriesgado, pero tal vez había ocurrido así. No se podía descartar. De hecho, en este caso no había nada que se pudiera rechazar de plano.

—Es muy probable que nos estemos enfrentando a dos asesinos distintos, ¿no? —El gendarme sopesaba los escenarios posibles—. ¿Quién envenenaría al señor Hilaire para luego matarlo de un golpe antes de que el veneno surtiera efecto?

Dupin pensaba febrilmente. Se dirigió hacia el coche de Carman con el móvil pegado a la oreja.

—Puede que el autor no supiera que los Hilaire habían recibido una porción del *Kig Ha Farz*. De ser así, se trataría de un error desafortunado. De hecho, el autor tenía la intención de deshacerse del guiso, pero el inspector Labat le sorprendió cuando se disponía a hacerlo.

El escenario que Le Ber manejaba cobraba verosimilitud.

—Lleve el guiso a Brest cuanto antes. Y ordene un examen del cadáver de Claude Hilaire para ver si presenta indicios de envenenamiento.

—Ya estamos en camino, señor comisario.

—Manténgame informado.

Dupin colgó.

—¿Qué ha dicho mi compañero? —La comandante estaba junto a su coche.

Dupin la puso al tanto.

Ella escuchó con atención.

—¿Eso no descarta a la señora Brével como autora del crimen? —consideró Carman con serenidad—. Si ella hubiera puesto el veneno en el *Kig Ha Farz* para deshacerse de Joëlle Contel, después no lo habría repartido. A menos que también quisiera acabar con el matrimonio Hilaire y con Sophie Gautier.

—A mí también me ofreció una ración —recordó entonces Dupin.

—No se puede descartar, pero ¿por qué iba la señora Brével a tomarse la molestia de ir hasta la casa del señor Hilaire para matarlo después de haberlo envenenado?

Aquello cada vez resultaba más absurdo.

—Además, ¿de verdad pensamos que ella tiene la fuerza suficiente para matar de un golpe de pala al señor Hilaire? En mi opinión, no.

Dupin también lo veía así.

Se subió al coche.

Investigar tenía esas cosas: a veces uno podía volverse loco sopesando el número, prácticamente infinito, de posibles conclusiones. Había además otro factor que resultaba muy descorazonador: habiendo tantas opciones era probable que se encontraran aún muy lejos de resolver el caso. Con todo, era preciso continuar, seguir avanzando a tientas.

La comandante ya se había montado en su vehículo y se disponía a arrancar el motor.

Dupin marcó otro número mientras consultaba la hora; pensó que todavía había poco peligro.

Y así fue. Instantes después, como era de esperar, saltó el contestador automático.

—*Bonjour*, señor prefecto, aquí el comisario Dupin. —Se esforzó por emplear un tono de urgencia—. Solo quería informarle de inmediato de las últimas novedades, pero por desgracia de nuevo me resulta imposible contactar con usted. La investigación avanza a toda marcha y estamos haciendo grandes progresos. —Dos expresiones que sabía que el prefecto valoraba muchísimo—. Como sabe, la cobertura aquí, en el norte, deja mucho que desear. Así pues, si no consigue contactar conmigo, Nolwenn le podrá poner al corriente. ¡Hasta luego!

Colgó y se guardó el móvil a toda prisa para agarrarse al asidero que había sobre la portezuela. La comandante Carman pisó el acelerador.

Todavía estaba oscuro, aunque por el este un primer destello comenzaba a conquistar el cielo. Para examinar bien cualquier cosa hacía falta una linterna.

—Aquí, al fondo.

Dupin, Carman y Nevou se encontraban dentro del arriate de hierbas aromáticas y medicinales de la abadía. Le Ber estaba agachado, apoyado contra la pared de la casa, y señalaba una curiosa planta rodeada de otras no menos curiosas que proliferaban de forma desordenada.

Todos se agacharon.

Aunque no era un experto en jardinería, bajo la luz intensa de la linterna Dupin también se dio cuenta de que aquellos cortes eran recientes.

—Alguien ha cortado no hace mucho un trozo de mandrágora. —Le Ber se levantó lentamente—. De hecho, me preguntaba si hay un motivo por el cual Sophie Gautier no ha comido nada del *Kig Ha Farz*.

—Lo habría si ella misma lo hubiera envenenado —musitó Nevou.

Los demás también se levantaron.

—Me gustaría…

El móvil de Dupin.

Era el doctor Malrus. El director de la policía científica. Dupin respondió al instante.

—Equimosis subepicardiales, comisario. En efecto. Hay que buscar de forma muy concreta, pero entonces… entonces se distinguen.

—¿Y eso qué significa?

Dupin activó el altavoz del móvil para que Nevou, Carman y Le Ber también pudieran escuchar.

—Son unas hemorragias leves situadas bajo el epicardio. Como ya he dicho: equimosis subepicardiales. Además, he examinado el tejido del interior del hígado. Presenta un leve pero claro engrasamiento. También allí hay que buscar meticulosamente.

—¿Y bien?

—Ambos síntomas, tanto los hematomas como las adiposidades del hígado, sugieren intoxicación por atropina. Por lo demás, el veneno resulta indetectable. Es una sustancia perversa. Una mezcla racémica de los isómeros D y L de la hiosciamina. —Hizo una pausa—. Se encuentra en abundancia en las solanáceas. Y un detalle práctico: es muy soluble en agua. Le ahorraré los detalles, pero con algo así, el cuerpo de la señora Contel, de ochenta y nueve años, no tenía nada que hacer. Al final le provocó un colapso cardiovascular y una parada respiratoria.

—¿Está usted diciendo —interpretó Dupin— que en la autopsia ha encontrado evidencias claras de envenenamiento?

—Exacto.

—¿La señora Joëlle Contel fue envenenada? ¿Con atropina? ¿La sustancia que contienen las mandrágoras?

—No solo las mandrágoras, pero las mandrágoras también. En efecto.

Así pues, estaban en lo cierto.

—Por otra parte, le comunico que ya he hablado por teléfono con el médico de la señora Hilaire. Sus síntomas encajan por completo con los efectos de esta toxina. Ya han iniciado un tratamiento específico, casi en el último momento. Ha empezado a reaccionar.

—Excelente.

Dupin se sentía aliviado.

—Y una cosa más, el *Kig Ha Farz* ya nos ha llegado. Como ahora sabemos exactamente lo que buscamos, no tardaré mucho en decirle si fue la causa.

—Gracias, doctor.

Dupin puso fin a la conversación.

Nada de presagios de muerte. Estaba claro que Joëlle Contel, esa sana octogenaria, no había fallecido por una debilidad repentina del corazón, sino a causa de un veneno muy eficaz. Había sido asesinada.

—Así pues, nos enfrentamos a un doble asesinato —concluyó la comandante.

De todas maneras, aquello complicaba más el caso. Y, al mismo tiempo, tal vez fuese lo que permitiría resolverlo.

—Entonces es probable que el caso gire básicamente en torno a Joëlle Contel.

Parecía lo más lógico.

—¿Y el jardinero sería un daño colateral? —repuso Nevou.

—Sea lo que sea, esta información lo cambia todo —apuntó Le Ber.

—El jardinero sigue estando muerto; su mujer, en coma, y Labat continúa en el hospital —replicó Nevou, impasible.

—A partir de ahora hay que preguntarse por qué razón alguien querría asesinar a Joëlle Contel. —Carman señaló el punto clave.

—Hay que llamar a Labat, jefe, y contarle esto de su tía. Decirle que fue un asesinato.

Le Ber tenía razón. Era una noticia terrible. Además, era muy posible que el autor de ese crimen fuera un miembro de la familia.

—Si usted está de acuerdo, jefe, yo me encargo.

—Desde luego.

Dupin necesitaba un café con urgencia. De hecho, su cerebro no era capaz de activarse a esas horas tempranas de la mañana.

—Nos vemos en quince minutos en el Baie des Anges. En la terraza —indicó.

En el Baie des Anges el desayuno estaba dispuesto a partir de las siete. Dupin había cargado la bandeja con una jarra térmica grande llena de café, otra de leche caliente, dos napolitanas de chocolate, un cruasán y un trozo del pastel de la casa. Avanzó con cuidado, haciendo equilibrios con la bandeja hasta su mesa en la terraza.

El café debería bastar para activar su mente. Dupin se sirvió una taza y añadió un poco de leche caliente. El primer sorbo. Por fin.

Poco a poco la luz del día iba ganando terreno; por el este, el resplandor ya se había apoderado del cielo por completo. Todo se mostraba en las delicadas tonalidades de un cristalino azul celeste. Incluso el mar, que estaba a menos de diez metros de distancia, se había avenido a ese juego. Arrojaba al mundo todo cuanto había de luz. Yacía en una tersura perfecta, majestuoso en su inmensidad, pero a la vez sumiso, como si hubiera decidido no ser, de momento, más que el espejo del cielo.

El compañero eterno de esa zona, el viento intenso, se mostraba contenido esa mañana; aunque, como el día anterior, seguía soplando desde el noroeste, todavía resultaba suave y tibio.

Dupin dirigió la mirada hacia la abadía y la iglesia. Hacia los altos muros de piedra, los cedros… El mundo de Joëlle.

Reparó entonces en que la noche anterior ni siquiera había llamado a Claire. Solo le había enviado un breve mensaje de texto comunicándole que se quedaría allí a pasar la noche. De todos modos, a esas horas sin duda ella estaría profundamente dormida.

Dejó vagar la mirada desde las dos embarcaciones próximas entre sí hasta las poderosas balizas de piedra de la bahía, situadas en la desembocadura del *aber*. Una era de color blanco intenso y con bandera roja; la otra era verde y con bandera del mismo color. El día anterior Dupin había observado que, con la marea baja, ellas marcaban el canal de navegación.

—Ya estamos aquí, jefe.

Le Ber, Carman y Nevou. También habían pasado por el bufet del desayuno y traían sus bandejas.

—Solo espero que Joëlle Contel no sufriera demasiado —dijo Carman tras tomar asiento. Parecía extraordinariamente afectada.

—Ni su postura ni su expresión hacían pensar en una agonía dolorosa —apuntó Nevou.

—Me gustaría visitar la isla de Maxime Contel —murmuró Dupin—. Ver su oficina. El sitio donde él y su padre estuvieron reunidos ayer.

—¿Es por lo del guano bretón? —Carman dirigió a Dupin una mirada escrutadora.

El comisario asintió.

—Sin duda, sería una gran cosa, jefe —aseguró Le Ber.

—Puede que eso esté más avanzado de lo que suponemos. De lo que todo el mundo supone —especuló Dupin.

—No conseguiremos una orden de registro de la oficina en la isla —afirmó Carman.

—Entonces ¿cómo encajaría esa historia del guano? —La especialidad de Nevou: preguntas incómodas en momentos inoportunos—. ¿Acaso Joëlle Contel lo sabía y quería impedir esa explotación y por eso padre e hijo la mataron? ¿Y el jardinero, como sabía que Joëlle Contel se oponía, tuvo que morir también? ¿Qué hay de su esposa? ¿Y cómo se explica el ataque a Labat?

Nadie tenía respuestas.

—¿Quién más podía estar al corriente del proyecto? —Dupin no se daba por vencido.

—Volveré a hablar con los amigos de Jacques —se comprometió la comandante.

—Hágalo.

Dupin tomó nota.

—Tal vez sería mejor retomar el asunto del alca gigante —dijo Le Ber con expresión preocupada, aunque nada evidenciaba el motivo exacto de su preocupación.

—¿Se sabe si Claude Hilaire era también un aficionado a la ornitología? —Era algo que Dupin había querido preguntar antes.

—No —respondió la comandante—. Aquí la pregunta es: ¿quién podría beneficiarse y de qué modo del asesinato de Joëlle Contel?

Dupin se sirvió la tercera taza de café.

—Para dos de nuestras sospechosas el avistamiento del alca gigante significaría un enorme reconocimiento científico —resumió Le Ber—. Un motivo muy poderoso, aunque ambas afirmen no estar interesadas en ello. Rozenn y Sophie Gautier pasarían a ocupar un lugar destacado en los anales de la ornitología. Para Sophie Gautier supondría también poder optar a una de las cátedras de ornitología más prestigiosas del mundo.

Desde luego, aquel era un motivo de peso. Dupin había visto a gente asesinar por razones más banales.

—Además —continuó Le Ber—, ese descubrimiento tendría algunas repercusiones materiales, aunque para ambas mujeres eso tenga una importancia secundaria. A fin de cuentas, Rozenn Gautier va a recibir una herencia considerable. Sin embargo, económicamente las cosas ya le iban bien antes de la muerte de su hermana.

Carman hizo referencia a los otros miembros de la familia:

—Victor Contel o Maxime Contel podrían afirmar haber visto casualmente el alca gigante. Quizá intenten aprovechar eso para favorecer el turismo ornitológico.

Ya habían tratado este punto.

—También podría tener el efecto contrario —recordó Nevou—; esto es, restricciones más amplias a causa de la protección medioambiental. Quizá Joëlle Contel fue asesinada para impedir que el hallazgo se diera a conocer.

—Si el alca gigante todavía existiera y hubiera ejemplares vivos por la zona, se acabaría descubriendo más pronto o más tarde —dijo Le Ber—. Lo único que habría conseguido el autor del crimen sería retrasarlo.

—Y de este modo habría ganado tiempo para poner en práctica, en parte, sus planes —concluyó Nevou.

—Me pregunto—intervino de nuevo Carman— por qué razón Joëlle Contel le hablaría a Claude Hilaire de su descubrimiento.

Uno de los muchos detalles que tampoco a Dupin le parecía comprensible. Entretanto, ya se había servido la cuarta taza de café.

—Además, ¿cómo se enteró el asesino de que Joëlle Contel había hecho ese descubrimiento?

—Alguien se lo dijo. La propia Joëlle Contel o su sobrina, Sophie Gautier, que tal vez estuvo presente en un avistamiento. ¿Quizá el jardinero? —Le Ber se interrumpió por un instante—. ¿O su esposa?

Nevou dio un mordisco a su napolitana de chocolate antes de hablar.

—Lo que está claro es que mientras no se demuestre la existencia del alca gigante, no sabremos si este caso gira en torno a esta cuestión.

—No necesariamente —objetó Le Ber—. Bastaría con que algunas personas estuvieran convencidas de ello.

Dupin había dejado un poco de café en la jarra; de pronto, tomarse un litro le pareció excesivo. Ahora el problema era que su cerebro estaba bien despierto, pero físicamente él estaba destrozado. Había dormido muy poco.

El comisario se puso en pie.

—Tenemos que informar a la familia. Decirles que no fue una muerte natural. Que Joëlle Contel fue asesinada.

—Tal como están las cosas, de este modo informaremos también a su asesino —explicó Nevou—. Y sabrá además que ya hemos descubierto lo de la mandrágora.

—Todos son sospechosos.

A Dupin le habría gustado reunirse con todos a la vez y observar sus reacciones.

—Yo no descartaría aún a la cocinera —insistió Nevou.

Dupin se pasó la mano por el pelo. Todo eso no llevaba a ninguna parte. Tenían que centrarse.

—¿Sabemos dónde está cada uno ahora mismo?

—Maxime Contel quería estar en su sidrería de Morlaix a primera hora —respondió Carman—. Sophie Gautier tenía previsto ir al puesto de observación de Sainte-Marguerite a la salida del sol, así que ya debería estar allí.

—Ese es el lugar del posible avistamiento del alca gigante —apuntó Le Ber.

—Puede que Victor Contel aún duerma —sospechó la comandante—, igual que Rozenn Gautier. Al menos, es probable que ellos aún estén en casa.

Dupin llevaba un buen rato pensando a quién quería ver primero. Por lo general, solía tener un presentimiento y saberlo con certeza. Esta vez ni siquiera percibía una leve inclinación. Lo cual no era una buena señal.

—Me encargaré de Victor Contel —anunció la comandante.

—Yo iré a casa de Sophie Gautier —siguió Le Ber.

—Entonces yo se lo comunicaré a Rozenn Gautier —completó Nevou.

Eso significaba que Dupin se entrevistaría con Maxime Contel.

—Un gendarme la acompañará en su coche —propuso la comandante a Nevou.

Esta asintió.

—Cuando hable con Victor Contel —instó Dupin a la comandante—, sáquele todo lo que pueda sobre el guano. A la fuerza, si es preciso. Provóquelo.

—Descuide, lo haré —prometió Carman. Lo dijo con un tono realmente convincente—. Pero ¿qué hago con la prensa? —Dirigió una mirada escrutadora a Dupin—. ¿La consigna sigue siendo contarlo todo?

—En cuanto los cuatro estén informados, sí.

—Se armará un gran revuelo. En el salón del desayuno están los periódicos de hoy. ¿Ha visto los titulares? «Un diablo anda suelto en la bahía de los Ángeles». La prensa está perdiendo los papeles.

Dupin se encogió de hombros. Había evitado ver los periódicos. No pensaba leer ni uno solo de los titulares.

—En marcha.

Poco a poco, el paisaje iba cambiando. Pero no solo el paisaje, también el ambiente era distinto. El mundo se había vuelto suave, apacible, encantador.

Mientras que la Côte des Abers, el saliente más noroccidental del continente, debía hacer frente a las embestidas violentas de los elementos —huracanes, mareas vivas, rompientes atlánticas altas como un edificio—, en el interior el paisaje era magnífico con esa protección. En dirección hacia Morlaix, el efecto de la corriente del Golfo, con sus temperaturas suaves y la lluvia abundante, hacía que la naturaleza fuera extremadamente fértil. Allí las hortalizas crecían como en ningún sitio. El norte de la Bretaña era famoso en toda Francia por sus alcachofas, sus fresas, sus cocos de Paimpol y sus patatas. Además, claro está, el clima también era especialmente bueno para las manzanas. A partir de Saint-Thégonnec, Dupin había empezado a ver manzanares rebosantes. En los árboles, la fruta era tan abundante y estaba tan madura que impedía ver otra cosa.

Durante el trayecto, Dupin habló por teléfono con Nolwenn, pero Le Ber se le había adelantado. Ella ya estaba al corriente de todo.

Nolwenn le informó de que Labat se había despertado a las seis y media de la mañana y que, como era de esperar, la noticia sobre el envenenamiento le había afectado mucho. Tras la primera impresión, la furia se había apoderado de él. Su enojo era tal que la presión arterial le había subido de un modo alarmante y el médico había tenido que administrarle una dosis de betabloqueantes para calmarlo.

Un dato importante: la señora Hilaire estaba mejor. Mucho mejor. Se encontraba ya fuera de peligro. Dupin se sintió más que contento al saberlo. Otra noticia, desde luego no tan feliz, era que el prefecto, ciertamente complacido por el mensaje a primera hora de la mañana de Dupin, estaba considerando la posibilidad de «comparecer» en persona al mediodía en el Aber Wrac'h a fin de «evaluar la situación sobre el terreno». Lo único bueno de eso era que hasta entonces posiblemente dejaría en paz a Dupin.

Para terminar, Nolwenn le proporcionó algunas informaciones sobre la Cidrerie de Limpalaër. Al parecer, el año anterior el *Ouest-France* había publicado un artículo sobre ellos; además, la sidra había ganado varios premios nacionales.

Dupin abandonó la D786 y tomó una carretera que, al principio, le llevó a través de unos campos polvorientos. A esos les siguieron unas plantaciones extensas. Los árboles estaban dispuestos en largas hileras y a intervalos regulares sobre una hierba de un intenso color verde; esos campos de cultivos seguían un orden estricto, aunque cada árbol crecía a su manera, introduciendo así el caos dentro del orden.

Dupin vislumbró unas grandes cajas rojas y azules bajo los árboles. Algunas estaban repletas de manzanas cuyo color rivalizaba con el rojo de las cajas. En torno a muchos árboles, sobre la hierba, también había manzanas.

Pasó junto a un campo recién arado. Según el sistema de navegación, estaba a punto de llegar a la sidrería. Dupin redujo la velocidad.

A mano derecha asomó un edificio de madera de una sola planta. Estaba pintado de un tono amarillo cálido y el tejado formaba un ángulo obtuso. CIDRERIE DE LIMPALAËR, anunciaba un letrero.

Una vez allí, la carretera se convertía en una pista de tierra. A mano derecha se llegaba a otro edificio de una sola planta, frente al cual había un aparcamiento rodeado de hortensias en flor.

Dupin aparcó en esa zona.

Allí la temperatura era unos cuantos grados más alta que en el Aber Wrac'h y no soplaba ni una brisa. Aquel lugar desprendía la atmósfera magnífica, tranquila y única de la campiña profunda, precisamente el ambiente que constituía la mayor parte de Francia. A Dupin le encantaba. El olor a tierra y a hierba húmeda por el rocío de la mañana se mezclaba con el dulce aroma de las manzanas maduras. También en el patio había docenas de cajas de colores, todas llenas hasta los topes. Con todo, lo más impresionante eran las montañas de manzanas apiladas junto al edificio. Auténticas pirámides. Dupin nunca había visto tantas manzanas juntas.

Salió del coche. Al momento, una mujer apareció por la puerta. Bien entrados los cuarenta, pelo rubio liso hasta los hombros con algunos mechones canos. Botas de goma de color amarillo brillante, pantalón negro, camisa multicolor.

Se le acercó con una sonrisa.

—*Bonjour*, señor, supongo que es usted el comisario que el señor Contel está esperando.

—Soy el comisario Georges Dupin. *Bonjour*, señora…

—Dumas. Sylvaine Dumas. Soy la encargada de la sidrería. El señor Contel estará de vuelta en breve, tenía cosas que hacer en su nuevo campo. De hecho, es posible que se hayan cruzado, porque usted acaba de pasar junto a ese campo. ¿Quiere que le llame?

—Sería muy amable por su parte.

Ella sacó del bolsillo un móvil algo anticuado.

—Señor Contel, el comisario ha llegado.

Luego se dirigió de nuevo hacia Dupin.

—¿Le puedo ofrecer alguna cosa? —La mujer pasó de sonreír a estar radiante—. ¿Tal vez un zumo de manzana? ¿Una sidra? Aquí también producimos *pommeau*, *chouchen* y *eau de vie*.

Sin esperar la respuesta de Dupin, se volvió hacia la puerta por la que había salido.

—No, gracias, señora.

—Toda la producción es artesanal, fabricada con nuestro *savoir-faire* único, esencia de siglos de conocimiento y pericia.

Al instante desapareció en el interior de la sidrería a una velocidad que no admitía resistencia.

Dupin la siguió hasta una sala amplia que seguramente era el corazón de la sidrería. Un suelo tosco de hormigón, una docena de cajas azules y rojas repletas de manzanas, rojas, verdes y amarillas.

—Este año es una locura, señor, la naturaleza se ha desbordado. Hace cinco días que empezamos la recolección, más temprano que nunca. —Se giró un instante con una expresión grave—. Nosotros no somos de esos que arrancan con violencia las manzanas, nosotros atendemos a las señales de los árboles. Solo ellos saben cuándo es el momento adecuado. Cuando las manzanas están en su punto de zumo y dulzura, entonces los árboles las sueltan. Y nosotros las recogemos. De manera que conserven la pureza varietal.

Se encaminó hacia una especie de fregadero enorme de acero inoxidable, no muy profundo y repleto de manzanas, sobre el cual se deslizaba lentamente de un lado a otro un dispositivo de lavado móvil mientras el agua salía disparada por varias boquillas.

—Solo se deben lavar un poco, pues en la piel hay enzimas muy valiosas. Luego las manzanas se pesan una a una. Aunque solo tenemos siete hectáreas, disponemos de la mejor tierra que hay para esta fruta. Una buena parte de nuestros manzanos están en la colina de Kerbuel, aquí al lado. Justo encima del valle del Douron. Una zona sidrícola muy apreciada desde hace siglos.

Parecía dispuesta a hacerle una presentación al comisario hasta que llegara Contel. Ciertamente, en cada bretón había un Le Ber.

—¿Qué hace el señor Contel en su nuevo campo? ¿Y qué significa eso de «nuevo campo»?

—El señor Contel se lo compró en verano a un agricultor; limita justo con nuestras plantaciones. Allí ha creado un vivero propio. El nuestro está aquí, justo detrás de esta sala. —Se quedó mirando a Dupin unos instantes, como si quisiera asegurarse de que la seguía escuchando con atención—. Existen más de ocho mil variedades de manzanas para sidra. Y todo depende de la que se elija. Nosotros nos centramos en las variedades antiguas, que perfeccionamos cruzándolas para adaptarnos a los gustos de hoy en día. —A continuación, su voz adoptó un tono algo exaltado—. Evidentemente, la manzana perfecta actual exige mucho más que la de otros tiempos. Mire aquí, la última cosecha. Estas son las magníficas Belchard. —Cogió una manzana amarilla—. Me encanta la combinación de dulzura y acidez exquisita, y su carne delicada. Y aquí están las Belles Filles du Penthièvre. —Señaló la caja siguiente y le mostró una de esas manzanas de tamaño pequeño y color verde amarillento—. Tienen una carne firme y jugosa. En total cultivamos catorce variedades de manzanas. Solo bretonas originales. ¿Le apetece probar una? Mi favorita es la Patte de Loup. No hay carne de manzana más exquisita que esta, su olor es embriagador y, sin embargo, podría decirse que tiene una apariencia rústica.

Le tendió una a Dupin. La manzana refulgía en un color entre bronce y oro amarillo, con un delicado tono rojizo en algunas partes.

—Gracias, señora. ¿Conocía usted a la tía de Maxime Contel, Joëlle Contel?

—No. El señor Contel es… —parecía buscar las palabras adecuadas— muy reservado con las cuestiones personales. De hecho, pocas veces está por aquí. Si en los últimos tiempos ha venido más es porque quería supervisar la construcción del nuevo vivero.

—Y Claude Hilaire, un jardinero de Paluden. ¿Le suena ese nombre?

—No. Solo de las noticias. Lo asesinaron ayer. Terrible. ¿Quién haría algo así?

—Eso es lo que queremos descubrir, señora.

—¿Es verdad que su mujer tuvo que ser ingresada? ¿Por la impresión?

—Ella… —Dupin se interrumpió. Antes quería hablar con Maxime sobre el veneno—. Así es. ¿El señor Contel ha dicho algo sobre su padre últimamente? ¿Victor Contel ha estado por aquí alguna vez?

—No. Como le he dicho, no suele hablar de su familia. Solo de manzanas. Y a su padre no lo conozco.

—¿Ha oído usted por casualidad alguna cosa del proyecto sobre guano del señor Contel?

—¿Guano?

—Excrementos de aves marinas. Maxime y Victor Contel quieren extraerlo a gran escala.

—Un proyecto que nadie conoce, señor comisario, y que tampoco es de la incumbencia de nadie. —Maxime Contel interrumpió a Dupin con un tono de voz cortante.

No se habían dado cuenta de su llegada. Maxime Contel llevaba una camisa de manga corta como la del día anterior, pero esta vez de color azul petróleo; pantalones cargo negros y unas elegantes zapatillas deportivas negras, pero sucias de tierra.

—Creo que no lo ha entendido bien, señor Contel. —Dupin habló con tono frío—. En una investigación por asesinato, todo es de mi incumbencia. ¿Hasta qué punto está avanzado el proyecto del guano?

—Es solo una idea vaga, nada más.

Parecía mucho más calmado.

La encargada de la sidrería volvió a ocuparse de sus obligaciones.

—He oído decir que han estado ustedes sondeando a algún político en Rennes. Se trata, por lo tanto, de algo más que una vaga idea.

Por una fracción de segundo en el rostro de Maxime Contel asomó un atisbo de espanto; fue un detalle apenas perceptible, pero Dupin se dio cuenta.

Contel se esforzó por responder de inmediato:

—En etapas tan tempranas no se habla de ideas de negocio.

—Piénselo bien, señor Contel. —Aquella era una amenaza en toda regla—. Sería mejor que usted me contara todo lo que hay que contar. Ahora mismo. A fin de cuentas, lo acabaremos averiguando. Y no vacilaremos en emplear cualquier medio a nuestro alcance.

Ese era el punto débil de su amenaza. Maxime Contel lo sabía: de momento, no disponían de ningún medio en particular.

—Me gustará mucho ver eso, señor comisario. —Contel intentó dibujar una sonrisa.

—Supongo que ya habrá hablado con su prima, ¿verdad? O tal vez con su padre o con su tía.

Dupin clavó la mirada en Contel.

—¿Hoy por la mañana? No. ¿Por qué?

Al parecer, aún no sabía nada. Pero costaba creer que Sophie Gautier no se hubiera puesto en contacto con él. Al menos para comentar la noticia.

—¿Podemos seguir hablando en su despacho? —propuso Dupin.

—Aquí no tengo despacho.

—Vayan allí al fondo. No hay nadie. —La encargada de la sidrería señaló una puerta al fondo de la sala—. Así el comisario podrá ver dónde fermentamos. —La escaramuza verbal entre el comisario y Maxime Contel no parecía haberla afectado—. ¡Hasta cinco meses! Solo dando tiempo al proceso y ejercitando la lentitud se desarrollan los complejos sabores de manzana que buscamos. A mayor fermentación, menos azúcar y, por lo tanto, una sidra más seca y con más alcohol. El momento de embotellado depende de si queremos obtener una sidra dulce, semiseca o brut.

Maxime Contel se encaminó hacia la puerta sin decir nada. Dupin lo siguió.

Ante él se desplegó una segunda gran nave. En el centro había seis cubas de un metro de altura y de color naranja intenso. En la parte baja de cada una de ellas había un visor redondo de cristal.

—Bien, dígame, ¿qué ocurre, comisario?

Dupin enderezó tranquilamente el cuerpo ante Maxime Contel. Aunque este era alto, Dupin lo superaba.

El comisario se tomó su tiempo.

—Su tía no murió por causas naturales, señor Contel.

—¿Cómo dice?

Parecía genuinamente asombrado.

Dupin esperó.

—¿Qué significa eso?

—Que murió asesinada.

Abrió los ojos de par en par. Su rostro reflejaba una incredulidad auténtica, o simulada hasta la perfección.

Dupin esperó de nuevo.

—Eso es ridículo.

Su voz vacilaba. La noticia le había impresionado.

—Es posible, pero así es.

—Mi prima la halló recostada en la terraza. El diagnóstico no admite errores. Insuficiencia cardiaca.

—No fue su edad lo que le paró el corazón.

—Y entonces, ¿qué?

Dupin guardó silencio un rato. Observó a Maxime Contel sin ningún disimulo.

—Dígalo de una vez, señor comisario.

—Fue envenenada.

—Bromea, ¿no? —Su pregunta no tenía nada de cínica ni de agresiva—. Esto no es una historia de misterio de Poirot.

Contel interrumpió el contacto visual.

—No, es mucho peor: esto es la realidad. La presencia de veneno ya se ha confirmado.

—¿Y qué veneno se supone que fue?

—Atropina.

—¿Atropina? —Enarcó las cejas—. ¿El veneno de las solanáceas?

—Así es.

Contel tenía el rostro desencajado. Algo que sería comprensible en ambos casos: como sobrino profundamente afectado que acababa de enterarse de que su tía no había muerto de un fallo cardiaco natural, sino que había sido asesinada a sangre fría, o como autor del crimen que, habiendo dado por hecho que jamás sería descubierto, se acababa de dar cuenta de lo contrario en ese momento.

—¿Las de su propio jardín de hierbas aromáticas y medicinales?

—¿Conoce venenos de plantas?

—¿Qué fue? ¿El beleño negro? ¿La mandrágora?

Contel había palidecido más si cabe.

—La mandrágora.

Deambuló de un lado a otro.

—De pequeños, teníamos prohibido acercarnos a los arriates de las hierbas aromáticas y medicinales; de hecho, a toda esa parte del patio interior. No parábamos de preguntar por qué y qué plantas eran venenosas y hasta qué punto. Para nosotros era fascinante.

Dupin entendía lo que quería decir. Incluso a su edad, a la menor oportunidad su madre contaba la historia del libro favorito de Dupin cuando era niño, uno del que no se despegaba: *Los animales y las plantas más venenosos del mundo*. Sí, era fascinante.

Entonces Contel se detuvo frente a Dupin.

—Por otra parte, mi profesión implica saber muchas cosas sobre plantas.

El color iba regresándole poco a poco al rostro.

—Así pues, usted sabría exactamente con qué planta envenenar a su tía para que nunca llegara a descubrirse. La atropina no se detecta en la sangre; hay que examinar el cadáver de un modo específico para descubrir su rastro. Algo que en circunstancias normales nunca se hubiera hecho, y mucho menos después de los presagios de muerte que todo el mundo conocía.

Resumido de ese modo, habría podido ser un crimen bastante perfecto.

—Además, señor Contel, usted también tuvo la oportunidad de poner el veneno. Tiene acceso permanente a la residencia de su tía.

—¿Y por qué? ¿Por qué razón se supone que iba a hacerlo? Esto es absurdo y usted lo sabe. —De pronto su rostro demudó y su voz se volvió quebradiza—. ¿Es verdad? ¿La tía Joëlle fue envenenada? ¿Víctima de un asesinato?

—Por ejemplo, porque su padre ahora va a heredar seis millones setecientos cincuenta mil euros que le vendrán muy bien a Les Pommes et les Bretons.

—Eso también es absurdo. Esa suma no tendría importancia.

Algo que Dupin ya sabía.

Le volvió a escrutar fijamente:

—¿Le gusta el *Kig Ha Farz*?

—¿Cómo?

Dupin esperó un rato.

—Si le gusta el *Kig Ha Farz*.

—¿Por qué lo pregunta?

—Yo…

Entonces sonó el móvil de Dupin.

Nolwenn.

Dupin respondió:

—Nolwenn, me pilla en mal…

—Es importante, señor comisario.

—Un momento.

Sin más explicaciones, Dupin abandonó la estancia y regresó al vestíbulo.

La responsable de la sidrería no estaba por ahí.

—Diga, Nolwenn.

—¡Huellas dactilares! —Nolwenn resolló, como si hubiera estado corriendo—. En el cuaderno de avistamientos de Joëlle Contel se han encontrado otras huellas dactilares además de las suyas. Unas huellas que, por si fuera poco, alguien había intentado borrar. Sin embargo, gracias a un nuevo software los colegas han logrado reconstruir una huella casi por completo.

Meses atrás, Le Ber y Labat le habían hablado con entusiasmo de esa nueva tecnología forense; al parecer, sí servía para algo.

—¿Y bien?

—Carman ha enviado a Brest las huellas de Victor Contel y de Rozenn Gautier para que las cotejen. Faltan las de la cocinera, Sophie Gautier y Maxime Contel. Ahora mismo nos estamos encargando de ello. Va a tener que traer las huellas de Maxime.

—Lo haré.

Por fin un golpe de suerte, algo que hasta ahora había brillado por su ausencia. En honor a la verdad, a menudo la suerte decidía el éxito o el fracaso de una investigación; la suerte y el trabajo de innumerables células grises, bien conectadas y bien regadas con cafeína.

—Sin embargo, Le Ber y yo nos preguntamos si un error así concuerda con la personalidad del asesino, que está claro que no tiene un pelo de tonto. Pero ¿quién sabe? Por un lado, incluso la persona más inteligente se equivoca a veces y, por otro, no había ningún motivo concreto para suponer que íbamos a examinar precisamente ese cuaderno de avistamientos de Joëlle Contel. Ahora tengo que seguir. Hasta luego, señor comisario.

—Hasta luego, Nolwenn.

Dupin se detuvo un instante. Sin duda, aquello podía ser de la máxima importancia.

Estaba a punto de volver con el señor Contel cuando su teléfono sonó de nuevo.

El número de Carman.

—Tenemos algo muy interesante, comisario: Maxime y Victor Contel han enviado varias muestras a un laboratorio de París.

Dupin frunció el ceño.

—¿Muestras de excrementos de aves?

—No lo sabemos. Por respeto a sus clientes, la empresa no proporciona ninguna información. Es confidencial. Ya lo he intentado.

—¿Cómo lo sabemos?

—La hermana de un gendarme trabaja en la oficina de correos de Lannilis. Dos semanas atrás, Victor Contel se acercó por allí con una cajita de aluminio cerrada.

Era lo que ocurría en los pueblos pequeños.

—Es posible que quieran valorar la calidad de los excrementos de las aves, la cual varía según la especie de ave marina y la composición del suelo en el que se deposita.

—Entiendo.

Carman sabía lo que hacía; aquello debía de haber enojado mucho a Le Ber.

—Meta prisa al laboratorio. Necesitamos saber si esos análisis eran de excrementos de aves.

—No va a servir de nada. Esta vez les he apretado mucho las tuercas.

Estaba convencido de ello.

—Amenácelos con todo lo que se le ocurra.

—Está bien.

—Buen trabajo, Carman. ¿Ha visto ya a Victor Contel?

—Sí. Sobre el tema del guano, se limitó a encogerse de

hombros y no dijo nada. No sabría decir si le ha sorprendido que estuviésemos al corriente de la reunión con el político de Rennes. Por desgracia, lo del laboratorio lo he sabido después.

—¿Y cómo ha reaccionado al saber que se trataba de un asesinato? ¿Que su hermana había sido envenenada?

—Se ha quedado en silencio un rato. Era evidente que le ha costado recuperarse de la impresión. Luego ha querido conocer los detalles y el estado de nuestra investigación. Ha afirmado sentirse «extremadamente insatisfecho con una labor policial a todas luces deficiente». Y también por el hecho de que usted no fuera a visitarlo en persona.

—Entiendo.

—¿Debo contarle que sabemos lo del laboratorio para ver cómo reacciona?

—Antes intente presionar de nuevo al laboratorio. Debemos estar seguros de que realmente se trata de guano.

—De acuerdo.

Carman colgó.

Maxime Contel había aprovechado el tiempo para llamar por teléfono. Cuando Dupin llegó, puso fin a la conversación. Aquello no parecía incomodarlo.

—Su padre, ¿verdad? —sospechó Dupin—. ¿Le ha dicho que ya estamos al tanto del asunto del guano?

—Solo quería saber si se había enterado ya de que fue un asesinato. Y así es. La gendarme de Lannilis estaba con él.

—Comandante. La comandante Carman —aclaró Dupin—. ¿Y qué dice su padre?

Contel pareció sorprendido por la pregunta de Dupin.

—Está tan horrorizado como yo. No se lo acaba de creer. De hecho, es algo inconcebible.

Su rostro reflejaba un gran dolor.

—Pero es así. —Dupin habló con calma y tranquilidad—. Su tía fue asesinada, señor. Con premeditación. Alguien actuó de manera deliberada, a sangre fría.

Contel dirigió una mirada fugaz a Dupin mientras este hablaba.

El comisario permaneció en silencio, dejando que las palabras calaran en él.

Contel apartó la vista y se quedó mirando por la ventana a un punto indefinido del patio donde Dupin tenía el coche aparcado.

—¿No piensa hablarnos del proyecto del guano? —El comisario debía intentarlo en ese preciso instante. Recorrió un semicírculo y se detuvo justo delante de Maxime Contel—. Ustedes han encargado un análisis químico completo de unos excrementos de aves a un laboratorio especializado de París. Usted y su padre están trabajando en un proyecto enorme y tiene la esperanza de que eso salve a su empresa, que se encuentra en una situación desesperada. Le hace falta mucho capital.

Mientras hablaba, Dupin se había acercado aún más a Contel, cuya expresión parecía petrificada. Dupin prosiguió sin detenerse:

—Joëlle Contel estaba en contra de este proyecto de manera categórica y podría haberlo echado todo a perder. Aunque todavía no sé de qué modo. Puede que con el nuevo avistamiento del alca gigante, que habría conllevado un endurecimiento de las normas de preservación de la naturaleza en la zona. Sea como fuere, ustedes, tal vez uno, tal vez los dos, tenían que quitarla de en medio. La situación de la empresa no admitía demora, no podían esperar a que su tía muriera un día por causas naturales. Estaba tan bien de salud, que perfectamente habría podido vivir diez años más. Entonces, esos presagios de muerte les brindaron una oportunidad inesperada.

Maxime Contel intentó dibujar una sonrisa despectiva.

—Debería usted escribir historias de detectives, señor Dupin, y dejar de intentar resolver crímenes reales.

Una burla fuera de lugar.

—No hay ni una palabra de verdad en lo que ha dicho. —Maxime Contel se apartó de Dupin y se dirigió al centro de la sala—. ¿Y qué es esa tontería del alca gigante?

—Hemos obtenido la información directamente del laboratorio, señor Contel.

—Recogí una pequeña cantidad de excrementos de aves en mi isla y los enviamos a analizar, en efecto. —Maxime Contel parecía estar dispuesto a ceder un poco—. Solo queremos estudiar la idea de su posible explotación comercial, señor comisario. Eso es todo, no hay más.

Por lo menos, lo del laboratorio había sido una buena pista, pero tampoco eso representaba un gran avance. Aquello estaba muy lejos de demostrar la teoría del asesinato que Dupin acababa de exponer.

—Cuando ayer hablamos de los pájaros pingüino, usted no dijo nada de supuestos avistamientos de un alca gigante aquí en la costa, señor Contel. Usted…

El teléfono de Dupin. De nuevo.

Carman.

—Enseguida estoy con usted.

Dupin estaba junto a la puerta.

—¿Diga?

—Según parece, el señor Hilaire aún no había comido *Kig Ha Farz*; solo su esposa. La autopsia no muestra ningún indicio de envenenamiento con atropina.

—Entiendo.

—Eso es todo. Hasta luego, señor comisario.

Colgó.

Dupin regresó al momento con Maxime Contel.

—Nos habíamos quedado en el alca gigante. En por qué no habló de eso.

—Son solo fantasías bretonas. No creí que pudieran ser de su interés, comisario.

Parecía muy seguro de sí mismo.

—¿Le parece que son memeces?

—Ya se lo he dicho: puras fantasías.

—¿Joëlle Contel le mencionó un avistamiento de ese tipo?

—No. Jamás.

—¿Y su prima?

—No. Y la tía Rozenn tampoco.

—¿Qué cree que pasaría si se redescubriera la presencia del alca gigante?

—Esa pregunta es absurda.

—¿Acaso no se vendría abajo el proyecto de turismo ornitológico de su padre y el proyecto conjunto de guano? La normativa de preservación de la naturaleza se endurecería de un modo considerable.

—El alca gigante no existe, señor comisario. Creo que…

El tono estridente del teléfono de Dupin volvió a interrumpirlos. Era un auténtico fastidio.

Nolwenn de nuevo.

Dupin abandonó la sala.

—¿Sí?

—¡Victor Contel!

Nolwenn pronunció ese nombre con tono glacial.

—Las huellas dactilares son de Victor Contel, señor comisario. Carman envió de antemano la imagen escaneada de sus huellas electrónicas. El departamento forense está bastante seguro. Al noventa y ocho por ciento. Dicen que en cuanto reciban las impresiones en papel, tendremos la confirmación definitiva.

Dupin se quedó clavado en su sitio.

—¿Victor Contel?

Sus pensamientos se precipitaron. No había ninguna razón inocente para que Victor Contel hubiera sostenido recientemente el cuaderno de avistamiento de aves de su hermana mayor. Ni siquiera era un ornitólogo aficionado. De hecho, aquello solo tenía una explicación posible: él era quien había arrancado las páginas.

—Así es, señor comisario.

—Voy de inmediato. ¿Sigue en casa?

—Sí, Carman acaba de llegar allí. En Lilia, justo al lado del paseo marítimo. Los demás ya están en camino.

—Muy bien, Nolwenn.

Dupin colgó.

Regresó a toda prisa a la sala.

—Tengo que marcharme, señor Contel. *Au revoir.*

—Pero ¿qué…?

Dupin pasó junto a él y desapareció por la puerta en dirección al patio.

La última parte del trayecto era un sinfín de curvas. Como todos los caminos de la zona, aquel también pasaba por Lannilis. A continuación se llegaba a la península que Dupin acababa de contemplar desde la terraza del Baie des Anges.

De nuevo, una sucesión de cuestas pronunciadas arriba y abajo. De nuevo, las *ribines*, que en esa zona eran especialmente altas, haciendo que Dupin se precipitara como en una pista de bobsleigh y únicamente tuviera visibilidad cuando se abría un hueco entre los muros. Sin embargo, aquello solo hacía que él circulara con más rapidez aún.

Luego se acabaron los muros altos, asomaron las casas y por fin apareció una señal indicadora: LILIA. El trayecto iba a izquierda, derecha, derecha, izquierda, derecha; luego Dupin avanzó recto hacia el mar. Una bahía espectacular, una franja de arena blanca deslumbrante, un agua de un brillante color turquesa. Más allá de la bahía se alzaban unos islotes poco profundos y alargados. Unas desconcertantes superposiciones de tierra y mar. En ese momento, con la marea baja, se extendían durante varios kilómetros. Solo en la lejanía se atisbaba el Atlántico abierto, de un azul profundo y misterioso.

Una última curva y el camino rodeó la bahía justo por detrás de la franja de arena: unas casitas bonitas, un café, un restaurante.

Dupin frenó en seco.

Había reconocido los coches de Le Ber y de Carman a un lado de la calle. Casi al final de la bahía. Se detuvo peligrosamente detrás del vehículo del inspector.

Dupin tuvo que empujar con fuerza para abrir la portezuela del Citroën; una ráfaga violenta se lo impedía. Había regresado. El eterno viento del oeste, acompañante fiel de la región, intenso, rígido, en línea recta. Aclaraba los pensamientos. Despejaba la niebla dentro de la cabeza. Eso, al menos, era lo que Dupin esperaba que hiciera pronto.

Un seto de laurel primorosamente podado resguardaba la propiedad de Victor Contel. Dupin recorrió unos metros hasta llegar a un portón de madera blanca. Estaba abierto, dejando al descubierto un acceso amplio. La grava era brillante y fina, como si alguien se dedicara a limpiar las piedrecitas una a una con regularidad. Un paseo de palmeras, algo ostentoso, conducía hacia una gran mansión. Una auténtica villa. Cuatro pisos de altura que permitían unas vistas fascinantes. Construida en granito claro, posiblemente a finales del siglo XIX. En un estado impecable.

Igual que en la abadía, también aquí la palabra «jardín» se quedaba corta: la mansión se encontraba en un parque que prácticamente ocupaba todo el saliente situado al final de la bahía. Algunos pinos marítimos solitarios desgreñados. Una terraza grande y vacía.

Dupin se acercó a la puerta principal.

Iba a llamar al timbre cuando el viento, que soplaba desde mar abierto, le trajo unas voces. Ininteligibles y quedas. En cualquier caso, era evidente que no se trataba de una conversación amistosa.

Dupin rodeó el perímetro de la casa. Dobló la esquina y vio otra terraza.

—Ya estoy harto. Tengo una cita y pienso marcharme ahora mismo. Y ustedes abandonarán de inmediato mi propiedad.

Victor Contel prácticamente gritaba. Delante de él estaban Carman, Nevou y Le Ber. Todavía no habían reparado en la llegada de Dupin.

—Esto es allanamiento de morada. No tienen ningún derecho a estar aquí.

—El comisario Dupin va a llegar de un momento a otro —le explicó Carman—. Hasta entonces, usted no irá a ninguna parte.

—¡El comisario ya está aquí! —Dupin apareció en la terraza procedente del jardín.

Todas las cabezas se giraron hacia él, que se dirigió directamente hacia Victor Contel. Este llevaba una camisa Lacoste en un tono verde claro, pantalones azul marino y zapatos deportivos de color blanco. Estaba de pie junto a una mesa de madera de teca con sillas a juego; al lado había unas grandes macetas en forma de cuba repletas de plantas con flores del color del mar.

—Insisto… —Contel se volvió hacia Dupin.

El comisario no le dejó hablar, bajó el tono de voz y se quedó justo delante de él:

—Sabemos que fue usted quien arrancó varias páginas del cuaderno de avistamientos de su hermana, señor Contel. O fue el lunes por la noche, tras su muerte, o más tarde esa misma noche, cuando se produjo el encontronazo con el inspector Labat, si bien en ese momento lo que pretendía era eliminar el *Kig Ha Farz* envenenado. —Dupin hablaba con una lentitud provocadora—. Arrancó las páginas del cuaderno con una precisión casi quirúrgica para que no se notara en caso de que alguien se lo quedara tras el fallecimiento de la señora Contel. Su sobrina, por ejemplo, Sophie Gautier. —Dupin se frotó la sien derecha—. Existía, claro está, la posibilidad de que ella u otra persona descubriera que faltaban páginas, pero el riesgo habría sido aún mayor si hubiera faltado todo el cuaderno. Sobre todo porque, gracias al incidente con el inspector Labat, era evidente que alguien había estado buscando algo en la abadía. Usted…

—Pero ¿qué está diciendo? —Ahora fue Contel quien interrumpió a Dupin. Parecía impasible—. ¡Esto es un despropósito! En fin, da igual porque ahora mismo todos ustedes van a abandonar mi propiedad. Voy a llamar a mi abogado y presentaré una queja en persona al prefecto por esta arbitrariedad policial. Estas cosas conmigo…

—Por desgracia, en algún momento su hermana le habló del avistamiento del alca gigante. Un descubrimiento que habría arruinado el fomento del turismo ornitológico y un proyecto aún más lucrativo, la explotación del guano bretón. De hecho, su hijo me acaba de confirmar que las muestras que envió al laboratorio eran de excrementos de ave.

—Sí, ¿y qué?

—Evidentemente, en el futuro otra persona también podría descubrir el alca gigante, pero para entonces usted ya habría consolidado su política de hechos consumados y habría puesto en práctica sus planes. —Desde luego, admitió Dupin para sí, aquel era un argumento algo flojo—. Entonces no estaría obligado a abandonar por completo sus proyectos —añadió como precaución.

Contel había adoptado una expresión cínica y burlona y la voz le temblaba de sarcasmo.

—*Chapeau*. Es posible que algún día el comisario parisino se convierta en un auténtico bretón; por imaginación desbordada no quedará.

Victor Contel sacó su móvil. Se detuvo justo delante de Dupin.

—¿Jérôme? Nos ha surgido un problemilla con la policía. —Su tono de voz no podía ser más engreído—. Cuatro agentes han irrumpido en mi propiedad y me acusan de varias ridiculeces.

Una voz habló desde el otro lado de la línea.

—En efecto, calumnias graves. Les he pedido repetidamente que abandonen mi propiedad de inmediato. Tengo que ir a una cita de negocios a la que ya estoy llegando tarde. ¿Podrías hacerte cargo de este asunto, por favor?

Contel le tendió el teléfono a Dupin.

Dupin lo tomó con toda la parsimonia.

—*Bonjour*, señor. Al habla el comisario Georges Dupin.

—Jérôme Hardy, abogado de Victor Contel. Le exijo…

—Encantado de conocerle, señor Hardy. Me viene muy bien hablar con usted. Creo que debería ponerse en camino de inmediato; su cliente necesita asistencia legal urgente. En este momento me dispongo a arrestar a Victor Contel, como se dice, «de manera provisional». Hemos hallado sus huellas dactilares en un objeto de extrema relevancia en el caso del asesinato de su hermana Joëlle Contel. Existen sospechas sólidas de delito. Además, hay motivos para temer que pueda fugarse. Se trata de dos asesinatos, un intento de asesinato y una agresión a un agente de policía. Si fuera tan amable de asesorarle, creo que se lo agradecerá. En quince minutos en la gendarmería de Lannilis.

—Esto no tiene… —El abogado de Contel hizo un intento desesperado de replicar.

Dupin colgó.

—¡Esto es una detención ilegal! —Victor Contel miraba atónito a Dupin. Tenía el rostro enrojecido—. A lo que hay que sumar el allanamiento de morada. Le va a costar muy caro, señor comisario.

Victor Contel había perdido los nervios, la última frase prácticamente la había soltado a gritos. Dupin se lo había figurado: al final, ese hombre no era más que un vulgar colérico, al margen de lo que intentara representar.

Dupin se volvió hacia sus compañeros:

—Lleven al señor Contel a Lannilis. En un momento estaré allí.

Carman, Nevou y Le Ber asintieron.

La intención de Dupin nunca había sido detener a Victor Contel. Había sido más bien una decisión espontánea. Y, desde luego, consecuencia de un arrebato. Con todo, la detención provisional estaba justificada hasta cierto punto. Las huellas de Victor Contel estaban en el cuaderno manipulado de la mujer asesinada. Eso era un hecho probado. Aunque también lo era que Dupin no estaba convencido del todo. Por supuesto, todo aquello era muy relevante. Sin embargo, no acababa de sentirse satisfecho. Pero tampoco sabía por qué. No lo acababa de ver claro, le quedaba alguna duda. Más allá de las huellas dactilares, faltaban todas las pruebas, evidencias sólidas y objetivas. Pero ni siquiera era eso. Sin embargo, decidió jugárselo todo a una carta. Había algo que le perturbaba. Que le inquietaba profundamente.

—¿Qué ocurre, jefe?

Su inspector percibió el estado de ánimo de Dupin.

—Tranquilo, Le Ber, solo necesito un minuto para mí.

Dejó al inspector y abandonó la propiedad.

En el horizonte, los dos faros se alzaban temerarios hacia el cielo.

Al llegar a la bahía de Lilia, Dupin había reparado en una bonita terraza. A lo largo de su vida, había desarrollado la capacidad de detectar siempre cualquier lugar que constituyera una fuente potencial de cafeína. Una técnica de supervivencia.

Una ostrería. En un letrero se leía: MAISON LEGRIS. Pertenecía a unos amigos de Jacques Briand que Dupin había conocido la velada anterior. Las Legris: las ostras más famosas del lugar.

—Un café solo para llevar, por favor.

Una petición inusualmente comedida para los estándares de Dupin, pero tenía que moderarse, al menos durante las próximas horas. En el desayuno se había excedido un poco con la jarra de un litro de café. Esa cantidad le había sentado como un golpe en el estómago y desde entonces sentía un dolor punzante en él.

La ostrería Maison Legris no podía ser más bretona; no tenía nada de ñoña ni de ostentosa. El edificio en sí parecía más una caseta tosca, aunque muy bien decorada.

Dupin se quedó de pie frente a un mostrador alargado en el que había dispuestas, una junto a la otra, varias piletas de agua de mar. En su interior, las ostras aguardaban la llegada de sus amantes.

Toda la sala delantera del establecimiento estaba abierta hacia la bahía. Simplemente habían retirado la pared de modo que incluso allí dentro uno tenía la sensación de estar sentado fuera.

—*Et voilà.*

Con unos pocos gestos expertos en la imponente cafetera, la mujer rubia había obtenido el anhelado café. Pero había algo más en el aire. El tentador olor de algo dulce.

Dupin ya tenía el billete en la mano.

—¿Desea algo más, señor? —preguntó la camarera con una sonrisa.

Entonces la descubrió. Un poco escondida, a un lado de la caja registradora: una bandeja entera de *chaussons aux pommes*. Pastelitos de manzana. Los pastelitos de su infancia. Con la obligada silueta de una hoja de manzano en la masa.

—¿Un *chausson breton aux pommes*? —propuso la camarera, que había reparado en su mirada.

—Con mucho gusto —aceptó Dupin.

También el azúcar era una excelente ayuda, aunque por poco tiempo, para el cerebro. Por otra parte, ¿las manzanas no tenían una gran cantidad de pectina? ¿Eso que iba muy bien para estómago?

—Debería usted probar nuestro tartar de caballa acompañado de manzanas nuevas.

La mujer señaló un cuenco blanco que contenía aquel preciado manjar.

—O tal vez unas ostras con vinagreta de la casa, hecha con vinagre de sidra de manzana. Basta con dos o tres gotas, divinas. Y, sobre todo, nuestro *crumble* bretón de manzana. En la Bretaña es imposible librarse de las manzanas.

Ella sonrió satisfecha.

Así era todas las temporadas. De hecho, era difícil librarse de las manzanas durante todo el año, pero sobre todo en octubre.

—Solo el café y el pastelito de manzana, gracias.

La gran terraza donde Dupin se sentó superaba con creces la vista que se tenía desde el interior del establecimiento. Sentado a pocos metros de la playa, en medio de un paisaje mágico, uno se quedaba fascinado. Cautivado por ese paisaje de tierra y de mar.

Dupin se bebió el café en dos sorbos, dejó la tacita y sacó su Clairefontaine. A veces encontraba anotado en su libreta mucho más de lo que recordaba. Sin embargo, antes de abrirla le sonó el móvil.

La comandante Carman.

—¿Sí? —La voz de Dupin sonó brusca, aunque no había sido su intención.

Ella parecía estar en el coche, se oían ruidos de motor.

—Acabamos de recibir la confirmación definitiva. Se trata de las huellas de Victor Contel. No hay duda.

—Bien.

En este sentido, no habían tenido ninguna duda.

—Estamos llegando a la gendarmería. El abogado del señor Contel, también. Se ha puesto en contacto conmigo. Hablará un momento a solas con el señor Contel y luego podremos empezar el interrogatorio. ¿Maxime Contel le ha confirmado lo del envío de guano?

—En efecto.

—Ahora que Victor Contel está detenido de manera provisional como sospechoso de asesinato, voy a intentar que el laboratorio nos entregue los análisis. Si es preciso, incluso podríamos conseguir una orden para registrar la isla y el despacho del hijo.

—Sí, hágalo.

Incluso entonces a la frase de Dupin le faltó algo de énfasis.

—¿Dónde está usted, señor comisario?

Seguramente Carman echaba en falta el ruido del coche

de Dupin. Además, la pregunta había sonado un poco a: «Lo digo porque no tenemos ni idea de cómo proceder con Victor Contel». La cuestión era que Dupin tampoco.

—Estoy de camino.

—Bien, pues hasta ahora.

Dupin puso fin a la conversación.

Se reclinó en el asiento, dio un bocado al pastelito de manzana y abrió la libreta con la mano izquierda.

Hasta el momento, la única evidencia fiable era que Victor Contel había manipulado el cuaderno de avistamientos de Joëlle Contel. Así pues, debían centrarse en ello. Fuera el que fuese, tenía que haber un motivo por el cual Victor Contel había hecho eso.

Cerró la libreta y se puso en pie. Mientras se incorporaba, se comió el último bocado del pastelito de manzana. Divino de verdad.

De mala gana y extrañamente ensimismado, Dupin abandonó la terraza y se encaminó hacia su coche. No le apetecía volver a mantener una entrevista con Victor Contel, que a buen seguro sería en vano.

La gendarmería de Lannilis era impresionante. Se trataba de un conglomerado de varios edificios modernos y angulosos de tejados planos, unidos entre sí como enormes ladrillos, que albergaba oficinas y salas de reuniones luminosas y acogedoras, aunque marcadamente funcionales. Había también una sala de interrogatorios en la cual hacía un buen rato que Victor Contel, su abogado, Nevou, Le Ber y la comandante Carman esperaban la llegada de Dupin.

En el curso del corto trayecto de Lilia a Lannilis, el estado de ánimo de Dupin se había ido ensombreciendo a la vez que crecían su enfado y su insatisfacción, reflejo de su disgusto consigo mismo. Tenía la impresión de que había algo que se le escapaba.

Aparcó justo delante de la puerta de entrada y, gracias a las amables indicaciones de algunos compañeros, se fue directo a la primera planta del edificio.

La puerta de la sala 1.B12 estaba abierta.

Una mesa blanca sencilla. A un lado, los policías; al otro, Victor Contel y su abogado. Todos volvieron la vista hacia él. Dupin saludó brevemente con la cabeza y se detuvo ante la mesa.

El abogado se apresuró a levantarse.

—Señor comisario, yo…

—Basta de juegos, señor Contel. —Dupin hizo caso omiso del abogado y se dirigió directamente a Victor Contel—. Ahora mismo va a contarnos qué…

—En efecto —lo interrumpió—, yo arranqué las páginas del cuaderno de Joëlle. El lunes por la noche, tras la muerte de mi hermana. Así es. ¿Qué hay de malo en eso?

Victor Contel permaneció impasible mientras confesaba y se quedó mirando a Dupin con expresión despectiva.

¿A qué venía esa franqueza tan repentina? ¿O acaso era una estrategia?

—¿En qué delito capital quiere convertir eso, comisario? —Contel enarcó las cejas con ademán de suficiencia—. ¿Daños a la propiedad de una persona fallecida? El lunes por la noche ese cuaderno entró a formar parte de los bienes de la herencia.

—¿Por qué arrancó esas páginas, señor Contel? —Dupin tuvo que contenerse—. Eso es lo único que me interesa.

—Mi cliente —intervino el abogado, que seguía de pie— no ve ningún motivo para hacer más comentarios al respecto, señor com…

—Déjalo, Jérôme —le interrumpió Victor Contel—. No

tengo ningún problema en decirle la verdad. No voy a permitir que nadie me atemorice. Joëlle creía haber descubierto al norte de la península de Sainte-Marguerite una colonia de una especie de ave rara. Justo en el lugar donde queríamos iniciar nuestro proyecto piloto de extracción de guano. —Como antes, el temperamento colérico de Contel se abrió paso—. La verdad es que ya estoy harto de todo ese circo. Estoy hasta el gorro. —Subrayó esas palabras con un gesto—. Siempre es lo mismo. Al instante aparecen esos ecologistas petulantes. De repente, todo el mundo empieza a tener unos reparos tremendos. Es ridículo. Así que, en efecto, yo arranqué esas páginas de su cuaderno antes de que las fantasías de Joëlle alimentaran aún más todo eso. Yo...

—Usted se está refiriendo al alca gigante. —Esta vez fue Le Ber quien intervino—. Ese gran pingüino del norte que se considera extinto.

En la expresión de Contel se reflejó un desprecio abismal.

—Esto se pone cada vez mejor. ¡Ahora es la propia policía la que cae en esas quimeras absurdas! Grotesco. ¿Saben que el año pasado un campesino de los montes de Arrée afirmó haber visto un dragón? Incluso lo juró. Sin duda, esa sería también una buena misión para ustedes. Y no se olviden de los miles y miles de gnomos, hadas y elfos que hay en la Bretaña. —Contel se levantó—. Bien, pues esto es todo. Ya les he dicho todo lo que había que decir. Ahora me marcho.

Se giró bruscamente hacia la puerta.

Carman, Nevou y Le Ber se pusieron de pie a la vez.

—Usted solo va a hacer una cosa: volver a sentarse de inmediato.

Carman bloqueó la puerta. Nevou se había dirigido directamente hacia Contel.

—Menuda mierda.

Todos se volvieron hacia Dupin.

El comisario se había quedado inmóvil. Como alcanzado por un rayo.

—¿Jefe?

Le Ber parecía preocupado.

Dupin no dijo nada. Los pensamientos se precipitaban.

Por fin se le acababa de ocurrir algo. Algo tremendo. Podía ser. Por descabellado que pareciera.

Dupin se quedó de pie un buen rato. Sin más. Nadie se atrevió a hablar. Entonces, de repente, el comisario corrió hacia la puerta.

—Carman, Nevou, Le Ber. —Se detuvo un instante y se giró—. Acompáñenme todos. El señor Contel sigue bajo arresto provisional. Carman, asegúrese de que siga aquí retenido.

Al momento, Dupin cruzó el umbral.

Medio minuto después abandonaba el edificio y salía a la calle. Ese viento eterno. Tenía ya el móvil en la mano. Buscó el número.

Ahí estaba. Dupin lo marcó y siguió avanzando.

La línea estaba ocupada.

—Maldita sea.

Marcó otro número.

Nada. Otra llamada en vano.

—Estamos aquí, jefe.

Le Ber había alcanzado a Dupin. Nevou y la comandante iban detrás.

Dupin se volvió hacia Carman:

—Diga a los colegas de Morlaix que vayan enseguida a la sidrería. Y que lo acordonen todo. También el vivero para manzanas del campo nuevo de al lado. Que nadie entre ni salga de la finca hasta que yo llegue. Nadie.

—¿De qué va esto?

—Se lo explicaré todo más tarde, Carman.

—No tenemos ninguna base para hacer eso.

—Pida a Nolwenn que nos consiga una orden de registro.

—Si usted lo dice… —La comandante asintió, de todo menos convencida.

—Tenemos que saber dónde está Maxime Contel. Si todavía se encuentra en la sidrería. No logro que me conteste al teléfono. Y la línea de la sidrería está ocupada. Voy a…

Dupin se interrumpió y volvió a marcar el número.

Esta vez tuvo suerte.

—Sidrería de Limpalaër. Al habla Sylvaine Dumas.

—Aquí el comisario Dupin, señora Dumas. Hace un rato he estado en su establecimiento.

—¿En qué puedo ayudarle?

—¿Maxime Contel sigue en la sidrería?

—No. Se marchó hace tres cuartos de hora.

—¿Sabe a dónde iba?

—Solo ha dicho que debía regresar. Yo supongo que se refería a su casa.

—Entiendo. La comandante Carman va a…

Dupin no terminó la frase. Era mejor no decir nada sobre la actuación prevista.

—Si Maxime Contel se pone en contacto con usted, dígale que necesito hablar con él urgentemente. Que me… —Dupin se quedó pensando. Era mejor otra cosa—: Que acuda cuanto antes a la sidrería. Es muy importante. Y avíseme de inmediato cuando haya hablado con él.

—Lo haré, señor.

—Gracias.

Dupin colgó.

Reflexionó. Ahora no podía cometer ningún error. Tenía que pensar en todo. En todas las posibilidades.

—Carman, vamos a casa de Maxime Contel. Encabece la marcha. —Dupin corrió hacia su Citroën—. Le Ber, vaya directamente a la sidrería. Nevou, pídale a la cocinera que se reúna con usted en la abadía.

Dupin abrió la portezuela de su coche.

—¡En marcha!

Al instante siguiente estaba al volante. Y el motor ya rugía. Incluso Le Ber, que conocía esas ocurrencias y esas actuaciones repentinas y aparentemente erráticas del comisario, tenía una expresión desconcertada.

Dupin aguardó a que la comandante pasara ante él con las luces azules y la sirena encendidas y luego aceleró.

¿Qué había dicho esa camarera de la ostrería? «En la Bretaña es imposible librarse de las manzanas». Posiblemente fuese cierto. Desde luego, lo era en ese caso.

«En la Bretaña es imposible librarse de las manzanas». Esa frase había sido como una chispa deslumbrante. Había hecho falta un comentario tan trivial para arrojar luz en la oscuridad por la que habían estado avanzando a tientas todo ese tiempo. Dupin podría haberse percatado antes. Nunca ese caso había estado tan claro como ahora. Y cuanto más pensaba en ello, más convencido estaba. Cada vez encajaban más piezas en el rompecabezas.

A mano derecha estaba el mar. Al menos, en teoría. En ese momento había bajamar. El agua estaba lejos. Mucho. La pequeña carretera estrecha y llena de baches, aunque estaba asfaltada, serpenteaba por la costa hacia el norte de la península de Sainte-Marguerite.

Carman avanzaba a toda prisa; a veces Dupin tenía dificultades para seguirla, algo que rara vez le ocurría. La comandante podría competir en cualquier rally.

El móvil de Dupin sonó.

La sidrería. Reconoció el número.

—¿Diga?

—Señor comisario, Maxime Contel acaba de llamar. Me ha pedido usted que le informara en caso de que lo hiciera.

—Así es. —Dupin tenía el teléfono pegado al oído y se vio obligado a gritar para hacerse oír por encima del ruido del coche y la sirena de Carman—. ¿Qué quería?

—Ha sido un poco raro. De hecho, solo quería saber si usted había preguntado por él. Le he dicho que sí, y que usted me había pedido que le dijera que debía acudir con urgencia a la sidrería.

—¿Y bien?

—Ha colgado. Nada más.

—¿Estaba en casa?

—No lo ha dicho.

—¿Se oía de fondo el ruido de un motor?

—No, eso no.

—Gracias, señora Dumas.

Antes de que ella pudiera decir algo más, Dupin colgó.

Maxime Contel había descubierto el pastel. Si realmente todo era como Dupin creía, Maxime sabía que el comisario estaba al corriente.

Carman había vuelto a acelerar. Dupin miró el velocímetro. Ciento veinte, ciento cuarenta.

De repente, un coche azul oscuro se aproximó a ellos a cierta distancia. Un todoterreno. Uno como el que antes había visto en el patio de la sidrería. Se dirigía hacia ellos como una flecha. Era enorme. Un BMW. Y, como ellos, circulaba a gran velocidad.

Dupin pisó el freno. No con brusquedad, pero sí de forma perceptible. No así la comandante. Ni tampoco el conductor del todoterreno. Eso solo podía significar una cosa: era Maxime Contel.

Era como en una de esas películas de acción: dos conductores locos aproximándose a toda velocidad hasta que uno acaba cediendo y da un volantazo.

Poco antes de la colisión, el todoterreno azul dio un giro brusco a la derecha. Dupin, a quien tapaba el coche de Carman, al principio no vio el desvío. El ruido de los frenos llevados al límite fue infernal.

Carman fue tras él.

Maxime Contel se estaba dando a la fuga.

Era evidente. Lo cual confirmaba que Dupin tenía razón. Contel había entrado en pánico. Probablemente estaba en su casa y se había marchado a toda prisa. Supuso que iban a buscarlo a su propia casa.

Derecha, izquierda, derecha. El camino era sinuoso, en ese momento se encontraban en medio de la península. El paisaje llano pasaba a toda velocidad junto a ellos.

Al poco rato se precipitaban en dirección hacia las dunas al oeste de la península. El todoterreno azul, el Peugeot policial de la comandante y el Citroën viejo y anguloso de Dupin. La separación entre los tres vehículos iba en aumento. Los baches del camino, ahora de arena, pasaron a ser cráteres pequeños que ningún sistema hidroneumático del mundo era capaz de amortiguar.

El trayecto entonces los condujo por entre las dunas; el vehículo de Contel era el que mejor se adaptaba al terreno, y cada vez se alejaba un poco más. Sin embargo, tras alcanzar la última duna, la más alta, también llegó el final. Aquella pequeña vía de tierra acababa en un aparcamiento, desde donde un sendero estrecho se encaramaba por la duna. Contel había conducido su vehículo algunos metros más arriba del camino y lo había dejado allí. Les llevaba una buena ventaja.

Dupin se detuvo con un fuerte frenazo en el aparcamiento, justo al lado de Carman. La comandante saltó del coche y corrió hacia la duna; Dupin se apresuró a seguirla.

Arena blanca y fina, impecable, que se hundía hasta los tobillos a cada paso, y hierba de las dunas plateada y reluciente a derecha e izquierda.

La arena convirtió el intento de correr en una caminata torpe; Dupin se detuvo sin aliento en lo alto de la duna junto a la comandante.

—Maldita sea —gruñó.

No había ni rastro de Maxime Contel a lo largo y ancho del lugar. Era como si se hubiera desvanecido en el aire.

Ante ellos tenían el paisaje infinito propio de la bajamar, compuesto de arena, canales de agua e islotes rocosos; unas extensiones gigantescas que llegaban hasta el horizonte, con destellos aislados aquí y allá de agua de mar. Un paisaje completa y absolutamente irreal. Surcos profundos en la arena, como si esta quisiera imitar al mar y crear por sí misma las olas.

—Maxime Contel debe de conocer todas las rocas de la zona. Vive en la península. Sabe a dónde llegar a pie con la marea baja. Esto es un auténtico laberinto.

Carman parecía tensa.

En la costa bretona, los lugares a los que se podía ir a pie y para los que hacía falta un barco cambiaban a diario. Por supuesto, eso dependía de las mareas pero, sobre todo, de su intensidad, distinta cada día: ¿hasta dónde retrocedía la marea? ¿Hasta dónde podía subir? Nunca era igual.

Carman y Dupin permanecieron un momento en silencio el uno junto al otro, oteando aquel mundo extraño. El fuerte viento racheado les daba en la cara; allí arriba, en la duna, parecía casi un látigo.

—¿Él es el asesino? ¿El atacante del inspector Labat? —Carman siguió escudriñando la zona con atención mientras hablaba.

—¡Allí!

Dupin detectó un movimiento.

Entre dos peñascos de aquel mar de arena, a unos trescientos metros.

Dupin reconoció a Maxime Contel. Era muy evidente. Su camisa azul petróleo resaltaba sobre la arena, igual que el negro de sus pantalones.

Contel corría hacia uno de los islotes más grandes. Dupin se precipitó de inmediato por la duna y Carman apenas una fracción de segundo después.

—Acérquese por la derecha. Yo iré por la izquierda —gritó Carman.

Buena idea.

En cuanto llegaron a la playa, se separaron.

Desde la duna no se podía apreciar, pero en los surcos de arena había agua que ahora, al caminar, salpicaba con fuerza. En pocas horas allí habría peces nadando. Instantes después, Dupin tenía los zapatos y los vaqueros mojados y repletos de arena.

En principio, Contel avanzaba recto en dirección hacia el mar abierto, si es que tal cosa resultaba visible en algún sitio. Ahí abajo, en esa llanura, ni siquiera se podía adivinar.

Entretanto había alcanzado el islote y había desaparecido tras las rocas.

Ellos pronto llegarían también a la altura del islote. Carman y Dupin avanzaban prácticamente a la vez.

Detrás del islote, la extensión de arena aparentemente infinita continuaba. Ante sus ojos asomaron otros islotes rocosos, y un par más, grandes, alargados y planos, con una capa de hierba verde. Ahí abajo, en medio de aquel paisaje irreal de arena, no se veía nada más en el horizonte.

Alcanzaron el islote.

Dupin lo rodeó.

No había ni rastro de Maxime Contel. Solo pájaros. Una enorme cantidad de ellos.

De hecho, era poco probable que Maxime Contel se escondiera en ese islote rocoso, ya que allí no tendría escapatoria. Seguramente había salido corriendo hacia el siguiente. ¿O acaso era justo eso lo que pretendía, que siguieran corriendo?

—Maldita sea.

Dupin siguió avanzando a toda prisa hacia el siguiente islote a la vez que echaba vistazos atrás cada pocos metros. ¿Dónde se había metido Carman?

Aparecieron entonces unas superficies de arena de intenso color blanco; en la parte más alta, la arena estaba seca.

¿Debía subir por ahí?

Le llevaría un tiempo, tenía que pasar sobre piedras, algas, líquenes resbaladizos.

—¡Dupin!

La comandante. Aquel paisaje de arena amortiguaba el sonido de un modo peculiar.

—¡Aquí!

Venía de atrás, del islote que Dupin acababa de pasar. Se detuvo bruscamente y se dio la vuelta.

No la veía.

—Entre las rocas. Aquí.

Entonces la vio.

Carman se encontraba sobre un conjunto de trozos grandes de rocas y escudriñaba el paisaje con la mano en la frente.

Dupin aguardó. Ella buscaba y buscaba.

Aquello parecía imposible. Maxime Contel tenía que estar en algún sitio.

Dupin giró sobre sí mismo. Nada. Nada en absoluto.

Necesitaban refuerzos. Dupin sacó el móvil.

Ni una sola barra. Ni el menor atisbo de cobertura. Pero ¿en qué estaba pensando? En cierto modo, estaba en medio del mar.

Al parecer la comandante había decidido quedarse quieta estoicamente en su roca. La táctica en sí no era del todo errónea. Probablemente era mejor que vagar sin sentido por aquel mundo de arena que albergaba innumerables escondites posibles.

—¡Allí! ¡Allí está!

Carman había descubierto a Contel.

Dupin echó a correr de inmediato.

Poco después él también lo vio. Estaba lejos. Se dirigía a toda velocidad hacia una de las dos islas de forma alargada y de tamaño notablemente mayor. Al poco rato, volvió a desaparecer detrás de una roca.

Dupin siguió corriendo y se acercó a las primeras estribaciones de la isla. Entonces empezó una escalada impetuosa.

La capa de hierba verde de la isla también era más irregular de lo que parecía a simple vista desde abajo. Por todas partes había orificios profundos en el suelo, puntos de anidación.

De repente oyó gritos. No eran de Maxime Contel.

—¡Socorro! ¡Ayuda!

Las voces procedían del otro extremo de la isla, que era menos profundo que en el lado de Dupin. El comisario vio a un hombre agitando los brazos hacia él.

—¡Ya voy!

Dupin se apresuró.

Vio que el hombre llevaba unos prismáticos colgados al cuello y una mochila en amarillo canario. Pantalón cargo corto de color verde, camisa naranja. Sin duda, un ornitólogo aficionado.

—¿Qué le ocurre? ¿Está usted herido?

—Ese… Se ha llevado mi embarcación. —El hombre señaló desesperado a su espalda.

Dupin tardó un momento en ver lo que quería decir.

A pesar de que la marea estaba baja, en aquel mar de arena se había abierto paso de forma sinuosa una ensenada amplia y ancha. El agua era de un color turquesa deslumbrante. Y en medio de ese turquesa, destacaba un kayak de un llamativo color rojo.

—Me lo ha robado. He venido a ver pájaros —dijo el hombre de los prismáticos—. Soy aficionado a la ornitología —añadió por prudencia.

—Y yo soy policía, señor. Diríjase de inmediato a tierra firme —le ordenó Dupin mientras iniciaba el descenso para abandonar la isla—. Yo me ocuparé de este asunto.

—¿Policía?

—¡Por favor, regrese a la playa!

No había tiempo para explicaciones.

Dupin escudriñó a su alrededor en busca de Carman. Vio que seguía de pie sobre la roca.

Alcanzó la arena. Ahora el camino estaba despejado. Echó a correr.

—¡Vaya con cuidado! ¡El agua ya está volviendo a subir! —oyó que gritaba el hombre.

Tenía razón. Justo donde se hallaba Contel, el color turquesa se estaba convirtiendo en azul; en ese punto, la profundidad era claramente mayor y se fundía con el mar abierto, el cual de pronto ya no parecía tan lejano.

A Dupin solo le quedaba una opción: recorrer un buen trecho junto a la ensenada y, si todo salía bien, interceptar a Contel antes de que alcanzara el mar abierto. Tal vez sus posibilidades de escapar no fueran muy grandes, pero no se podían subestimar. Era posible que intentara alcanzar la otra orilla del Aber Benoît y allí hacerse con un vehículo. Conocía la zona a la perfección.

Dupin notaba que el corazón le latía con fuerza; la arena

mojada y pesada hacía que la carrera resultara doblemente agotadora.

El comisario tardó un rato en llegar a la altura de la embarcación. A la izquierda de la desembocadura de la ensenada había uno de los muchos islotes de rocas, y a la derecha, por donde Dupin corría, un banco de arena elevado.

Poco después ya había adelantado a Contel y casi había alcanzado el banco de arena. En el último momento corrió en dirección hacia el agua, se quitó los zapatos y se metió en el mar. Primero hasta los tobillos, luego hasta las rodillas y, finalmente, hasta la cintura.

A continuación, cogió un fuerte impulso y se zambulló de cabeza. Nadó con todas sus fuerzas hacia el centro de la corriente sin levantar la vista. Cuando por fin lo hizo, se dio cuenta de que se había convertido en el vencedor de esa competición imprevista.

El kayak rojo apenas estaba a diez metros de él. Avanzaba con rapidez, pero Contel no tenía ninguna opción.

—Ríndase, Contel —le ordenó Dupin entre resuellos, listo para volver a nadar con fuerza.

Maxime Contel no respondió. Había girado la embarcación y en ese momento empezaba a navegar lentamente hacia atrás, siguiendo la corriente. Miraba a Dupin con rostro inexpresivo.

Dupin notó el frío del Atlántico y, sobre todo, la corriente. La subida de la marea introducía cada vez más agua en el canal, en dirección a tierra.

Pasó un rato sin que ninguno de los dos hiciera o dijera nada.

Entonces, de pronto, Contel sumergió el remo izquierdo dentro del agua, muy despacio, y dio una palada larga y poderosa. La punta del kayak se orientó hacia la orilla. Después prosiguió con la pala derecha, deslizando silenciosamente la embarcación hacia el banco de arena. Se había dado por vencido.

Dupin nadó unas pocas brazadas, siempre en paralelo al kayak, hasta que sintió de nuevo el suelo bajo los pies.

—¡Quiero hablar con mi abogado! —Maxime Contel miraba impasible al frente. En su tono de voz había casi un cierto abandono.

—Lo va a necesitar y con urgencia, señor. —También Dupin se mantenía imperturbable—. Queda usted detenido como sospechoso del asesinato de Joëlle Contel y Claude Hilaire, y por el intento de asesinato de la señora Hilaire y el intento de homicidio de su primo, el inspector Labat. —Tras una breve pausa, añadió—: Muy pronto sabremos si usted cometió esos crímenes solo o con un cómplice.

A Dupin, el agua del Atlántico le llegaba a la cintura. La luz deslumbrante del sol se reflejaba en el agua cristalina, proyectando formas centelleantes en el fondo arenoso del mar. Aquella detención era, sin duda, una de las más peculiares de su carrera.

El kayak rojo alcanzó la arena. Maxime Contel salió con aplomo.

Dupin oyó que alguien acudía a toda prisa. La comandante. Se dirigía directamente hacia Maxime Contel apuntándole con su arma.

—Bien, vamos a llevarle a comisaría —dijo sin soltar la pistola—. Su padre lleva allí un rato con su abogado y ha decidido hablar. Así que, de todas formas, todo ha salido a la luz.

Maxime Contel clavó la mirada en la comandante. Estaba profundamente inquieto. Era evidente. Se notaba.

Dupin se plantó ante él.

—Ya lo ha oído, señor. ¡Hable!

—Ni una palabra.

Maxime Contel se esforzaba por imitar la indiferencia de su padre, pero casi resultaba patético.

Dupin abandonó el intento.

—Lléveselo —ordenó a Carman, y acto seguido, sin decir nada más, echó a correr de nuevo. Descalzo, empapado.

Necesitaba cobertura, tenía que llamar con urgencia. A Nevou y a Le Ber. Tal vez, con suerte, su móvil había sobrevivido. Aunque era un modelo impermeable, la cantidad de agua había sido importante.

Era muy probable que hubieran atrapado al culpable, ya que Maxime Contel se había incriminado con su intento de fuga; sin embargo, el trasfondo y el móvil de sus actos seguían siendo únicamente una hipótesis en la cabeza de Dupin. Y el par de indicios que habían obtenido hasta ahora no bastaban. Aún no eran pruebas.

Se habían adentrado en el Atlántico mucho más de lo que creía Dupin. Había un largo camino hasta la playa donde Carman y él empezaron la persecución.

Dupin llegó a las arenas profundas de lo alto de la duna con paso lento y al límite de sus fuerzas.

Aún no tenía cobertura.

En el coche, lo mismo. Ni una barra.

Poco después, el Citroën de Dupin emprendía una marcha vertiginosa por el camino de arena solo para detenerse al llegar a la carretera. Las piedrecitas salían despedidas con furia a su paso.

Por fin. 3G. Una barra. Mejor que nada.

Primero, Nevou.

La agente se puso al teléfono de inmediato.

—La señora Brével acaba de llegar a la abadía, comisario. He pedido que fueran a recogerla.

—Bien.

Luego ya le contaría él lo ocurrido.

—Pásele el móvil.

Transcurrió un rato.

—¿Señor comisario? —La cocinera parecía asustada.

—Señora Brével, es sobre las manzanas de Joëlle Contel. Las de los árboles que están cerca de la terraza. Me dijo que, en contra de lo que usted creía, el señor Hilaire no las había recogido. ¿Cuándo se lo comentó él?

—El lunes. Cuando, bueno, cuando estaba vivo. —Parecía abrumada—. Quiero decir que fue en la abadía, después de que usted hablara con él. Antes de que se marchara, eso es lo que quiero decir. Se lo pregunté. Habían desaparecido de la mayoría de los árboles. Él también lo vio. Pero no sabía nada. Y, claro, tampoco se lo podíamos preguntar a la señora Contel. Quiero decir que, en fin, él y solo él era quien se encargaba. ¿Quién si no las iba a recoger?

—Una vez que se recogen, ¿adónde van a parar las manzanas?

—Al sótano. Como siempre. Todos los años. Hay un sótano para la fruta, de los tiempos de los monjes. Es perfecto. Allí las manzanas de la señora se conservan todo un año, por supuesto, porque son unas manzanas maravillosas.

Esa era la cuestión.

—¿Y seguro que no están en el sótano?

—No, precisamente por eso se lo pregunté a Claude. Me di cuenta el lunes. Hasta entonces, de hecho, él solo había recolectado las de unos pocos árboles. Para mi tarta y tal vez una docena para la señora, que esperaba con impaciencia las primeras manzanas.

—Me gustaría que usted y la agente Nevou volvieran a buscarlas por todas partes. No vaya a ser que estén en algún otro lugar.

—Imposible. Sé perfectamente lo que hay en el sótano. Tendría que haber varios centenares. La mayor parte de los árboles ya se han recolectado.

—He oído que el Baie des Anges recibe cada año cierta cantidad.

—Sí, cuando llega la cosecha. Tres o cuatro cajas.

—¿Quién más?

—La sobrina de la señora Contel, Sophie, y su hija. Claude Hilaire y su mujer, y yo. Son árboles muy productivos. ¡Ah, sí! Y también Le Vioben. El restaurante favorito de la señora Joëlle en el Aber Wrac'h. Sus propietarios son un encanto, ellos…

—¿Y este año aún no han recibido las manzanas?

—Ni una. Como le he dicho, Claude aún no las había recogido.

Sin embargo, prácticamente no había. El día anterior por la mañana ya no estaban; Dupin recordó que le había llamado la atención.

—¿No es posible que otra persona tuviera permiso de la señora Contel para recoger las manzanas? ¿Sophie Gautier, quizá?

—Nunca.

—¿Maxime Contel se mostró interesado por las manzanas en los últimos tiempos? ¿O en los dos últimos años, desde que dirige la empresa?

—¿Qué quiere decir con eso?

Dupin vaciló.

—¿Sabe usted si tenía interés en cultivar las manzanas de la abadía?

—No sabría decirle. —La mujer parecía desbordada—. En todo caso, habla muy bien de esas manzanas, como todo el mundo. Son unas manzanas maravillosas, ya se lo dije.

—¿Qué quiere decir exactamente con «manzanas maravillosas», señora?

—Todo en ellas es excepcional: el sabor, la jugosidad, la resistencia, la capacidad de conservación… No son muy duras ni muy blandas, están siempre crujientes. Incluso pasados varios meses no tienen ese regusto mohoso, no sé si sabe a lo que me refiero. Además, no necesitan ningún tratamiento, jamás, no hay nada que las pueda dañar. —Aquel era un auténtico homenaje—. Pero lo mejor es que, aunque son dulces, no lo son en exceso. Conservan la acidez perfecta, lo que me permite emplearlas para cualquier cosa: para patés sabrosos con trocitos de manzana, compotas, pasteles, tartas y…

—Lo entiendo, señora Brével. Y Victor Contel, ¿se mostró especialmente interesado por las manzanas?

—A él también le gustan mucho. ¿O me pregunta de nuevo por su cultivo?

—Sí, por eso también, sí.

—No lo sé. La señora no me comentó nada al respecto.

—Yo… —Dupin pensó un momento—. Muchas gracias, señora Brével, ha sido usted de gran ayuda. ¿Podría devolverle el teléfono a mi colega?

—Ahora mismo. ¿Está usted diciendo…? —Se interrumpió—. ¿No seguirá creyendo que mi *Kig Ha Farz* estaba envenenado? Eso es imposible.

—Se ha demostrado de forma clara que contenía veneno. Lo siento mucho. ¿Podría pasarme por favor con mi compañera?

Aunque tardó un poco, al final accedió a su petición.

—¿Sí?

—Quiero que busque por la abadía las manzanas que faltan en los árboles del jardín. Deberían ser varios centenares. Empiece por el sótano. La señora Brével conoce el sitio, pídale que la acompañe.

—¿Manzanas?

—Manzanas. —Tras una breve pausa, añadió—: Luego se lo aclararé todo.

—De acuerdo.

—Y ponga vigilancia en los manzanos.

—¿Vigilancia en los manzanos?

Al instante siguiente Dupin ya había colgado.

Arrancó y pisó el acelerador con los pies desnudos. A esas alturas, sus zapatos seguramente ya estarían flotando en medio del mar.

La ropa mojada se le pegaba a la piel y al asiento de cuero negro del Citroën y resultaba tremendamente incómoda.

Dupin trasteó con las teclas diminutas del teléfono del coche. Le Ber respondió al instante.

—¿Jefe?

—¿Dónde está usted, Le Ber?

—En la sidrería.

El camino era una secuencia infinita de curvas y recodos hasta alcanzar la D28 en dirección a Lesneven, tras pasar Lannilis. Conducía demasiado rápido y tenía que concentrarse al máximo.

—¿Han bloqueado ya todos los accesos?

—Está hecho, jefe. La sidrería, el patio, el vivero nuevo. Todo. Además, ya tenemos la orden de registro. Y refuerzos de Morlaix.

—¿Dónde está la responsable de la sidrería?

—Está en el patio, delante del edificio. No estaba precisamente contenta. Ya se ha calmado un poco. Quiere hablar personalmente con usted.

—Voy para allá, Le Ber. Estoy de camino. Hemos detenido a Maxime Contel.

Dupin le dio la información estrictamente necesaria.

—Entiendo. ¿Y cuál es su sospecha, jefe?

Dupin vaciló. Pero no había otro modo, era el momento de llamar a las cosas por su nombre.

—Usted mismo habló de las «supermanzanas», Le Ber. Dijo que quien lograra cultivar la manzana de mesa perfecta tendría la vida solucionada.

—Y así es.

—Y eso, ¿qué significa? Desde el punto de vista económico, financiero, ¿qué alcance tendría algo así?

—Oh, se trataría, desde luego, de un gran negocio. ¿No se acuerda de la Cosmic Crisp?

La pregunta parecía seria.

—No.

Solo el nombre ya era un despropósito. Cosmic Crisp. «Crujido cósmico».

—¿Copó los titulares del año pasado? ¡Estaban por todas partes! El *Ouest-France*, *Le Télégramme*… ¡Incluso en la prensa nacional!

Dupin seguía sin saber de qué demonios estaba hablando su inspector.

—Me refiero a esa manzana tan publicitada. Que ni siquiera es bretona. Fue desarrollada por la Universidad Estatal de Washington, donde dedicaron más de veinte años a trabajar en el cruce perfecto. Y, algo es algo, sin recurrir a la ingeniería genética. Un auténtico bombazo, todo hay que decirlo. —Saltaba a la vista que no le resultaba fácil hacer esa concesión—. El nivel adecuado de dulzor, con una acidez sutil, crujiente, pero con una textura fundente. No se pone marrón por la oxidación al morderla. Y, sobre todo, se conserva durante medio año. Es…

—Le Ber, lo que quiero saber es hasta qué punto sería lucrativo un negocio como ese.

—Más rentable que el oro, jefe. El cultivador es el titular

de la totalidad de la patente. Eso significa protección de la variedad natural en todo el mundo durante diez años. Durante los tres primeros años se plantaron doce millones de árboles de Cosmic Crisp. De hecho, el cultivador no fue capaz de cumplir con todos los pedidos de los productores de manzanas, de manera que los árboles jóvenes se tuvieron que sortear. Ya solo el año pasado se vendieron más de dos millones de cajas de veinte kilos. ¿Sabe usted lo que cobran por kilo? —Hizo una pausa teatral. Resultaba increíble cómo alguien era capaz de saber tantas cosas, y recordarlas. Pero así era Le Ber—. ¡Nueve euros! De locos. —Se percibía una mezcla de auténtica indignación y fascinación—. Aun así, la Cosmic Crisp se vende que es un gusto. Dos millones cien mil por veinte kilos dan un total de cuarenta y dos millones de kilos; si lo multiplica por nueve euros se obtiene una facturación de trescientos setenta y ocho millones de euros.

Dupin necesitó un momento para asimilar esa información.

—¡Qué barbaridad!

Entretanto, ya había llegado a Lannilis. Tenía que atravesar el centro del pueblo y rodear la plaza central.

—Durante años, la manzana más vendida del mundo fue la Golden Delicious, de Virginia Occidental. Al poco tiempo, también fue cultivada de forma masiva en Washington. Sin embargo, en los últimos años esa variedad se ha visto muy amenazada por la Cripps Pink y la Royal Gala. Sin embargo, con la Cosmic Crisp, Washington por fin ha logrado presentar batalla. No hay ningún estado federal que produzca más manzanas; Washington es uno de nuestros competidores más duros. El mercado de la manzana también es clave para Francia, jefe. Es la fruta más consumida, con diferencia; va muy por delante de los plátanos y las naranjas, que ocupan el segundo y el tercer lugar respectivamente. Cada año en

Francia se producen varios millones de manzanas, y cada ciudadano francés consume anualmente treinta kilos. Es un mercado gigantesco. Con una nueva supermanzana... —Le Ber se interrumpió de golpe. Luego siguió hablando con voz temblorosa—: Jefe, no creerá usted que... Bueno, sería una barbaridad. Maxime Contel quiere...

Dupin notó cómo caía en la cuenta. Era sorprendente, habían estado bajo los manzanos docenas de veces: al llegar al lugar, al examinar la terraza y la zona donde habían encontrado a Labat. Por así decirlo, la solución del caso había estado siempre sobrevolando sus cabezas.

—¿Cree usted que Maxime Contel quería las manzanas de su tía para Les Pommes et les Bretons? ¿La antigua variedad de los monjes, esa manzana maravillosa? ¿La quería comercializar? Y si Joëlle Contel no quiso cedérselas por algún motivo, ¿cree que entonces decidió...?

El inspector se interrumpió de nuevo.

—¿Qué tenía que hacer para comercializar las manzanas de Joëlle Contel, Le Ber? ¿Cómo se podría lograr un cultivo selectivo a partir de ellas?

—Es posible que Contel se las llevara a última hora del lunes, antes de que el jardinero las recogiera. Y que Labat se lo impidiera en el momento en que iba a hacerlo. Por eso el ataque se produjo junto a los manzanos, por supuesto. —Estaba claro que con esas palabras Le Ber no pretendía responder, sino que daba vueltas a sus pensamientos, como antes le había pasado a Dupin al repasar lo ocurrido—. Por eso Contel no pudo recoger la fruta de los dos últimos árboles. ¡Simplemente cogió las manzanas que su tía Joëlle no quería cederle! ¡Está claro! Con ellas, Maxime Contel podría salvar el negocio familiar. Con una supermanzana. Que seguramente él presentaría como un cultivo propio. Eso no solo revertiría su enorme desequilibrio financiero, sino que le proporciona-

ría un enorme negocio a nivel mundial y millones de bene-
ficios en los próximos diez años. ¡Sería un gran triunfo, jefe!
Una manzana bretona gobernaría el mundo y…

—¡Le Ber! ¿Cómo exactamente se podría lograr un cultivo selectivo a partir de ellas?

Dupin había salido ya de Lannilis. Unas cuantas rotondas
más y llegaría a la carretera rural.

—Es muy simple. —El inspector retomó de inmediato la
cuestión—. De hecho, sería un cultivo convencional, jefe, no
selectivo. Para proceder al cultivo hace falta disponer de semillas, esto es, de los corazones de las manzanas. Y además se
necesita tener el máximo número posible; si no, puede que
no se obtenga nada. A Contel no le habría bastado con un
par de manzanas robadas. —Le Ber parecía emocionarse cada
vez más—. Seguramente por eso quería recogerlas todas. Un
árbol proporciona una media de ciento cincuenta manzanas;
así pues, la recolección de siete árboles daría… —calculó
mentalmente— más de mil manzanas. Cada semilla da una
sola plántula, un nuevo árbol. Si contamos que cada manzana
tiene unas quince semillas, obtenemos un total de quince mil
semillas.

Definitivamente, estaba entusiasmado.

—Luego solo hay que proceder de forma sistemática para
que las semillas germinen, esto es, superar la inhibición de
germinación. Para ello se las expone a un estímulo frío de varias semanas que hace que crean que es invierno. En la actua-
lidad, las semillas se meten en sacos de arena húmeda o musgo de esfagno, se colocan en cámaras frigoríficas y se van
humedeciendo de manera constante. En este proceso, sin embargo, hay que vigilar que no tengan un exceso de agua.

Aquella información era realmente muy concreta. ¿De
dónde había sacado Le Ber todo eso? Dupin no pensaba preguntárselo.

—Es probable que Maxime Contel disponga de este equipo en su vivero nuevo, ¿no?

—Desde luego. Debe estar perfectamente equipado para la estratificación y la siembra. Esto también es todo un arte, jefe. Se requiere una tierra de cultivo especial y un drenaje que proporcione la cantidad precisa de agua. Por debajo del medio de cultivo se añade…

Dupin ya tenía suficientes detalles.

—¿Sabría usted identificar el equipo si lo viera, Le Ber?

Dupin se incorporó a la D28. Por fin. No se trataba tampoco de una vía rápida, pero al menos no había rotondas, curvas criminales ni baches peligrosos cada pocos metros.

—Por supuesto, jefe. Y otra cosa que también resulta ideal: ahora vienen el otoño y el invierno; por lo tanto, Contel podría sembrar siguiendo el ritmo natural de las estaciones. En su nuevo campo. Por eso quiso comprarlo y por eso además ha arado la tierra. Todo encaja. ¡Qué barbaridad!

—Suponiendo que todo sea como creemos, Maxime Contel ahora se encontraría muy al principio del proceso. Lo primero que tendría que hacer sería extraer las semillas de las manzanas, pero seguramente aún no le ha dado tiempo a hacerlo, ¿verdad?

—Así es, jefe.

—Esto significa que seguimos buscando manzanas. Manzanas enteras, nada de semillas.

—Exacto.

—Y las manzanas de la abadía se diferencian perfectamente, ¿no?

—Sí, claro. Por su aspecto y su sabor.

Dupin se imaginó a todo su equipo haciendo cola para probar manzanas.

—Y, de manera definitiva, siempre se puede hacer un análisis. Consiste en…

—Le Ber, pida que alguien recoja un par de manzanas de la abadía y las lleve de inmediato a la sidrería. Nevou está en la abadía, que se encargue ella. —Pensó que tendría que habérsele ocurrido antes y recogerlas él mismo. Ahora era demasiado tarde—. Y empiece ya con la búsqueda. Enseguida estaré allí.

—De acuerdo.

Dupin colgó, pero solo para pulsar el botón de rellamada.

—¿Jefe?

El inspector respondió sin inmutarse.

—Envíe a buscar a Maxime y Victor Contel. Carman ya debe de estar en comisaría con Maxime Contel. Dígale que los lleve a los dos a la sidrería.

—En ese caso, seguramente el abogado también vendrá.

—No hay problema. Hasta ahora, Le Ber.

Dupin puso fin a la llamada.

Hacía rato que la carretera atravesaba el paisaje en línea recta. Dupin apretó el acelerador al máximo. Conducir descalzo requería un tiempo de adaptación.

Durante el trayecto, Dupin hizo otras llamadas. Habló con Nevou y luego con Carman. Maxime Contel pidió al abogado de su padre que también lo representara a él. Habían mantenido una breve conversación entre ellos. Para entonces iban de camino a la sidrería. Separados de manera estricta: un coche con Carman, Maxime Contel y el abogado, y otro coche con Victor Contel y una compañera de Carman que había partido un poco más tarde.

Finalmente, Dupin llamó a Nolwenn para ponerla al día.

—Desde luego, sería un motivo auténticamente bretón —comentó ella.

La idea de que todos los crímenes, tanto los asesinatos

como la agresión a Labat, pudieran haber estado causados por una manzana especial no había sorprendido a Nolwenn lo más mínimo. Más bien al contrario.

—Piense en el origen de los conflictos humanos, señor comisario y, de hecho, de todos los males del mundo: la manzana robada en el Paraíso. Así empezó todo —comentó Nolwenn, aportando un toque filosófico al caso. Y para resumir—: En realidad, la solución siempre estuvo cerca, colgada de un árbol encima de su cabeza.

La grava salió despedida cuando Dupin entró a toda velocidad en el patio de la sidrería, y más aún cuando frenó de golpe. Aparcado junto al coche de Le Ber había un pequeño Renault de la policía de Morlaix.

Dupin saltó del coche.

Aparte de los dos gendarmes, no se veía a nadie. Dupin los saludó con la mano. Tras mirarlo incrédulos durante un instante —pues se presentó ante ellos empapado, descalzo y con el pelo revuelto—, le devolvieron el saludo.

—Están en el vivero, señor comisario —le informó el agente de más edad—. Vaya mejor por ahí. —Le indicó un camino que atravesaba el huerto de manzanos contiguo—. Lleva directo hasta allí.

Dupin se apresuró.

Parte de las manzanas de color rojo vivo aún colgaban en los árboles; otras, en cambio, ya estaban en el suelo. Las manzanas sobremaduradas desprendían una fragancia capaz de emborrachar a una persona; daba casi la impresión de poder oler el alcohol.

Al cabo de unos ciento cincuenta metros, la plantación finalizaba y ante él se desplegó un gran campo recién arado que se extendía hasta el caminito por el que acababa de llegar.

A mano izquierda había una moderna nave hecha de aluminio mate. El sol del mediodía se reflejaba en ella, deslumbrando a quien la contemplaba. Delante de la nave había aparcada una pequeña excavadora.

No se veía a nadie a lo largo y ancho del lugar. La puerta doble del recinto estaba abierta de par en par.

Su interior reveló una estancia amplia de ventanas altas dividida en varias secciones. Había diversos aparatos de acero inoxidable. Entre ellos una especie de horno enorme.

Allí estaban: Le Ber, la señora Dumas y una gendarme. Tenían delante varias cajas grandes de manzanas repletas hasta los topes.

—¡Hola, jefe!

Le Ber saludó a Dupin.

Ningún comentario sobre sus pies descalzos ni sobre su ropa empapada.

—Estas de aquí no son. —Le Ber señaló las manzanas de las cajas con expresión de resignación—. Son las únicas manzanas del vivero. Hemos buscado por todas partes, jefe. Lo lógico es que Contel las hubiera traído aquí.

La señora Dumas y la gendarme contemplaban con curiosidad la terrible apariencia de Dupin.

—Yo no sé nada de ninguna supermanzana, señor comisario —aclaró la señora Dumas.

—Tampoco contábamos con ello —le confirmó Dupin.

Se detuvo ante las cajas.

—¿Cómo sabemos que no son las de la abadía?

En lugar de responder, Le Ber sacó el móvil, toqueteó en la pantalla y se lo tendió a Dupin.

Una manzana en primer plano, a pantalla completa.

—Nevou me acaba de enviar una foto. Si se fija, estas manzanas son muy distintas. Mire aquí, fíjese, jefe, basta con que mire estas minúsculas manchas blancas que…

—¿Ha pedido que traigan algunas manzanas de Joëlle Contel?

—Las trae Nevou. Está a punto de llegar. Han estado buscando las manzanas por toda la abadía. Nada.

—¿Quién trabaja aquí, en el vivero? —Dupin se volvió hacia la señora Dumas.

—El señor Contel tiene un equipo de dos biólogos. Pero en los últimos días no han aparecido por aquí.

—Entiendo. ¿Alguna vez ha dicho que tuviera la intención de cultivar una nueva variedad de manzana?

Aquella pregunta seguramente estaba de más. Sin duda, Le Ber ya la había hecho.

—No. Como he dicho, nosotros en la sidrería no tenemos nada que ver con lo que se hace en el vivero del señor Contel. Cuando compró la empresa, le ofrecimos nuestras variedades para que las cultivara; a fin de cuentas, era lo que le interesaba. Pero eso fue todo.

—¿Y no se fijó si ayer o anteayer Maxime Contel trajo un cargamento de manzanas? ¿En cajas de plástico o de madera, bolsas, o como sea?

—No. Pero eso no significa nada. De la carretera sale un pequeño camino exclusivo que va al vivero. No hace falta conducir hasta la sidrería para llegar allí.

—Bien, muchas gracias, señora. La llamaremos si volvemos a necesitar su ayuda.

—Aquí estaré.

La señora Dumas asintió amablemente y se dirigió hacia la puerta doble que estaba abierta.

Dupin echó un vistazo en torno a la nave.

Le Ber se le acercó.

—La cocinera sostiene que, bien guardadas, las manzanas de Joëlle Contel se conservan en perfecto estado durante un año. ¿Sabe usted lo que significaría eso, jefe? —Una pregunta retórica—. Un récord mundial. Un negocio gigantesco.

Dupin empezó a deambular nervioso de un lado a otro.

—Tenemos que examinar el terreno. —Dupin se pasó la mano por el pelo; se sentía impotente—. Puede que Contel colocara las manzanas dentro de las cajas que hay por doquier y se limitara a poner otras encima para disimular. Sería el escondite perfecto.

Las manzanas tenían que estar en algún sitio. Debían encontrarlas. Eran la prueba.

—En el terreno del vivero no hay ninguna otra caja. Solo está el campo y esta nave.

—¿Y qué hay de las cajas de la sidrería?

Todas esas preguntas estaban de más, Dupin lo sabía. Seguro que Le Ber también lo había comprobado. Volvió a pasarse la mano por el pelo y, aunque ya lo tenía seco, notó que estaba lleno de sal y arena.

—La señora Dumas y yo hemos rebuscado en todas las cajas.

—¿Y en los campos de manzanos de por aquí? Hay cajas repartidas por todas partes. O tal vez en las plantaciones que la sidrería tiene sobre el valle de Douron.

—Es posible, jefe, pero bastante improbable. Son demasiado valiosas para que Contel las deje tiradas en cualquier lugar sin vigilancia. La cosecha está en pleno apogeo en todas partes, sería muy arriesgado.

—¿Podría guardarlas en su casa? —Dupin pensó en otra cosa—: ¿O en su isla?

—Carman ya ha enviado un coche patrulla. Los compañeros echarán un vistazo a todo aquello. Sin embargo, eso también sería un riesgo grande para él. Salvo aquí, en cualquier otro lugar habría llamado la atención tal cantidad de manzanas. Además, solo aquí tiene todo lo que necesita para su cultivo.

—¿Hay alguna furgoneta? —se le ocurrió a Dupin—. ¿Del vivero, tal vez? Seguro que de la sidrería sí.

—De ambos. A principios de año Maxime Contel compró una Citroën Jumper para el vivero. De color verde oscuro. Ya lo hemos comprobado, jefe. Tiene la bodega limpia. Sospechosamente limpia, en mi opinión. Es probable que la usara anteanoche para hacer el trabajo.

Dupin se detuvo en seco, con la frente muy arrugada y las manos detrás de la cabeza.

—No ha tenido mucho tiempo para esconderlas. —Dupin hablaba más para sí mismo que con Le Ber—. Esta mañana se enteró de que andábamos tras la pista del veneno, es decir, que sabíamos que había sido un asesinato. Debió de temer que diésemos con las manzanas.

Dupin arrancó a andar de nuevo. Se acercó hacia algo que parecía un congelador de gran tamaño.

—Maldita sea.

Tenían que encontrar las manzanas.

—¡Ya estoy aquí! —Nevou se apresuró a entrar en la nave. En la mano derecha sostenía una bolsa de plástico—. Y traigo cinco manzanas de la abadía.

Se la entregó a Le Ber.

—Nosotros...

El móvil de Dupin sonó.

El comisario echó un vistazo rápido a la pantalla: no era el prefecto. Era la comandante Carman.

—¿Diga?

—Estamos en la sidrería, señor comisario, delante de su coche. Venimos Maxime Contel, su abogado y yo. ¿Adónde tenemos que ir?

—Al vivero de aquí al lado. Tomen el camino que cruza la plantación a la derecha de la sidrería. Los dos gendarmes saben dónde es.

—De acuerdo. El coche con Victor Contel llegará en unos cinco minutos.

—Dígale a su compañera que aguarde con Victor Contel en la sidrería.

—Se lo diré. Hasta ahora.

Dupin quería hablar con padre e hijo por separado.

Colgó y se apresuró hacia la salida de la nave. Le Ber lo siguió.

Dupin vio cómo se aproximaban Maxime Contel, su abogado y Carman. Contel estaba sudoroso, parecía muy desmejorado. El abogado, en cambio, daba la impresión de ir mejor vestido que antes. Traje y camisa de un azul claro veraniego, y llevaba unas elegantes gafas de sol.

El comisario sin saludar siquiera, se dirigió a Contel de inmediato, como si el abogado no estuviera.

—Sabemos lo de las manzanas, señor Contel. Negarlo no sirve de nada. —Dupin sentía que la ira rebullía en su interior.

Se irguió con toda su corpulencia ante Maxime Contel, un gesto que tuvo su efecto, ya que por un momento el pánico se reflejó en la cara de Contel. Al cabo de un instante logró recuperar la compostura, pero era demasiado tarde. Dupin había visto su miedo. Y también otra cosa: la mirada inquieta de Contel, que iba más allá del comisario y reflejaba una profunda desesperación.

El abogado intervino enseguida:

—Mi cliente no necesita negar nada porque no es culpable de nada. El hecho de que él...

—Las maravillosas manzanas de su tía eran la única oportunidad que le quedaba. Quería salvar de la ruina el negocio familiar. Aunque no fuera el responsable de la debacle, a ojos de todo el mundo usted sería un fracasado, sobre todo ante su padre, el auténtico culpable de la quiebra. —Dupin dejó que sus palabras calaran—. Esas manzanas no solo habrían salvado Les Pommes et les Bretons, sino que le habrían otorgado un éxito sin precedentes en todo el mundo. Tal vez tuvo la idea el año pasado, o el otro. Pero, por algún motivo, su tía no estaba de acuerdo. No quería cedérselas para que usted las cultivara. Seguramente usted se lo imploró, pero fue inútil. Así que, cuando la situación empeoró se dijo que, si no quedaba otro remedio, se libraría de ella.

—No pienso tolerar esas impertinencias, nosotros… —El abogado intentó aprovechar una pequeña pausa en la furiosa diatriba del comisario.

—Así pues —Dupin ignoró al abogado—, cuando oyó hablar de los presagios de muerte que Joëlle Contel había visto, aprovechó la ocasión. Una oportunidad fantástica, prácticamente un regalo. Su tía se lo había contado a todo el mundo. Y también que estaba lista para partir y que aceptaba la inminencia de su final. A nadie se le ocurriría practicar una autopsia a una anciana de ochenta y nueve años que aparentemente había fallecido tranquila, y menos aún sospechar que había sido envenenada.

El semblante de Maxime Contel reflejaba una expresión entre despectiva y arrogante; desde que Dupin había empezado a hablar no se había movido del sitio.

—Por supuesto, tal y como usted mismo me confirmó —continuó Dupin—, sabe bastante de plantas y de hierbas. Y en el jardín de la abadía las hay en abundancia. Sabía exactamente qué planta venenosa sería la más adecuada. Además, no tuvo problemas en mezclar ese veneno con el *Kig Ha Farz*. Supongo que lo hizo el domingo por la noche; usted sabía que su tía no cerraba la puerta. Todo resultó muy fácil. Sorprendentemente fácil. De no ser por su primo Thierry Labat, que el lunes por la noche decidió regresar a la abadía por motivos sentimentales.

—¿Esta asombrosa sarta de tonterías es todo cuanto tiene que decir, señor comisario? De ser así, deberíamos dejarlo aquí porque...

—Recogió las manzanas el lunes por la noche. Una cantidad suficiente para poder iniciar su cultivo.

Dupin tenía la mirada clavada en Maxime Contel, pero daba la impresión de que a este le preocupaba otra cosa.

—Fue con la furgoneta del vivero y aparcó detrás de la abadía, delante de la puertecita de madera. Conocía esa puerta, el sendero a través del bosque, todo. Ese antiguo camino conduce directamente a los manzanos. Mientras hacía todo esto fue sorprendido por el inspector Labat. Así pues, agarró una rama pesada, lo golpeó y se dio a la fuga. Por eso no pudo recoger todas las manzanas ni, lo que es peor, retirar el *Kig Ha Farz* envenenado. Usted...

Otra vez. Igual que antes. Esa mirada inquieta de Contel, clavada durante una fracción de segundo en un punto más allá de Dupin.

Esta vez el comisario reaccionó al instante. Se giró tratando de adivinar hacia dónde había estado mirando Contel exactamente.

No había nada. Solo el campo. El lindero del campo de cultivo.

—¿Qué está usted buscando, señor Contel?

Maxime Contel permaneció callado. Su expresión solo revelaba un desprecio absoluto.

—Prosigamos —siseó Dupin. La historia continuaba con las partes menos sólidas de su teoría—. Por alguna razón, Claude Hilaire era una amenaza para usted. En cualquier caso, él se daría cuenta de que las manzanas habían desaparecido, pues él no las había recogido. Y, de hecho, lo notó. Había que eliminarlo. Usted no podía saber que él y su esposa iban a recibir un poco del *Kig Ha Farz* envenenado. Entonces...

Dupin se interrumpió de golpe. Se quedó inmóvil. Acto seguido, se dio la vuelta.

Salió a toda prisa. Directo al campo vacío. Notaba la tierra en sus pies descalzos.

Todas las miradas se clavaron en él.

—Le Ber, Nevou, Carman —ordenó a gritos sin darse la vuelta—. ¡Vengan aquí! ¡Ayúdenme!

Dupin llegó al campo y se detuvo bruscamente. Miró a su alrededor.

Entonces, de repente, cuando sus compañeros aún no le habían alcanzado, se lanzó de nuevo a la carrera. Se dirigió hacia la excavadora de color naranja brillante que estaba frente a la nave y se paró delante de la pala de metal. Tomó un poco de la tierra que había en los dientes de la pala. La frotó entre el pulgar y el índice.

Era reciente. No había duda.

Aquella excavadora se había utilizado hacía poco, apenas unas pocas horas atrás. Además, recordó de repente que cuando esa mañana había visto a Maxime Contel, este llevaba sus zapatillas deportivas sucias de tierra.

Se dio la vuelta y pasó a toda prisa junto a Nevou, Carman y Le Ber.

—¡Registren el campo! Busquen lugares en los que se haya excavado recientemente. Donde haya indicios de movimiento de tierra.

Corrió hacia la parte del campo en cuya dirección Maxime Contel había desviado la mirada.

Le Ber, Carman y Nevou lo seguían de cerca. Al parecer, lo habían comprendido.

Dupin ralentizó sus pasos con la vista clavada en el suelo.

Los tres hicieron lo mismo.

Examinaron atentamente el lindero del campo.

Dupin observó a Contel. Tenía la mirada clavada en el vacío.

No fue necesario esperar mucho tiempo:

—¡Aquí! —exclamó Nevou.

Todos corrieron hacia ella.

En efecto: había una franja de tierra recién excavada de unos cinco metros. Era difícil de distinguir; alguien se había esforzado por cubrir cualquier indicio. Sin embargo, el color más oscuro delataba la presencia de tierra húmeda.

Dupin se arrodilló y empezó a escarbar con las manos. Los demás hicieron lo mismo. Se arrodillaron formando un semicírculo en el borde del campo. Escarbando, cada vez a más profundidad.

Entonces Dupin dio con algo sólido.

Al cabo de un instante asomaron unas telas de arpillera. Después, todo un saco. Por los abultamientos redondos era fácil adivinar su contenido.

Nadie dijo nada.

Nevou y Dupin tiraron del saco y lo depositaron sobre la hierba junto al campo. Estaba atado con una cuerda.

Dupin se agachó, lo abrió, metió una mano, sacó una manzana y se levantó con la fruta en alto.

A Le Ber le brillaban los ojos; Carman permanecía de pie, atónita; incluso Nevou miraba la preciosa manzana con reverencia.

Había algo teatral en el modo en que Dupin —sudoroso, descalzo, con las manos y los brazos cubiertos de tierra y los vaqueros manchados— permanecía erguido, al borde de sus fuerzas, con la manzana en alto. Era como si hubieran dado con el Santo Grial tras una aventura épica que había exigido todo de sus héroes.

Dupin recobró la postura.

Se dirigió tranquilamente hacia la plantación, donde Maxime Contel y su abogado lo observaban todo. Mudos, como petrificados.

—El caso está resuelto, señor. —Dupin se detuvo frente a Maxime Contel.

Una vez más, levantó la manzana.

El rostro de Contel denotaba temor. Sin embargo, Dupin no sintió ni el menor atisbo de compasión.

—Solo quedan un par de cosas que me interesan. —Dupin habló en voz baja y sosegada—. ¿Su padre ha sido cómplice de todo esto?

Contel permaneció en silencio.

A continuación, de pronto, se oyó un débil «No».

—¿Alguna otra persona?

De nuevo, la respuesta se hizo esperar.

—No.

—¿Su esposa está al corriente de este asunto?

—No.

Esta vez la respuesta llegó al instante y de modo rotundo.

Por supuesto, había que comprobar todo aquello, pero Dupin le creyó.

—Fue usted solo —constató Dupin con tono tranquilo, a modo de resumen.

—Sí.

Aquella única palabra era una confesión completa, total. Dupin no necesitaba escuchar más.

—De acuerdo.

El abogado se quedó en silencio junto a su cliente.

—En ese caso, solo me queda una pregunta: ¿por qué tuvo que morir Claude Hilaire?

Era casi siniestro. No se le movía ni un músculo de la cara, ni siquiera los labios. Maxime Contel hablaba como si fuera un ventrílocuo:

—Él sospechaba de mí. Cuando se dio cuenta de que las manzanas no estaban, me llamó. Joëlle se lo había contado. Le dijo que yo le había pedido las manzanas varias veces en los últimos años. Que le había pedido que me dejara cultivarlas.

Entonces su rostro adoptó una expresión de desdicha, de congoja.

—Eso a ella no le costaba nada. Nada en absoluto. No tenía que hacer nada. Solo decir que sí. Pero se negó en redondo. Era muy terca, obstinada. Dijo que no quería que «explotásemos sus manzanas». Sin embargo, tal como le recordé este verano, habrían sido la salvación de Les Pommes et les Bretons. Yo no podía esperar al día que muriera, yo...

—Déjelo estar, señor. —Dupin puso fin a esa sucesión de lamentos.

Se alejó de él. Ya sabían lo que necesitaban saber.

Además, no estaba dispuesto a oír explicaciones autocompasivas. No lo soportaba. Cuando la verdad salía a la luz, el interés de Dupin por los autores del crimen se desvanecía. Por desgracia, ya les había dedicado su atención durante mucho tiempo. En su repugnante arrogancia, liquidaban a los demás, les robaban la vida, destruían familias y mundos completos y luego seguían siendo el centro de atención. Mucho más que sus víctimas. Sin embargo, en cuanto los atrapaban, eso tenía que terminar. Y ese momento había llegado.

Carman y Nevou se acercaron a Maxime Contel, dispuestas a llevárselo a comisaría.

Le Ber siguió a Dupin, que había tomado el camino que atravesaba la plantación de manzanos en dirección a la sidrería.

—¡Qué locura, jefe! Esos asesinatos solo fueron por unas manzanas.

Dupin asintió.

—¿Y qué hay de Victor Contel y el cuaderno de avistamiento de aves? Declaró que arrancó las páginas para que los avistamientos no se dieran a conocer.

—Eso no tuvo nada que ver con los asesinatos.

—¿Eso significa que lo vamos a tener que soltar?

—Por supuesto.

A fin de cuentas, no se le ocurría qué delito podía ser aquel. Desde el punto de vista legal, lo más probable era que no lo fuera.

—Al final, el alca gigante no tenía nada que ver. —Le Ber no podía ocultar su decepción.

—No. Pero eso no significa que Joëlle Contel no la viese. Ni tampoco que no exista —se oyó decir Dupin a sí mismo para su propio asombro.

—Tiene razón, jefe. Y en breve se iniciará la expedición.

La expresión de Le Ber se iluminó.

Caminaron uno al lado del otro en silencio hasta llegar al patio de la sidrería.

Dupin divisó a Victor Contel, que seguía bajo la vigilancia de los gendarmes.

Casi lo había olvidado.

—¡Esto es un atropello, señor comisario! —Victor Contel se dirigió hacia él.

—Ya me encargo yo —se ofreció Le Ber.

—Gracias, Le Ber.

Lo dijo desde el fondo del alma.

Dupin se encaminó impasible hacia su coche, sin ni siquiera dirigir una mirada a Victor Contel.

Acto seguido, se sentó al volante y arrancó el motor.

—Bien está lo que bien acaba, señor comisario.

Nolwenn adoptó un tono casi alegre.

Dupin estaba sentado en la terraza del Baie des Anges. A solas.

Al llegar allí, el dueño del hotel, Jacques, le había proporcionado unas chanclas azules, pero por lo demás se había guardado para sí cualquier comentario sobre el aspecto del comisario. Y supuso, acertadamente, que no era el momento de hacer preguntas.

Dupin no tuvo que decir nada. Solo se dejó caer en una de esas cómodas sillas. Al poco rato, Jacques regresó con dos cafés solos.

El comisario permaneció ensimismado unos minutos y luego llamó a Nolwenn.

Le Ber ya había informado a la secretaria de los detalles más importantes pero, aun así, la llamada después de resolver un caso era un ritual. Y los rituales daban consistencia a la vida de Dupin y caracterizaban su trabajo.

—Labat continúa recuperándose. Incluso es probable que regrese a casa el viernes. También la señora Hilaire recibirá pronto el alta. Sus dos hijos están con ella y la cuidan con mucho cariño. —De repente, el tono de Nolwenn adoptó un tono airado—: Es horrible. Van a necesitar un tiempo hasta que asimilen que el señor Hilaire fue asesinado.

Una breve pausa.

—Labat me ha pedido que le dijera que él ya sospechaba de algo como lo de las manzanas.

—¿Cómo dice?

Dupin casi se atragantó con su café.

—Bueno, lo que quiere decir es que, de hecho, él ya sospechaba de Maxime Contel. No lo podía ver.

Difícil de comprender. Pero eso, al menos, significaba que Labat volvía a estar bien.

—Hoy a última hora regresaré a Concarneau, señor comisario. La esposa de Labat está aquí, y los gemelos están en buenas manos en casa de la abuela.

—Desde luego, Nolwenn.

—Así pues, nos vemos mañana en comisaría. Frescos como una rosa.

—Sí.

Nolwenn colgó.

Dupin se reclinó en su asiento y cerró los ojos un momento.

Luego los volvió a abrir.

Dejó vagar la mirada desde los dos faros al este en dirección oeste, hasta la península donde habían detenido a Maxime Contel. La marea había subido de nuevo. El Atlántico estaba alto. Volvía a separar el mundo entre tierra y mar. Habían desaparecido esas zonas intermedias indefinidas.

La mirada de Dupin se detuvo en dirección oeste. En la playa de arena blanca y fina frente a la abadía. Luego se centró en el edificio. Seguía ahí, inmutable. Igual que en los últimos quinientos años.

Luego desvió la atención hacia los islotes en el mar, frente a la bahía, en la lejanía. ¿Estaría de verdad en algún sitio? El pingüino del hemisferio norte. El alca gigante.

Daba lo mismo. Aquel lugar era el paraíso.

El paisaje, la naturaleza, la luz, los colores, el mar que se podía oler, paladear. El viento. Y, no por última menos importante, esa terraza fabulosa.

Aquel día daba la impresión de que los dos veleros estaban incluso un poco más cerca.

De repente, Dupin sonrió complacido.

Había tenido una idea. Una idea descabellada, tal vez.

Pero no estaba dispuesto a darle más vueltas.

Se levantó, atravesó la terraza y fue a recepción.

Tres minutos después se dejó caer satisfecho en su asiento otra vez y sacó el teléfono.

Marcó el número.

—¿Georges?

Claire le respondió enseguida. Aquel día no trabajaba.

—Hemos resuelto el caso, Claire.

—¿Me lo contarás?

—Luego. Antes me gustaría proponerte una cosa.

—¿De qué se trata?

—Acabo de reservar una habitación aquí. A pocos metros del mar. Solo una noche. Coge el coche, Claire. Te espero.

Por un momento, en el otro extremo de la línea se produjo un silencio.

—Esto es el paraíso, Claire. Tú…

—Estoy metiendo cuatro cosas en la maleta. ¿Quieres que te lleve algo?

—Yo… Sí, por favor.

—Perfecto. ¿Cuánto tiempo voy a necesitar para llegar?

Claire tenía un estilo de conducción similar al suyo.

—Una hora y media.

—Bien, entonces estaré allí sobre las seis.

—Reservaré una mesa para dos. Aquí, en la terraza, donde estoy sentado ahora mismo. El sol se pondrá en el mar justo delante de nosotros. La comida es exquisita.

—Salgo ya mismo.

Y colgó.

Dupin se reclinó.

Era maravilloso. Absolutamente maravilloso.

—Me han dicho que se queda usted otra noche. —Jacques salió a la terraza—. Una gran idea.

Dupin sonrió satisfecho.

—Sí, es una gran idea. Me tomaré una copa de Sancerre.

—Esto también es una gran idea.

Al instante, el dueño desapareció para volver de inmediato con una copa y una botella que colocó en la mesa frente a Dupin.

Asintió con un gesto de complicidad.

—¿Tendrán esta noche esas vieiras tan fabulosas? ¿Con salsa de ostras? ¿Y las *rillettes*?

—Por supuesto. Y también orejas de mar y unas langostas magníficas. Además, claro está, de las ostras de Legris.

—Fantástico.

No podía ser mejor.

—Montaremos una mesita para usted arriba, en su balcón. Así estarán más tranquilos.

—Eso sería fabuloso.

De hecho, sería incluso más adecuado para lo que se había propuesto.

Al momento, Jacques ya había desaparecido otra vez.

Dupin se sirvió un poco de Sancerre y dejó que el vino frío le recorriera la garganta.

Era increíble: en el último cuarto de hora se había olvidado prácticamente del caso. E incluso le parecía que había tenido lugar hacía días. O incluso más tiempo. Era como si se hubiera producido un salto en el tiempo en ese instante, cuando había cerrado los ojos y los había vuelto a abrir.

Su mirada se posó de nuevo en los dos veleros.

Pronto Claire también los vería. Todo aquello.

Apuró la copa.

Había habido mucha comida. Mucha bebida. Muchas risas. Y también muchos silencios compartidos.

Habían contemplado la puesta de sol, que cada vez ofrecía un nuevo espectáculo fabuloso, aquel día de un color rosa intenso. Eran casi las diez y media, y al oeste el rosa seguía refulgiendo en el cielo.

Claire llevaba un sencillo vestido azul marino. Iba descalza. Llevaba el cabello suelto, su melena normanda de intenso color rubio, algo que a Dupin le gustaba mucho; en el hospital y en el día a día solía recogérselo en una trenza.

Habían apagado las lámparas del apartamento; al balcón

solo les llegaba la luz cálida de la terraza de abajo, que ese día estaba bastante tranquila, y de una farola de la calle.

En cuanto Claire llegó, dieron un largo paseo por la bahía. Ella sucumbió de inmediato al encanto mágico de aquel lugar.

Dupin le había esbozado un poco el caso. Ella había escuchado atentamente, pero no había dicho gran cosa. Luego habló de su trabajo, que casi todos los días era una cuestión de vida o muerte.

Regresaron a las ocho; Jacques ya lo tenía todo dispuesto.

Todo estaba delicioso. Claire no le iba a la zaga a Dupin en su pasión por el marisco. Había un plato que le hacía perder la cabeza: la langosta fría con mayonesa.

Y la langosta allí estaba tan deliciosa como en el Amiral, igual que la mayonesa. Acababan de beberse la segunda botella de Sancerre. De postre tenían una bandeja de quesos, y en la nevera aguardaba una tarta de manzana.

Estaban sentados uno frente al otro en el estrecho balcón.

Dupin descorchó la tercera botella. Sirvió vino para Claire y para sí mismo.

Claire cogió su copa.

—Tenemos que hacer esto más a menudo, Georges. Este tipo de cosas.

Lo miró fijamente a los ojos. En el rostro, su sonrisa seductora.

Para Dupin era un delito grave no haberlo hecho más a menudo. Pero ahora sería distinto.

—Yo… —Había llegado el momento. La emoción ya flotaba en el ambiente, pero de ningún modo quería parecer patético—. Claire, bueno, yo… Me gustaría preguntarte…

Tomó un sorbo rápido. Se había propuesto preguntárselo como de pasada. Pero a la hora de la verdad no resultaba nada fácil.

Volvió a empezar.

—¿Quieres…?

No. De ese modo tampoco.

—Lo que quería preguntarte, Claire… Es si tú querrías…

Claire lo miró con cariño.

—Por supuesto, Georges. ¿Qué te pensabas? Por supuesto que sí.

El cuarto día

Faltaba poco para las once de la mañana cuando Dupin se despertó. Hacía años que no dormía tanto.

Con cuidado miró a su lado. Vio a Claire. Detrás de ella, el mar.

Era el hombre más feliz del mundo.

Agradecimientos

Quiero dar las gracias a Chantal y Robert Tetrel, los dos ángeles custodios de la Abadía de los Ángeles. Desde el año 2000 son sus propietarios y también desde entonces, y con el apoyo de numerosos «amigos de la abadía», dedican su vida a la impresionante labor de restauración de los edificios que la componen. Con su saber experto, Marc Thomas guía a los visitantes interesados por el recinto.

Mi agradecimiento especial es para Claudia Lengeler y Jacques Briand, los propietarios del Baie des Anges, el hotel que hay justo al lado de la abadía. Ellos y sus amistades fueron quienes me introdujeron en los secretos de la Côte des Abers.